普通高等教育“十五”国家级规划教材

РУССКАЯ ЛИТЕРАТУРА ХРЕСТОМАТИЯ

(Для студентов)

俄罗斯文学名著选读

(上卷)

张建华　任光宣　编

北京大学出版社
PEKING UNIVERSITY PRESS

图书在版编目(CIP)数据

俄罗斯文学名著选读．上卷/张建华，任光宣编．—北京：北京大学出版社，2005.6

(21世纪外国文学系列教材)

ISBN 7-301-07808-2

Ⅰ．俄…　Ⅱ．①张…②任…　Ⅲ．文学—作品—简介—俄罗斯
Ⅳ．I512.06

中国版本图书馆CIP数据核字（2005）第050426号

书　　名：俄罗斯文学名著选读(上卷)
著作责任者：张建华　任光宣　编
责 任 编 辑：张　冰
标 准 书 号：ISBN 7-301-07808-2/I·0688
出 版 发 行：北京大学出版社
地　　址：北京市海淀区成府路205号　100871
网　　址：http://www.pup.cn
电　　话：邮购部62752015　发行部62750672
编辑部62759634　出版部62754962
电 子 信 箱：pup_russian@163.com
印　刷　者：三河市博文印刷有限公司
经　销　者：650毫米×980毫米　16开本　22.75印张　330千字
2005年6月第1版　2022年3月第6次印刷
定　　价：48.00元

ОТ СОСТАВИТЕЛЕЙ

Прошло шесть лет со времени первого издания учебника 《Русская литература Хрестоматия》, выпущенного в 1998-ом году. Два издания и шеститысячный тираж учебника убедительно свидетельствуют о том, что работа оказалась удачной как в отборе авторов и произведений , так и в передаче общей картины русской литературы. Время показало, что он сыграл роль незаменимого помощника в совершенствовании русской речи студентов-русистов, в углублении их знания русской литературы и жизни, в повышении их общекультурного и общеэстетического уровня. Однако в процессе его использования обнаруживаются некоторые недочеты, например, "громоздкость" книги для весьма ограниченного количества учебных часов, сложность некоторых текстов, недоступных для студентов. Их пришлось исправить составителям.

В своих основных чертах новое исправленное издание продолжает традиции прежного учебника. Но составители все же старались внести в него некоторые обновления. Новое исправленное издание включает в себя два тома: первый том предназначен для студентов, а второй—для магистрантов. Это позволяет сократить содержание каждого тома, учесть разные уровни и читательские потребности студентов и магистрантов. В первом томе произведения предоставляются главным образом по их родовым особенностям (поэзия, проза, драма) с учетом их хронологического порядка. Романы и повести большого объема даются в сокращении. В обоих томах, особенно во втором томе, определенное место уделено новейшей русской литературе. Составители стремились отразить новые явления русского языка и литературы, познакомить читателей с новыми именами и новыми произведениями.

Поскольку в 2003 году вышла в свет наша книга《История русской литературы》, в настоящем издании не даются общие сведения о писателях и их творчестве, за исключением тех, сведения о которых отсутствуют в этой книге. А после каждого художественного текста с необходимыми комментариями-сносками составители прибавили рубрику "краткий анализ произведения". Составители учебника считают нужным давать свою интерпретацию, чтобы помочь читателям составить представление об идейных и художественных ценностях произведений. Авторы, конечно, не претендуют на всесторонность и безгрешность своих взглядов, оценок и пристрастий, а рассчитывают на то, чтобы в руках читателей имелся один из вариантов истолкования, с которым можно не согласиться, поспорить. И наконец, в конце текстов даются вопросы и задания, а также список литературы для того, чтобы во время чтения и изучения читатели смогли легче обратиться к критической литературе.

Выпуская новый учебник-хрестоматию, составители весьма заинтересованы в живой реакции читателей, в их критических замечаниях, советах, конкретных предложениях, которые будут использованы при подготовке последующих изданий.

Составители выражают сердечную благодарность редактору издательства "Художественная литература" и научному сотруднику Государственного музея Л. Толстого Марине Евгеньевне Суровцевой за тщательную редакторскую работу над учебником.

Содержание

Поэзия

Проза

Комедия и драма

Поэзия

Иван Андреевич Крылов
(1769-1844)

ВОЛК И ЯГНЕНОК

У сильного всегда бессильный виноват:
Тому в Истории мы тьму примеров слышим.
Но мы Истории не пишем;
А вот о том как в Баснях говорят.

Ягненок в жаркий день зашел к ручью напиться;
И надобно ж беде случиться,
Что около тех мест голодный рыскал Волк.
Ягненка видит он, на добычу стремится;
Но, делу дать хотя законный вид и толк,
Кричит: «Как смеешь ты, наглец, нечистым рылом
Здесь чистое мутить питье

Мое
С песком и с илом?
За дерзость такову
Я голову с тебя сорву》. —
《Когда светлейший[1] Волк позволит,
Осмелюсь я донесть, что ниже по ручью
От Светлости его шагов я на сто пью,
И гневаться напрасно он изволит:
Питья мутить ему никак я не могу》. —
《Поэтому я лгу!
Негодный! Слыхана ль такая дерзость в свете!
Да помнится, что ты еще в запрошлом лете
Мне здесь же как-то нагрубил;
Я этого, приятель, не забыл!》—
《Помилуй, мне еще и от роду нет году》, —
Ягненок говорит. 《Так это был твой брат》. —
《Нет братьев у меня》. —《Так это кум иль сват,
И, словом, кто-нибудь из вашего же роду.
Вы сами, ваши псы и ваши пастухи,
Вы все мне зла хотите,
И если можете, то мне всегда вредите;
Но я с тобой за их разведаюсь грехи》. —
《Ах, я чем виноват?》—《Молчи! Устал я слушать.
Досуг мне разбирать вины твои, щенок!
Ты виноват уж тем, что хочется мне кушать》.
Сказал и в темный лес Ягненка поволок. (1811)

① Светлейший—почетное обращение к особенно знатным вельможам.

ЛИСТЫ И КОРНИ

В прекрасный летний день,
Бросая по долине тень,
Листы на дереве с зефирами[1] шептали,
Хвалились густотой, зелёностью своей
И вот как о себе зефирам толковали:
《Не правда ли, что мы краса долины всей?
Что нами дерево так пышно и кудряво,
Раскидисто и величаво?
Что б было в нём без нас? Ну, право,
Хвалить себя мы можем без греха!
Не мы ль от зноя пастуха
И странника в тени прохладной укрываем?
Не мы ль красивостью своей
Плясать сюда пастушек привлекаем?
У нас же раннею и позднею зарей
Насвистывает соловей,
Да вы, зефиры, сами
Почти не расстаётесь с нами》.
—《Примолвить[2] можно бы спасибо тут и нам》,—
Им голос отвечал из-под земли смиренно.
《Кто смеет говорить столь нагло и надменно!
Вы кто такие там,
Что дерзко так считаться с нами стали?》
Листы, по дереву шумя, залепетали[3].

---

① Зефир—здесь: лёгкий ветерок.

② Примолвить (устар.)—прибавить, сказать.

③ Залепетать—несвязно, неразборчиво заговорить.

—《Мы те,—
Им снизу отвечали,—
Которые, здесь роясь в темноте,
Питаем вас. Ужель не узнаёте?
Мы корни дерева, на коем① вы цветёте.
Красуйтесь в добрый час!
Да только помните ту разницу меж нас:
Что с новою весной лист новый народится;
А если корень иссушится②,
Не станет дерева, ни вас》. (1811)

ВОЛК НА ПСАРНЕ③

Волк ночью, думая залезть в овчарню,
Попал на псарню.
Поднялся вдруг весь псарный двор.
Почуя серого так близко забияку④,
Псы залились⑤ в хлевах и рвутся вон на драку;
Псари кричат: 《Ахти⑥, ребята, вор!》
И вмиг ворота на запор;
В минуту псарня стала адом⑦.
Бегут: иной с дубьём,
Иной с ружьём.

---

① На коем—на котором.

② Иссушиться—высохнуть.

③ В басне《Волк на псарне》Крылов подразумевает под Волком—Наполеона, а под Ловчим—Кутузова.

④ Забияка—зачинщик ссор, тот, кто начинает ссору, драку.

⑤ Залиться—здесь: громко залаять.

⑥ Ахти (народн.)—ах.

⑦ Ад—здесь: место большого беспорядка, драки.

《Огня! —кричат,—огня!》—Пришли с огнём.
Мой Волк сидит, прижавшись в угол задом.
Зубами щёлкая и ощетиня шерсть[1],
Глазами, кажется, хотел бы всех он съесть;
Но, видя то, что тут не перед стадом
И что приходит наконец
Ему расчесться за овец,
Пустился мой хитрец
В переговоры
И начал так:《Друзья! К чему весь этот шум?
Я, ваш старинный сват и кум,
Пришёл мириться к вам, совсем не ради ссоры;
Забудем прошлое, уставим общий лад!
А я не только впредь не трону здешних стад,
Но сам за них с другими грызться рад
И волчьей клятвой утверждаю,
Что я...》—《Послушай-ка, сосед,—
Тут Ловчий перервал в ответ:—
Ты сер, а я, приятель, сед,
И волчью вашу я давно натуру знаю;
А потому обычай мой:
С волками иначе не делать мировой,
Как снявши шкуру[2] с них долой》.
И тут же выпустил на Волка гончих[3] стаю. (1812)

Краткий анализ произведений

《Волк и ягненок》, 《Листы и корни》 и 《Волк на псарне》 могут

---

① Ощетинить шерсть—поднять шерсть, готовясь к защите.

② Снять шкуру—убить.

③ Гончие—охотничьи собаки.

считаться самыми популярными баснями Крылова.

《Волк и ягненок》—басня традиционного сюжета. В ней автор выступает с критикой социальной несправедливости, произвола лиц, 《сильных》 по социальному положению. В басне《Листы и корни》 Крылов высказывает народный взгляд на соотношения социальных сил в обществе. Он отмечает, что они взаимосвязаны, не могут существовать в отрыве друг от друга. В басне《Волк на псарне》 баснописец отражает важнейшие события Отечественной войны 1812 года с народной их оценкой. Он беспощадно раскрывает хищную натуру и коварство агрессоров, выражает позицию защитника справедливого дела Кутузова.

Крылов придает важное значение изображению действительности, созданию яркой картины жизни. В его баснях нравоучения либо весьма кратки и тяготеют к яркому образу пословичного типа (《Волк и ягненок》, 《Листы и корни》), либо вообще отсутствуют (《Волк на псарне》). Крылов особо заботится о художественной эффективности и философской афористичности басен. Он прибегает к разговорному языку простого народа, стремится создать индивидуальную речевую характеристику героев. Под его пером люди, животные, растения и даже неодушевленные предметы говорят своим ясным и красочным языком.

Вопросы и задания

1. Выразительно прочитайте эти басни.
2. Как автор показывет хищную натуру волка и беззащитность ягненка?
3. В чем иносказательный смысл басен《Листы и корни》и《Волк на псарне》?
4. Подготовьте сообщение о поэтике басен Крылова, используя материалы текстов.

Литература

Н. Степанов, Иван Андреевич Крылов. Проблемы творчества, Л., 1975.

Александр Сергеевич Пушкин
(1799-1837)

К ЧААДАЕВУ[1]

Любви, надежды, тихой славы
Недолго нежил нас обман,
Исчезли юные забавы,
Как сон, как утренний туман;
Но в нас горит еще желанье,
Под гнетом власти роковой
Нетерпеливою душой

---

① Петр Яковлевич Чаадаев (1794-1856), друг Пушкина, свободомыслящий офицер, участник Отечественной войны 1812 года, религиозный философ, автор известных 《Философских писем》.

Отчизны внемлем призыванье.
Мы ждем с томленьем упованья
Минуты вольности святой,
Как ждет любовник молодой
Минуты верного свиданья.
Пока свободою горим,
Пока сердца для чести живы,
Мой друг, отчизне посвятим
Души прекрасные порывы!
Товарищ, верь: взойдет она,
Звезда пленительного счастья,
Россия вспрянет ото сна,
И на обломках самовластья
Напишут наши имена! (1818)

ЗИМНИЙ ВЕЧЕР①

Буря мглою небо кроет,
Вихри снежные крутя;
То, как зверь, она завоет,
То заплачет, как дитя,
То по кровле обветшалой
Вдруг соломой зашумит,
То, как путник запоздалый,
К нам в окошко застучит.

Наша ветхая лачужка

① В этом стихотворении поэт изображает зимний вечер в Михайловском. Няня Арина Родионовна помогала ему переносить одиночество в годы северной ссылки. Он ценит ее доброту и нежность, называя ее подружкой бедной юности.

И печальна и темна.
Что же ты, моя старушка.
Приумолкла у окна?
Или бури завываньем
Ты, мой друг, утомлена,
Или дремлешь под жужжаньем
Своего веретена?

Выпьем, добрая подружка
Бедной юности моей,
Выпьем с горя; где же кружка?
Сердцу будет веселей.
Спой мне песню, как синица
Тихо за морем жила;
Спой мне песню, как девица
За водой поутру шла.

Буря мглою небо кроет,
Вихри снежные крутя;
То, как зверь, она завоет,
То заплачет, как дитя.
Выпьем, добрая подружка
Бедной юности моей,
Выпьем с горя; где же кружка?
Сердцу будет веселей.

(1825)

К А. П. КЕРН[1]

Я помню чудное мгновенье:
Передо мной явилась ты,
Как мимолетное виденье,
Как гений чистой красоты.

В томленьях грусти безнадежной,
В тревогах шумной суеты,
Звучал мне долго голос нежный
И снились милые черты.

Шли годы. Бурь порыв мятежный
Рассеял прежние мечты,
И я забыл твой голос нежный,
Твои небесные черты.

В глуши, во мраке заточенья
Тянулись тихо дни мои
Без божества, без вдохновенья,
Без слез, без жизни, без любви.

Душе настало пробужденье:
И вот опять явилась ты,
Как мимолетное виденье,

---

[1] Стихотворение посвящается Анне Петровне Керн, с которой поэт впервые встретился в 1819 году в Петербурге. Девятнадцатилетняя красавица в это время во всем очаровании молодости и красоты. Через шесть лет Пушкин снова увидел ее в соседнем селе Михайловского Тригорском. Встреча возбудила в Пушкине сильную любовь.

Как гений чистой красоты.

И сердце бьется в упоенье,
И для него воскресли вновь
И божество, и вдохновенье,
И жизнь, и слезы, и любовь. (1825)

ЕСЛИ ЖИЗНЬ ТЕБЯ ОБМАНЕТ...

Если жизнь тебя обманет,
Не печалься, не сердись!
В день уныния смирись:
День веселья, верь, настанет.

Сердце в будущем живет;
Настоящее уныло:
Всё мгновенно, всё пройдет;
Что пройдет, то будет мило. (1825)

Я ВАС ЛЮБИЛ...

Я вас любил: любовь еще, быть может,
В душе моей угасла не совсем;
Но пусть она вас больше не тревожит;
Я не хочу печалить вас ничем.
Я вас любил безмолвно, безнадежно,
То робостью, то ревностью томим;
Я вас любил так искренно, так нежно,
Как дай вам бог любимой быть другим. (1829)

Краткий анализ произведений

《К Чаадаеву》—блестящий пример вольнолюбимой лирики Пушкина. Поэт посвящает стихотворение своему другу, высокообразованному и свободолюбивому Петру Яковлевичу Чаадаеву. Он призывает не только его, но и всех молодых людей отдать все свои силы, мысли, чувства родине. Стихотворение проникнуто искренними чувствами и глубоким оптимизмом. Жанр послания придает стихотворению особую задушевность. Сравнения 《юных забав》 со сном, вольности с любовью весьма самобытны и особенно ярки для читательского восприятия.

《Зимний вечер》 Пушкин посвятил своей няне, старой крестьянке Арине Родионовне. Он называет ее 《подругой бедной юности》, ценит в ней доброту, нежность, преданность. В этом народность и демократичность поэта, смелость и новизна его творчества.

《Если жизнь тебя обманет》—мудрое размышление поэта о жизни. Жизнь не без трудностей, грусти и печали, но они не должны омрачить жизнь человека. Вера в нее, надежда на то, что впереди все будет весело и прекрасно—самая высокая и светлая надежда Пушкина.

В《К Керн》 поэт воспевает земную красоту и молодость, неистощимую силу любви, находит в ней вдохновение и божество жизни, духовное возрождение. Описание любви в стихотворении тесно связано с судьбой автора-ссыльного, со всеми его юношескими страданиями и переживаниями.

В《Я вас любил》раскрывается новое понимание поэтом любви, этой высшей ценности жизни. В противовес эгоизму любви поэт в альтруизме видит ее ценность и величие. Он считает, что счастье человека зависит от счастья любимого им человека. Пушкинский вариант любви является абсолютно бескорыстным и служит ценностным ориентиром для молодых людей.

Вопросы и задания

1. Выучите наизусть стихотворения 《К Чаадаеву》, 《Если жизнь тебя обманет》, 《Я вас любил》.
2. Что изображает поэт в стихотворении 《Зимний вечер》?
3. В чем проявляется пушкинский оптимизм в стихотворении 《Если жизнь тебя обманет》?
4. Чем отличается любовная лирика Пушкина?

Литература

Н. Степанов, Лирика Пушкина. М., Художественная литература, 1974.

В. Коровина, Пушкин в школе. Пособие для учителя, М., Просвещение, 1978.

Михаил Юрьевич Лермонтов
(1814-1841)

ПАРУС

Белеет парус одинокой[1]
В тумане моря голубом!..
Что ищет он в стране далекой?
Что кинул он в краю родном?..

Играют волны—ветер свищет,
И мачта гнется и скрыпит[2]...
Увы,—он счастия не ищет
И не от счастия бежит!

---

① Одинокой, то же, что одинокий.
② Скрыпеть, тоже, что скрипеть.

Под ним струя светлей лазури,
Над ним луч солнца золотой...
А он, мятежный, просит бури,
Как будто в бурях есть покой! (1832)

И СКУЧНО, И ГРУСТНО

И скучно и грустно, и некому руку подать
В минуту душевной невзгоды...
Желанья!.. что пользы напрасно и вечно желать?..
А годы проходят—все лучшие годы!

Любить... но кого же ?.. на время—не стоит труда,
А вечно любить невозможно.
В себя ли заглянешь ? —там прошлого нет и следа:
И радость, и муки, и все так ничтожно...

Что страсти? —ведь рано иль поздно их сладкий недуг
Исчезнет при слове рассудка;
И жизнь, как посмотришь с холодным вниманьем вокруг—
Такая пустая и глупая шутка... (1840)

ТУЧИ

Тучки небесные, вечные странники !
Степью лазурною, цепью жемчужною
Мчитесь вы, будто, как я же, изгнанники,
С милого севера в сторону южную.

Кто же вас гонит: судьбы ли решение?
Зависть ли тайная? Злоба ль открытая?

Или на вас тяготит преступление ?
Или друзей клевета ядовитая ?

Нет, вам наскучили нивы бесплодные...
Чужды вам страсти и чужды страдания;
Вечно холодные, вечно свободные,
Нет у вас родины, нет вам изгнания. (1840)

ПРОЩАЙ, НЕМЫТАЯ РОССИЯ

Прощай, немытая Россия,
Страна рабов, страна господ,
И вы, мундиры голубые[①],
И ты, им преданный народ.

Быть может, за стеной Кавказа
Сокроюсь от твоих пашей,
От их всевидящего глаза,
От их всеслышащих ушей. (1841)

Краткий анализ произведений

Стихотворение 《Парус》 написано в годы реакции, которая наступила после поражения восстания декабристов. Белый парус в голубом море—символический образ мятежного романтика, в котором раскрывается одиночество поэта, выражается его мечта о свободе и подвигах, желание бороться за лучшее будущее.

Весьма пессимистично стихотворение 《И скучно, и грустно》. Оно проникнуто настроением безвыходной грусти и одиночества. То

① Мундиры голубые—жандармы. В царской России жандармский мундир был голубого цвета.

ли нет человека, который подал бы руку поэту, то ли не находит он человека, которому стоило бы подать руку. Ни любовь, ни воспоминания не могут поддержать поэта. Для него жизнь бездеятельна и беспросветна.

В аллегорическом стихотворении 《Тучи》 очевидна тема изгнанничества. Поэт не прямо говорит о своей судьбе. Многозначительными риторическими вопросами он передает свою крайнюю душевную тоску. Намного тяжелее поэту, чем тучкам, так как у них нет родины, нет изгнания.

В стихотворении 《Прощай, немытая Россия》 также отчетливы мотивы тоскливого отчаяния, одинокого изгнанничества, ненависти к жандармской России. Тема "двух России" раскрывает страдания поэта при виде несчастной судьбы родины и одновременно отражает кровные связи его с отечеством.

Вопросы и задания

1. Выучите наизусть стихотворения 《Парус》, 《Прощай, немытая Россия》.
2. Каким размером написаны стихотворения и как они рифмуются ?

Литература

1. С. Кормилов. Поэзия Лермонтова. Изд. Московского университета. 1998.
2. История русской литературы, в 4 томах, Т. 2, Ленинград, Наука, 1981.

Федор Иванович Тютчев
(1803-1873)

ВЕСЕННИЕ ВОДЫ

Еще в полях белеет снег,
А воды уж весной шумят—
Бегут и будят сонный брег,
Бегут и блещут и гласят...

Они гласят во все концы:
“Весна идет, весна идет!
Мы молодой весны гонцы,
Она нас выслала вперед”.

Весна идет, весна идет!
И тихих, теплых майских дней
Румяный, светлый хоровод
Толпится весело за ней! (1830)

УМОМ РОССИЮ НЕ ПОНЯТЬ...

Умом Россию не понять,
Аршином общим не измерить:
У ней особенная стать—
В Россию можно только верить. (1866)

ПОСЛЕДНЯЯ ЛЮБОВЬ

О, как на склоне наших лет
Нежней мы любим и суеверней[1]...
Сияй, сияй, прощальный свет
Любви последней, зари вечерней!

Полнеба охватила тень,
Лишь там, на западе, бродит сиянье,—
Помедли, помедли, вечерний день,
Продлись, продлись, очарованье.

Пускай скудеет[2] в жилах кровь,
Но в сердце не скудеет нежность...
О ты, последняя любовь!
Ты и блаженство и безнадежность. (1851-1854)

Краткий анализ произведений

Лиризм—главная примета поэзии Тютчева. Темы его лирики

---

① Суеверный—ложный взгляд на что-либо, в силу которого многое происходящее в жизни представляется проявлением сверхъестественных сил.

② Скудеть—становиться бедным, в каком-то отношении уменьшаться.

разнообразны: свобода и счастье, человек и природа, любовь и ее трагизм, мысль о единстве Вселенной и др.

Природа у Тютчева многолика, динамична и изменчива. В своей пейзажной лирике поэт уделяет большое внимание описанию переходных, промежуточных состояний природы, так что природа под его пером как-будто становится живым существом и обладает чувствами и переживаниями человека. Одним из таких произведений является стихотворение 《Весенние воды》, в котором создается картина ранней весны, когда природа, пробуждаясь от зимы, весело ее встречает весенними водами.

Любовная лирика Тютчева занимает значительное место в его поэтическом творчестве. Любовь для поэта—не только увлечение и восхищение прелестью и красотой женщины, но и глубокое, напряженное чувство, захватывающее человеческую душу и несущее человеку счастье и страдание, радость и печаль...

В стихотворениях Тютчева, связанных с любовной тематикой, нашла отражение глубокая любовь поэта к Е. А. Денисьевой, длившаяся 14 лет, но любовная лирика Тютчева не ограничивается автобиографическими деталями, а выражает философские размышления и субъективные переживания поэта.

В стихотворении 《Последняя любовь》 нарисованы картины заката—в природе и в жизни человека. “Последняя любовь”—это “прощальный свет”, “заря вечерняя”. Каждый ее миг, каждое ее мгновение милы и дороги лирическому герою. Поэтому он на склоне своей жизни хочет преодолеть физическое умирание и сохранить вечную юность души.

Тютчев очень любит Россию, но Родина для поэта всегда является своего рода загадкой, даже в конце своей жизни он не совершенно понял загадки России, поэтому он написал стихотворение 《Умом Россию не понять》. “Умом Россию не понять”, но это не мешает россиянам в нее верить. Стих этот стал уже крылатым.

Вопросы и задания

1. Выучите наизусть стихотворение 《Умом Россию не понять》.
2. Какой предстает перед читателями весна в стихотворении 《Весенние воды》?
3. В чем заключается прелесть и красота стихотворения 《Последняя любовь》?

Литература

1. Л. Озеров, Поэзия Тютчева, М., 1975.
2. К. В. Пигарев, Жизнь и творчество Ф. И. Тютчева, М., 1962.

Афанасий Афанасьевич Фет
(1820-1892)

ВЕСНА

Уж верба вся пушистая
    Раскинулась кругом;
Опять весна душистая
    Повеяла крылом.

Станицей тучки носятся,
    Тепло озарены,
И в душу мощно просятся
    Блистательные сны.

Везде разнообразною
    Картиной занят взгляд,

Шумит толпою праздною
Народ—чему-то рад.

Дитя тысячеглавое,
Не знает он, что в нем
Приветно-величавое
Зажглось святым огнем;

Что жизни тайной жаждою
Невольно жизнь полна;
Что над душою каждою
Проносится весна. (1844)

ШЕПОТ, РОБКОЕ ДЫХАНЬЕ ...

Шепот, робкое дыханье,
Трели соловья,
Серебро и колыханье,
Сонного ручья.

Свет ночной, ночные тени,
Тени без конца,
Ряд волшебных изменений
Милого лица,

В дымных тучках пурпур[①] розы,
Отблеск янтаря,
И лобзанья, и слезы,
И заря, заря !.. (1850)

① Пурпур—ярко-красный цвет.

ПЕРВЫЙ ЛАНДЫШ

О первый ландыш! Из-под снега
Ты просишь солнечных лучей;
Какая девственная нега
В душистой чистоте твоей!

Как первый луч весенний ярок!
Какие в нем нисходят сны !
Как ты пленителен, подарок
Воспламеняющей весны!

Так дева в первый раз вздыхает,
О чем, не ведая еще,
И в первый раз благоухает
Ее блестящее плечо. (1854)

Краткий анализ произведений

Лирика является основным жанром творчества Фета. Природа и любовь—эти две темы занимают главное место в его лирике.

Стихотворение《Весна》—блестящий пример выражения поэтом лирического восторга и радости. В стихотворении весна прекрасна во всех своих проявлениях, она дает каждому радость, надежду и вызывает у него новые размышления о жизни, полной тайны.

《Шепот, робкое дыханье》—это хрестоматийное стихотворение Фета. Поэт воспевает природу и любовь в их органичной связи, выражает тонкие оттенки внутреннего состояния лирического героя. В стихотворении передается радостное состояние двух любящих сердец, дается картина любовного свидания, когда человек ощущает единство со всей природой. Вся живая природа весенней ночью трепещет от любви, как и герой Фета, в стихотворении, ночной пейзаж приобретает психологические значение и смысл. Заря—это метафора торжества любви, она превращает ночь в новый день и освещает мир лучами любви.

Стихотворение 《Первый ландыш》 передает эстетические переживания лирического героя. Поэт воспевает и ландыш, и деву, в его глазах оба—одинаково красивы, потому что природа и женщина неразрывны с понятием красоты.

Вопросы и задания

1. Выучите наизусть стихотворение 《Шепот, робкое дыханье》
2. В чем заключается своеобразие стихотворения 《Шепот, робкое дыханье》?

Литература

1. Благой Д. Д. Мир как красота. О 《Вечерних огнях》 А. Фета. М., 1975.
2. Бухштаб Б. Я. А. А. Фет. Очерк жизни и творчества. Л., 1974.

Николай Алексеевич Некрасов
(1821-1878)

ПОЭТ И ГРАЖДАНИН

Не может сын глядеть спокойно
На горе матери родной,
Не будет гражданин достойный
К отчизне холоден душой,
Ему нет горше укоризны...
Иди в огонь за честь отчизны,
За убежденье, за любовь...
Иди и гибни безупречно,
Умрешь не даром: дело прочно,
Когда под ним струится кровь ...

Будь гражданин! Служа искусству,
Для блага ближнего живи,
Свой гений подчиняя чувству
Всеобнимающей любви. (1856)

РАЗМЫШЛЕНИЯ У ПАРАДНОГО ПОДЪЕЗДА
(фрагмент)

Назови мне такую обитель[1],
Я такого угла не видал,
Где бы сеятель твой и хранитель,
Где бы русский мужик не стонал?
Стонет он по полям, по дорогам,
Стонет он по тюрьмам, по острогам[2],
В рудниках, на железной цепи;
Стонет он под овином, под стогом,
Под телегой, ночуя в степи;
Стонет в собственном бедном домишке,
Свету божьего солнца не рад;
Стонет в каждом глухом городишке,
У подъезда судов и палат.
Выдь[3] на Волгу: чей стон раздается
Над великою русской рекой?
Этот стон у нас песней зовется—
То бурлаки идут бечевой[4]!...

---

① Обитель—место обитания(проживания).

② Острог—тюрьма.

③ Выдь—выйди.

④ Бечева—прочная веревка для тяги судов против течения воды лошадьми или людьми, идти бечевой значит тянуть судно бечевой.

Волга ! Волга! ... Весной многоводной
Ты не так заливаешь поля,
Как великою скорбью народной
Переполнилась наша земля, —
Где народ, там и стон... Эх, сердечный!
Что же значит твой стон бесконечный?
Ты проснешься ль, исполненный сил,
Иль, судеб повинуясь закону,
Все, что мог, ты уже совершил, —
Создал песню, подобную стону,
И духовно навеки почил ?... (1858)

ПЕСНИ

У людей-то в дому—чистота, лепота,
А у нас-то в дому—теснота, духота.

У людей-то для щей—с солонинкою чан,
А у нас-то во щах—таракан, таракан!

У людей кумовья—ребятишек дарят,
А у нас кумовья—наш же хлеб приедят!

У людей на уме—погуторить[1] с кумой,
А у нас на уме—не пойти бы с сумой?

Кабы так нам зажить, чтобы свет удивить:
Чтобы деньги в мошне[2], чтобы рожь на гумне[3];

---

① Погуторить—разговаривать, побеседовать.
② Мошна—мешок для денег, кошелек.
③ Гумно—помещение, сарай для сжатого хлеба.

Чтоб шлея в бубенцах, расписная дуга,
Чтоб сукно на плечах, не посконь-дерюга[1];

Чтоб не хуже других нам почет от людей,
Поп в гостях у больших, у детей—грамотей[2];

Чтобы дети в дому—словно пчелы в меду,
А хозяйка в дому—как малинка в саду! (1866)

Краткий анализ произведений

В стихотворении 《Поэт и гражданин》 Некрасов ставит вопрос, какое значение имеет поэзия и поэт в жизни общества. По его мнению поэт должен быть прежде всего гражданином, патриотом. Он должен служить родине, народу, а служить родине и народу—занчит бороться за свободу и счастье народа. В этом Некрасов видит долг и призвание достойного поэта.

В основу 《Размышления у парадного подъезда》 положен случай из жизни: к министру из далекой деревни пришли с просьбой бедные крестьяне, но швейцар прогнал их из его дома, потому что министр не любил бедных людей. В стихотворении слышится сочувствие поэта к угнетенному народу и ненависть к угнетателям, передаются его размышления о судьбе русского народа. В учебнике приводится только открывок из этого стихотворения, который потом стал революционной песней.

О том, как живут русские богатые и бедные люди, и как бы хотелось бедным жить, можно узнать из стихотворения 《Песни》. Тема двух Россий громко звучит как лидирующая тема в поэтическом творчестве Некрасова. В центре стихотворения—

① Посконь-дерюга—одежда из грубого домотканого материала.

② Грамотей—грамотный человек.

русский народ, его жизнь, его мечты.

Чтобы создать произведение, понятное и близкое народу, Некрасов активно использует разговорную речь и фольклор, лирический герой всегда говорит настоящим народным языком. 《Поэт и гражданин》 написано ямбом, а два остальных стихотворения—анапестом. Ямб—это двухсложная стопа с ударением на втором слоге, а анапест—это трехсложная стопа с ударением на третьем слоге.

Вопросы и задания

1. Выразительно прочитайте эти стихотворения.
2. Как понимает Некрасов значение поэта в жизни общества?
3. О чем говорит поэт в стихотворениях 《Размышления у парадного подъезда》 и 《Песни》?
4. Расскажите об особенностях тематики и стихосложения стихов Некрасова.

Литература

Ю. В. Лебедев, Русская литература XIX века 10 класс, в 2 томах, Т. 1, М., Просвещение, 2000.

Александр Александрович Блок
(1880-1921)

НЕЗНАКОМКА

По вечерам над ресторанами
Горячий воздух дик и глух,
И правит окриками пьяными
Весенний и тлетворный дух.

Вдали, над пылью переулочной,
Над скукой загородных дач,
Чуть золотится крендель булочной[1],
И раздается детский плач.

И каждый вечер, за шлагбаумами,

---

① В старой России вывески булочных украшались золоченым изображением кренделя.

Заламывая котелки,[1]
Среди канав гуляют с дамами
Испытанные остряки.

Над озером скрипят уключины,
И раздается женский визг,
А в небе, ко всему приученный,
Бессмысленно кривится диск.

И каждый вечер друг единственный
В моем стакане отражен
И влагой терпкой и таинственной,
Как я, смирен и оглушен.

А рядом у соседних столиков
Лакеи сонные торчат,
И пьяницы с глазами кроликов
《In vino veritas》[2] кричат.

И каждый вечер, в час назначенный
(Иль это только снится мне?),
Девичий стан, шелками схваченный,
В туманном движется окне.

И медленно, пройдя меж пьяными,
Всегда без спутников, одна,
Дыша духами и туманами,
Она садится у окна.

---

① Здесь: мужская шляпа особого фасона.

② (лат.)《Истина—в вине!》

И веют древними поверьями
Ее упругие шелка,
И шляпа с траурными перьями,
И в кольцах узкая рука.

И странной близостью закованный,
Смотрю за темную вуаль,
И вижу берег очарованный
И очарованную даль

Глухие тайны мне поручены,
Мне чье-то солнце вручено,
И все души моей излучины
Пронзило терпкое вино.

И перья страуса склоненные
В моем качаются мозгу, и очи синие бездонные
Цветут на дальнем берегу.

В моей душе лежит сокровище,
И ключ поручен только мне!
Ты право, пьяное чудовище!
Я знаю: истина в вине. (1906)

Краткий анализ произведения

《Незнакомка》—знаменитое стихотворение Блока, написанное в период его увлечения символизмом.

Внутреннее состояние Блока в этот период характеризовалось как "молчаливая, ушедшая в себя душа, для которой мир—балаган, позорище". Изменилась тема блоковской поэзии этого периода. Уходит в прошлое благородный образ Прекрасной Дамы—любимый образ раннего Блока. Прекарасная дама превращается в видение-“незнакомку” в загородном ресторане, которая будто бы “каждый вечер, в час назначенный”, “в туманном движется окне”. В “Незнакомке” как бы два мира: реальный мир и мистический мир воображений.

Это стихотворение делится на три части. Поэт подробно изображает в стихотворении приметы, которые как будто создают “двоемирие” в стихотворении.

Первая часть состоит из четырех строф, в ней дается картина дачной жизни: пьяные мужчины, визжащие женшины, плачущие дети, горячий воздух, тлетворный дух, пыль, вывеска... словом, здесь все будничо, все обычно, нет ни тени идеализации. Единственно поэтичное в этой будничной жизни,—это луна. Но она диск, который “бессмысленно кривится”, “ко всему приученный”.

Вторая часть, составляющая пятую и шестую строфы, посвящена описанию лирического героя, которого мучит скука загородной дачной жизни и у которого “единственным другом” является отражение в его стакане с вином. Реальный мир, окружающий его, противен поэту.

Третья часть состоит из остальных 7 строф. Здесь появляется видение лирического героя: его опьяненное вином сознание являет перед ним девушку, идеал его души, котороый он долго ищет и не может увидеть наяву. В последних строфах стихотворения сочетаются черты земные (“девичий стан”, “очи синие”, “узкая рука”, “шелка”...) и приснившиеся (“берег очарованный”, “чье-то солнце”, “очарованная даль”). Единый мир словно двоится, граница между реальным и воображаемым пропадает, появляется возможность из действительности уйти в мечту.

Глубокий философский смысл стихотворения 《Незнакомка》

заключается в том, что правда не в серой будничной жизни, а в уходе от нее, в мечтах, в воображении, в котором создается параллельная действительность.

Вопросы и задания

1. Охарактеризуйте проблематику стихотворения 《Незнакомка》.
2. Расскажите о лирическом герое стихотворения 《Незнакомка》.

Литература

1. А. Турков, Александр Блок(серия 《ЖЗЛ》), М. ,1981.
2. Л. Долгополов, Александр Блок. Личность и творчество, Л. , 1980.

Владимир Владимирович Маяковский
(1893-1930)

АДИЩЕ ГОРОДА

Адище города окна разбили
на крохотные, сосущие светками адки.
Рыжие дьяволы, вздымались автомобили,
над самым ухом взрывая гудки.

А там, под вывеской, где сельди из Керчи—
сбитый старикашка шарил очки
и заплакал, когда в вечеряющем смерче
трамвай с разбега взметнул зрачки.

В дырах небоскребов, где горела руда
и железо поездов громоздило лаз—
крикнул аэроплан и упал туда,
где у раненого солнца вытекал глаз.

И тогда уже—скомкав фонарей одеяла—
ночь излюбилась, похабна и пьяна,
а за солнцами улиц, где-то ковыляла
никому не нужная, дряблая луна. (1913)

ПРОЗАСЕДАВШИЕСЯ

Чуть ночь превратится в рассвет,
вижу каждый день я:
кто в глав,
кто в ком,
кто в полит,
кто в просвет,
расходится народ в учрежденья.
Обдают дождем дела бумажные,
чуть войдешь в здание:
отобрав с полсотни—
самые важные! —
служащие расходятся на заседания.

Заявишься: "Не могут ли аудиенцию дать?
Хожу со времени она". [1]—
"Товарищ Иван Ваныч ушли заседать—
Объединение Тое и Гукона". [2]

Ископесишь сто лестниц.
Свет не мил.

---

① Со временин она, (устр.) давно.

② Тео—театральный отдел; Гукон—главное управление коннозаводства.

Опять:
“Через час велели приити вам.
Заседают:—
Покупка склянки чернил
Губкооперативом”.

Через час
ни секретаря,
ни секретарши нет—
голо! [1]
Все до 22-х лет
на заседании комсомола.

Снова взбираюсь, глядя на ночь,
на верхний этаж семиэтажного дома.
“Пришел товарищ Иван Ваныч?”—
“На заседании
А-бе-ве-ге-де-е-же-зе-кома”.

Взъяренный,
на заседание
врываюсь лавиной,
дикие проклятья дорогой изрыгая[2].

И вижу:
сидят людей половины.
О, дьявольщина!
Где же половина другая?

---

① Голо—здесь: никого нет.

② Изрыгать проклятья—с гневом, с криком произносить бранные слова.

"Зарезали!
Убили!"
Мечусь, оря[1].
От страшной картины свихнулся разум[2].
И слышу
спокойнейший голосок секретаря:
"Она на двух заседаниях сразу.
В день
заседаний на двадцать
надо поспеть нам.
Поневоле приходится разорваться!
До пояса здесь,
а остальное
там."

С волненья не уснешь.
Утро раннее.
Мечтой встречаю рассвет ранний:
"О, хотя бы
еще
одно заседание
относительно искоренения всех заседений!" (1922)

Краткий анализ произведений

《Адище города》 является одним из характерных футуристических стихотворений на городскую тему Маяковского. Поэт дает картину ада "цивилизованного" города, где все несется, движется, падает, меняется: "рыжие дьяволы, вздымались

① Оря—деепричастие от глагола орать, образованное Маяковским.
② Свихнулся разум—сошел с ума.

автомобили", "трамвай с разбега взметнул зрачки", "железо поездов громоздило лаз". А человек в этом городе плачет, страдает. Под пером поэта образ города—образ убийцы, развратника, ада, где человек мучится и томится.

《Прозаседавшиеся》 имеет особую значимость среди сатирических стихотворений Маяковского. Поэт считает бюрократизм "врагом" новой жизни, с которым необходимо бороться. В стихотворении Маяковский рисует и критикует уклад советского учреждения: люди проводят дорогое время в бесконечных заседаниях, посвященных "покупке склянки чернил", разным пустякам или несбыточным планам. В стихотворении все детали носят гротескный и абсурдный характер, а преувеличение становится фантастическим.

Вопросы и задания

1. Каковы особенности стихотворения Маяковского 《Адище города》?
2. В чем художественные особенности поэтической сатиры Маяковского 《Прозаседавшиеся》?

Литература

1. Наумов Е. И., В. В. Маяковский. Семинарий, Л., 1963.
2. Перцов В. О. Маяковский. Жизнь и творчество. В 3 т. М., 1976.

Марина Ивановна Цветаева
(1892-1941)

КАБЫ НАС С ТОБОЙ—ДА СУДЬБА СВЕЛА

Кабы нас с тобой—да судьба свела—
Ох, веселые пошли бы по земле дела!
Не один бы нам поклонился град,
Ох, мой родный, мой природный, мой безродный брат!

Как последний сгас на мосту фонарь—
Я кабацкая царица, ты кабацкий царь.
Присягай, народ, моему царю!
Присягай его царице—всех собой дарю!

Кабы нас с тобой—да судьба свела,
Поработали бы царские на нас колокола,
Поднялся бы звон по Москве-реке

О прекрасной самозванке и ее дружке.

Нагулявшись, наплясавшись на земном пиру,
Покачались бы мы, братец, на ночном ветру...
И пылила бы дороженька—бела, бела,—
Кабы нас с тобой—да судьба свела! (1916)

ЖИЗНИ

1

Не возьмешь моего румянца—
Сильного—как разливы рек !
Ты охотник, но я не дамся,
Ты погоня, но я есмь бег.

Не возьмешь мою душу живу!
Так, на полном скаку погонь—
Пригибающийся—и жилу
Перекусывающий конь

Аравийский.

2

Не возьмешь мою душу живу,
Не дающуюся, как пух.
Жизнь, ты часто рифмуешь с лживо, —
Безошибочен певчий слух!

Не задумана старожилом!
Отпусти к берегам чужим!
Жизнь, ты явно рифмуешь с жиром.

Жизнь: держи его! жизнь: нажим.

Жестоки у ножных костяшек
Кольца, в кость проникает ржа!
Жизнь: ножи, на которых пляшет
Любящая. —Заждалась ножа! (1924)

Краткий анализ произведений

Цветаева—человек страстей, отдаваться с головой урагану чувств стало для нее воздухом жизни. О таких гиперболических чувствах пишет она в стихотворении “Кабы нас с тобой—да судьба свела”. Поэтесса очень романтична в понимании любви и ожидает всей прелести этого “земного пира”, в которую, увы, она вряд ли верит сама, вот почему все стихотворение построено в сослагательном наклонении.

Цикл “Жизни” состоит из двух миниатюрных стихотворений. В нем лирическая героиня обращается к теме жизни души влюбленных. Оба стихотворения насыщены авторскими раздумьями о сути любви. В цикле стихотворений подчеркивается неуловимость, недоступность и непокорность влюбленной “я”. Здесь явно страстное желание лирической героини быть любимой, но еще сильнее оказывается её непокорность, недоступность, неуловимость. Охотник, погоня, бег—не столько физическая, сколько духовная жизнь любящих. Любовь красива и всесильна, но в ней есть нечто роковое, бунтарское и губительное начало. Для лирической героини сохранение в любви женского своеволия, достоинства и самостоятельности не менее важно, чем сама любовь, в этом, пожалуй, и скрывается трагедия любовной битвы.

Вопросы и задания

1. Какие особенности мировосприятия Цветаевой проявились в ее

любовной лирике ?

2. Укажите и подтвердите примерами наиболее характерные для поэтессы приемы поэтической техники.

Литература

1. Русская литература XX века 11 класс, под редакцией В. Агеносова, М. , Издательский дом Дрофа, 1996.
2. Русская литература XX века 11 класс, в двух частях, часть 2, под редакцией В. Журавлева, М. , Просвещение, 1999.

Анна Андреевна Ахматова
(1889-1966)

СЖАЛА РУКИ ПОД ТЕМНОЙ ВУАЛЬЮ...

Сжала руки под темной вуалью...
《Отчего ты сегодня бледна ?》
—Оттого что я терпкой печалью
Напоила его допьяна.

Как забуду? Он вышел, шатаясь,
Искривился мучительно рот...
Я сбежала, перил не касаясь,
Я бежала за ним до ворот.

Задыхаясь, я крикнула: 《Шутка
Все, что было. Уйдешь, я умру》.
Улыбнулся спокойно и жутко

И сказал мне:《Не стой на ветру》. (1911)

ПЕСНЯ ПОСЛЕДНЕЙ ВСТРЕЧИ

Так беспомощно грудь холодела,
Но шаги мои были легки.
Я на правую руку надела
Перчатку с левой руки.

Показалось, что много ступеней,
А я знала—их только три!
Между кленов шепот осенний
Попросил: “Со мной умри !

Я обманута моей унылой,
Переменчивой, злой судьбой”.
Я ответила: “Милый, милый !
И я тоже умру с тобой...”

Это песня последней встречи.
Я взглянула на темный дом.
Только в спальне горели свечи
Равнодушно-желтым огнем. (1911)

МНЕ ГОЛОС БЫЛ. ОН ЗВАЛ УТЕШНО...

Когда в тоске самоубийства
Народ гостей немецких ждал,
И дух суровый византийства[①]

① Дух Византийства—православная христианская религия русских вышла нз Византии.

От русской церкви отлетал.

Когда приневская столица[1]
Забыв величие свое,
Как опьяневсшая блудница[2]
Не знала, кто берет ее, —

Мне голос был. Он звал утешно,
Он говорил: " Иди сюда,
Оставь свой край глухой и грешный,
Оставь Россию навсегда .
Я кровь от рук твоих отмою,
Из сердца выну черный стыд,
Я новым именем покрою
Боль поражений и обид ".
Но равнодушно и спокойно
Руками я замкнула слух,
Чтоб этой речью недостойной
Не осквернился[3] скорбный дух. (1917)

Краткий анализ произведений

《Сжала руки под темной вуалью...》—характерное любовное стихотворение Ахматовой из сборника 《Вечер》. В нем конкретко обрисовываются эпизоды жизни и любви героини, представлены непростые отношения между мужчиной и женщиной. Здесь любовь предстает трагическим переживанием, полным противоречий, так как каждый из влюбленных не в силах добиться взаимопонимания,

---

① Приневская столица—Петербург, на реке Неве.

② Блудница—развратная женщина.

③ Оскверниться—запачкаться.

сочувствия. Психологический диалог со своей совестью ведет героиня, охваченная состраданием и жалостью к любимому, кого она заставляет страдать. А он уходит и не возвращается, но по-прежнему любя ее и заботясь о ней.

《Песня последней встречи》 является едва ли не визитной карточкой поэтессы в сознании читателей. В стихвотворении точно, тонко передается сложнейшая психология, напряженное душевное движение героини—любящей , но брошенной женщины. Особенно удивительны в стихотворении подробности и детали, которые рассказывают обо всем, что происходит в сердце героини.

Важную часть поэтического наследства Ахматовой составляет ее гражданская и патриотическая лирика. В стихотворении 《Мне голос был》 слышатся и воображаемый голос друга, призывавшего поэта оставить родину, и решительный внутренний голос героя, отражающий дух необыкновенного самообладания и высокого патриотизма. Ответ“голосу”ясен, выбор поэта решительно сделан. Ахматова спокойно принимает свою долю как великое испытание и готова быть навеки с родиной.

Вопросы и задания

1. Выучите наизусть стихотворение《Песни последней встречи》.
2. Чем отличается любовная лирика Ахматовой от лирики Цветаевой ?

Литература

Русская литература XX века, учебное пособие для учащихся 11 класса общеобразовательных учреждений, в двух томах, 2-ой Т. , М. , Просвещение, 1996.

Сергей Александрович Есенин
(1895-1925)

БЕРЕЗА

Белая береза
Под моим окном
Принакрылась снегом,
Точно серебром.

На пушистых ветках
Снежною каймой
Распустились кисти
Белой бахромой.

И стоит береза
В сонной тишине,
И горят снежинки

В золотом огне.

А заря, лениво
Обходя кругом,
Обсыпает ветки
Новым серебром. (1913)

РУСЬ СОВЕТСКАЯ

А. Сахарову[1]

Тот ураган прошел. Нас мало уцелело.
На перекличке дружбы многих нет.
Я вновь вернулся в край осиротелый,
В котором не был восемь лет.

Кого позвать мне? С кем мне поделиться
Той грустной радостью, что я остался жив?
Здесь даже мельница—бревенчатая птица
С крылом единственным—стоит, глаза смежив.

Я никому здесь не знаком,
А тем, что помнили, давно забыли.
И там, где был когда-то отчий дом,
Теперь лежит зола да слой дорожной пыли.

А жизнь кипит.
Вокруг меня снуют
И старые и молодые лица.

---

[1] Сахаров А. М. (1894-1952)-товарищ Есенина. Издательский работник. Весной 1924 года вместе с поэтом приезжал в Константиново.

Но некому мне шляпой поклониться,
Ни в чьих глазах не нахожу приют.

И в голове моей проходят роем думы:
Что родина?
Ужели это сны?
Ведь я почти для всех здесь пилигрим[①] угрюмый
Бог весть с какой далекой стороны.

И это я!
Я, гражданин села,
Которое лишь тем и будет знаменито,
Что здесь когда-то баба родила
Российского скандального пиита. <...>

Но голос мысли сердцу говорит:
"Опомнись! Чем же ты обижен ?
Ведь это только новый свет горит
Другого поколения у хижин.

Уже ты стал немного отцветать,
Другие юноши поют другие песни.
Они, пожалуй, будут интересней—
Уж не село, а вся земля им мать".

Ах родина! Какой я стал смешной.
На щеки впалые летит сухой румянец.
Язык сограждан стал мне как чужой,
В своей стране я словно иностранец.

---

① Пилигрим (лат.)—чужестранец.

Вот вижу я:
Воскресные сельчане
У волости, как в церковь, собрались[1].
Корявыми[2], немытыми речами
Они свою обсуживают "жись".

Уж вечер. Жидкой позолотой
Закат обрызгал серые поля,
И ноги босые, как телки под ворота,
Уткнули по канавам тополя.

Хромой красноармеец с ликом сонным,
В воспоминаннях морщиня лоб,
Рассказывает важно о Буденном,
О том, как красные отбили Перекоп.

"Уж мы его—и так и раз-этак,—
Буржуя энтого... которого... в Крыму..."
И клены морщатся ушами длинных веток,
И бабы охают в немую полутьму.

С горы идет крестьянский комсомол
И под гармонику, наяривая рьяно,
Поют агитки Бедного Демьяна [3],
Веселым криком оглушая дол.

---

① У волости, как в церковь, собрались—у волостного правления, центра власти в сельском округе.

② Корявый—(разг.)неискусный, неуклюжий.

③ Демьян Бедный—известный советский поэт, автор популярных в 20-ые годы сатирических стихов, фельетонов, басен, песен.

Вот так страна!
Какого ж я рожна [1]
Орал в стихах, что я с народом дружен?
Моя поэзия здесь больше не нужна.
Да и, пожалуй, сам я тоже здесь не нужен.

Ну что ж!
Прости, родной приют.
Чем сослужил тебе—и тем уж я доволен.
Пускай меня сегодня не поют,—
Я пел тогда, когда был край мой болен.

Приемлю все.
Как есть все принимаю.
Готов идти по выбитым следам.
Отдам всю душу октябрю и маю,
Но только лиры милой не отдам.

Я не отдам ее в чужие руки—
Ни матери, ни другу, ни жене.
Лишь только мне она свои вверяла звуки,
И песни нежные лишь только пела мне.

Цветите, юные! И здоровейте телом!
У вас иная жизнь, у вас другой напев.
А я пойду один к неведомым пределам,
Душой бунтующей навеки присмирев.

---

① Какого ж я рожна—(простореч. Вульгар.) зачем? Для чего?

Но и тогда,
Когда во всей планете
Пройдет вражда племен,
Исчезнет ложь и грусть,—
Я буду воспевать
Всем существом в поэте
Шестую часть земли
С названьем кратким《Русь》. (1924)

ПИСЬМО К МАТЕРИ

Ты жива еще, моя старушка?
Жив и я. Привет тебе, привет!
Пусть струится над твоей избушкой
Тот вечерний несказанный свет.

Пишут мне, что ты, тая тревогу,
Загрустила шибко обо мне,
Что ты часто ходишь на дорогу
В старомодном ветхом шушуне.

И тебе в вечернем синем мраке
Часто видится одно и то ж:
Будто кто-то мне в кабацкой драке
Саданул под сердце финский нож

Ничего, родная! Успокойся.
Это только тягостная бредь.
Не такой уж горький я пропойца,
Чтоб, тебя не видя, умереть.

Я по-прежнему такой же нежный
И мечтаю только лишь о том,
Чтоб скорее от тоски мятежной
Воротиться в низенький наш дом.

Я вернусь, когда раскинет ветви
По-весеннему наш белый сад.
Только ты меня уж на рассвете
Не буди, как восемь лет назад.

Не буди того, что отмечталось,
Не волнуй того, что не сбылось,—
Слишком раннюю утрату и усталость
Испытать мне в жизни привелось.

И молиться не учи меня. Не надо!
К старому возврата больше нет.
Ты одна мне помощь и отрада,
Ты одна мне несказанный свет.

Так забудь же про свою тревогу,
Не грусти так шибко обо мне.
Не ходи так часто на дорогу
В старомодном ветхом шушуне. (1924)

Краткий анализ произведений

《Береза》—одно из первых стихотворений Есенина. Береза под пером поэта не просто пейзаж, а сам лирический герой. Береза как живое существо находится в движении и изменении. Белая, красивая береза меняется в зависимости от меняющейся природы, что дает ей непрерывно обновляющийся облик и особую прелесть.

Береза становится символом русского национального духа.

《Русь советская》—лирическая поэма, в её лирическиом герое много автобиографического. Лирический герой через 8 лет вернулся в родное село и застал там чуждую , незнакомую ему жизнь. "Я" удивляеся огромным изменениям , происшедшим за эти годы, народ его не знает и не понимает. И у него возникает сомнение. Лирическому герою грустно, но у него нет уныния, он признает социальную правоту, происходящую в новой России, с радостью приветствует расцвет новой кипящей жизни и видит свое призвание поэта в верном служении Руси.

Стихотворение 《Письмо к матери》 проникнуто сыновной нежностью и любовью. Поэт связывает с матерью все самое близкое и дорогое в его жизни. В стихотворении переплетается два мотива—мотив тревоги(ожидание) и мотив света(образ матери). Важен и мотив дороги, у которой стоит мать, с тревогой ожидающая своего сына. Лирический герой успокаивает свою мать и вселяет в ее сердце надежду на скорую встречу.

Вопросы и задания

1. Выучите наизусть стихотворение 《Береза》.
2. Қаков образ родины в стихотворении 《Русь советская》?
3. Қакие грустные размышления о жизни выражены в стихотворении 《Письмо к матери》?

Литература

1. Волков А. А. Художественные искания Есенина. М. ,1976.
2. Воспоминания о Сергее Есенине. М. , 1965.

Александр Трифонович Твардовский
(1910-1971)

ВАСИЛИЙ ТЕРКИН

(*книга про бойца*)

(Фрагмент)

Из главы 《На привале》

Тёркин—кто же он такой?
Скажем откровенно:
Просто парень сам собой
Он обыкновенный.
Впрочем, парень хоть куда. [1]
Парень в этом роде
В каждой роте есть всегда,
Да и в каждом взводе.

---

① Хоть куда—во всех отношениях хороший.

И чтоб знали, чем силён,
Скажем откровенно:
Красотою наделён
Не был он отменной
Не высок, не то чтоб мал,
Но герой-героем.
На Карельском[1] воевал—
За рекой Сестрою.

И не знаем. Почему,—
Спрашивать не стали,—
Почему тогда ему
Не дали медали.

С этой темы повернём,
Скажем для порядка:
Может в списке наградном
Вышла опечатка.

Не гляди, что на груди,
А гляди, что впереди!

В строй с июня, в бой с июля,
Снова Тёркин на войне.

—Видно, бомба или пуля
Не нашлась ещё по мне.
Был в бою задет осколком,
Зажило—и столько толку.

---

① На Карельском—на Карельском перешейке в войне с Финляндией в 1939-1940 гг.

Трижды был я окружён,
Трижды—вот он! —вышел вон.

И хоть было беспокойно—
Оставался невредим
Под огнём косым, трёхслойным,
Под навесным[1] и прямым...
И не раз в пути привычном,
У дорог, в пыли колонн,
Был рассеян я частично,
А частично истреблён...

Но, однако,
Жив вояка.
К кухне—с места, с места—в бой.
Курит, есть и пьёт со смаком
На позиции любой.

Как ни трудно, как ни худо
Не сдавай, вперёд гляди.

Это присказка, покуда,
Сказка будет впереди.

Из главы 《Переплава》

Переправа, переправа...
Темень, холод. Ночь, как год.

---

① Навесный огонь—стрельба, при которой снаряды, описывая в воздухе дугу, падают сверху.

Но вцепился в берег правый,
Там остался первый взвод.

И о нём молчат ребята
В боевом родном кругу,
Словно чем-то виноваты,
Кто на левом берегу.

Не видать конца ночлегу.
За ночь грудою взялась
Пополам со льдом и снегом
Перемешанная грязь.

И усталая с похода,
Чтоб там ни было,—жива,
Дремлет, скорчившись, пехота,
Сунув руки в рукава.

Дремлет, скорчившись, пехота,
И в лесу, в ночи глухой
Сапогами пахнет, потом,
Мёрзлой хвоей и махрой,

Чутко дышит берег этот
Вместе с теми, что на том,
Под обрывом ждут рассвета,
Греют землю животом,—
Ждут рассвета, ждут подмоги,
Духом падать не хотят.

Ночь проходит, нет дороги,

Ни вперёд и ни назад...

А, быть может, там с полночи
Порошит снежок им в очи
И уже давно
Он не тает в их глазницах
И пыльцой лежит на лицах—
Мёртвым всё равно.
Стужи, холода не слышат,
Смерть за смертью не страшна,
Хоть ещё паёк им пишет
Первой роты старшина.

Старшина паёк им пишет,
А по почте полевой
Не быстрей идут, не тише
Письма старые домой,
Что ещё ребята сами
На привале, при огне,
Где-нибудь в лесу писали
Друг у друга на спине...

Из Рязани. Из Казани,
Из Сибири, из Москвы—
Спят бойцы. Своё сказали
И уже навек правы.
И тверда, как камень, груда,
Где застыли их следы...

Может так, а может—чудо?
Хоть бы знак какой оттуда,

И беда б за полбеды.

Долги ночи, жёстки зори
В ноябре—к зиме седой.
Два бойца сидят в дозоре
Над холодною водой.

То ли снится, то ли мнится,
Показалось, что невесть,
То ли иней на ресницах,
То ли вправду что-то есть?
Видят, маленькая точка
Показалась вдалеке:
То ли чурка, то ли бочка
Проплывает по реке?
—Нет, не чурка и не бочка—
Просто глазу маята[1].

—Не пловец ли одиночка?
—Шутишь, брат. Вода не та!
—Да, вода. Помыслить страшно.
Даже рыбам холодна.
—Не из наших ли вчерашних
Поднялся какой со дна?..

Оба разом присмирели.
И сказал один боец:
—Нет, он выплыл бы в шинели,

---

① Глазу маята—мучительно смотреть.

С полной выкладкой[1], мертвец.

Оба здорово продрогли,
Как бы ни было,—впервой.

Подошёл сержант с биноклем,
Присмотрелся: нет, живой.
—Нет, живой. Без гимнастёрки.
—А не фриц? Не к нам ли в тыл?
—Нет. А может, это Тёркин? —
Кто-то робко пошутил.

—Стой, ребята, не соваться.
Толку нет спускать понтон.
—Разрешите попытаться?
—Что пытаться!
—Братцы,—он!

И у заберегов[2] корку
Ледяную обломав,
Он как он, Василий Тёркин,
Встал живой,—добрался вплавь.
Гладкий, голый, как из бани.
Встал, шатаясь тяжело.
Ни зубами, ни губами
Не работает—свело!

Подхватили, обвязали,

---

① С полной выкладкой—в полном обмундировании и с оружием.

② У заберегов (местное выражение)—около берега.

Дали валенки с ноги.
Пригрозили, приказали—
Можешь, нет ли, а беги.

Под горой, в штабной избушке,
Парня тотчас на кровать
Положили для просушки,
Стали спиртом растирать.
Растирали, растирали...
Вдруг он молвит, как во сне:
—Доктор, доктор, а нельзя ли
Изнутри прогреться мне,
Чтоб не всё на кожу тратить? —

Дали стопку—начал жить,
Приподнялся на кровати:
—Разрешите доложить...
Взвод на правом берегу
Жив-здоров назло врагу!
Лейтенант всего лишь просит
Огоньку туда подбросить.
А уж следом за огнём
Встанем, ноги разомнём.
Что там есть, перекалечим—
Переправу обеспечим...—

Доложил по форме, словно
Тотчас плыть ему назад.

—Молодец! —сказал полковник,—
Молодец! Спасибо, брат...

И с улыбкою неробкой
Говорит тогда боец:
—А ещё нельзя ли стопку,
Потому как молодец?
Посмотрел полковник строго,
Покосился на бойца.
—Молодец, а будет много—
Сразу две.
—Так два ж конца...

Переправа, переправа!
Пушки бьют в кромешной мгле.
Бой идёт святой и правый.
Смертный бой не ради славы,
Ради жизни на земле.

Краткий анализ произведения

《Василий Теркин》—замечательная поэма Твардовского о войне. Она посвящается обыкновенным, ничем не примечательным рядовым бойцам советской армии. Автор в книге выражает чувства и чаяния, стремление и мировоззрение народа, который поднялся на смертельную борьбу с немецким фашизмом за родину и за свое существование.

Эта поэма по фабуле не традициона, в ней нет непосредственной событийной связи и последовательного развития сюжета по главам между ними. Но все главы поэмы связаны единством замысла и общим героем—Василием Теркиным.

Василий Теркин—храбрый, неунывающий, обыкновенный русский солдат. Это "... просто парень сам собой". Герой умеет с юмором рассказывать бойцам о буднях войны, он дважды переплывает через ледяную реку, чтобы восстановить связь с наступающими подразделениями, охотно помогает крестьянам по хозяйству, смело вступает в рукопашный бой с немцем и берет его в плен, ободряет своих бойцов в трудные минуты тяжелого боя, оптимистически и шутливо беседует со смертью... Словом, он совершил много подвигов, но оставался рядовым пехотинцем из смоленских крестьян. Что бы ни случилось с Теркиным на войне, каким бы страшным ни был его жизненный путь во время войны, какая бы печальная ни была его судьба, он всегда с оптимизмом смотрит вперед и находит решение. Василий Теркин воплощает лучшие черты русского солдата и русского народа в целом. Жизнь Василия Теркина представляет собой своеобразную летопись героизма русского народа. И в то же время в этом образе нет ни тени идеализации и героизации.

Продолжая пушкинскую традицию романа в стихах, Твардовский на фольклорной основе создал новую эпопею о войне и мире. Поэма отличается широтой охвата событий и энциклопедичностью содержания, развернутыми размышлениями о подвигах, естественным сплавом трагического и комического. Язык поэмы прост, богат пословицами и поговорками, песнями и частушками, что делает произведение доступным простым читателям и углубляет его великую народность.

“Это поистине редкая книга—какая свобода, какая чудесная удаль, какая меткость, точность во всем и какой необыкновенный, народный, солдатский язык—ни сучка, ни задоринки, ни единого фальшивого, готового, то есть литературно пошлого слова”—так замечает выдающийся прозаик-стилист И. Бунин.

Вопросы и задания

1. В чем проявляется героизм и жизнерадостность главного героя поэмы?

2. Найдите строчки, где правдиво изображаются трудности войны и суровость боевой жизни.

Литература

1. Романова Р. М. Александр Твардовский: страницы жизни и творчества. М. ,1989.
2. Страшнов С. Л. Поэмы А. Т. Твардовского. Иваново. 1990.

Евгений Александрович Евтушенко (1933-)

Евтушенко—поэт, прозаик, киносценарист и публицист. Он родился на станции Зима Иркутской области. Отец был репрессирован, он воспитывался отчимом. С шестнадцати лет он начал печатать стихотворения, в 1951-1954 годах учился в Литературном институте имени Горького. Поэтический путь он начал в годы “оттепели”, при больших переменах общественной жизни страны. И с тех пор общественно-политические мотивы стали доминирующими в его творчестве.

Первые сборники стихов поэта 《Разведчики грядущего》, 《Третий снег》, 《Шоссе энтузиастов》 появились в середине 50-х годов, потом настал расцвет его поэтического творчества: поэма 《Братская ГЭС》 в 60-е годы, сборники стихов 《Интимная лирика》, 《Отцовский дух》 и поэмы 《Казанский университет》, 《Под кожей статуи свободы》 и другие в 70-е годы. Они принесли ему громкую поэтическую славу. Стихотворения Евтушенко не только публикуются на страницах газет и журналов, но и выходят на эстраду, на площадь. Он умеет превратить поэзию в массовый вид искусства. Поэт постоянно оказывается в центре внимания читателей благодаря его несомненному таланту, гражданскому темпераменту и умению завоевать душу читателей и слушателей.

Произведения Евтушенко позднего периода , поэма 《Мама и нейтронная бомба》(1982) , киносценарий 《Детский сад》(1982), романы 《Ягодные места》(1981) и 《Не умирай прежде смерти》(1993) стали важными литературными событиями 80-х и 90-х годов XX века. Они откровенно публицистичны. В последнее десятилетие XX века поэт уходит в литературоведение и преподавательскую деятельность. Он является профессором одного из университетов в США.

Стихотворения Евтушенко чаще всего написаны ямбом, изобилуют неологизмами, и характерна для стихотворений кольцевая композиция рифмовки. В лирическом герое поэзии всегда чувствуется тип его личности: откровенный, искренний, жадно всматривающийся в жизнь и твердо высказывающий свою общественную позицию. Евтушенко—наследник стихотворной традиции Маяковского, общепризнанный лидер и выдающийся представитель 《громкого》, 《эстрадного》 направления советской поэзии 60-х—70-х годов. Он оказал значительное влияние на следующую за ним генерацию поэтов.

МОЛИТВА ПЕРЕД ПОЭМОЙ

Поэт в России—больше чем поэт.
В ней суждено поэтами рождаться
Лишь тем, в ком бродит гордый дух гражданства,
Кому уюта нет, покоя нет.

Поэт в ней—образ века своего
И будущего призрачный прообраз.
Поэт подводит, не впадая в робость,
Итог всему, что было до него.

Сумею ли ? Культуры не хватает...
Нахватанность пророчеств не сулит...
Но дух России надо мной витает
И дерзновенно пробовать велит.

И, на колени тихо становясь,
Готовый и для смерти и победы,
Прошу смиренно помощи у вас,
Великие российские поэты...

Дай, Пушкин, мне свою певучесть,
Свою раскованную речь,
Свою пленительную участь —
Как бы шаля, глаголом жечь.

Дай, Лермонтов, свой желчный взгляд,
Своей презрительности яд
И келью замкнутой души,
Где дышит, скрытая в тиши,
Недоброты твоей сестра —
Лампада тайного добра.

Дай, Некрасов, уняв мою резвость,
Боль иссеченной музы твоей —
У парадных подъездов, у рельсов
И в просторах лесов и полей.

Дай твоей неизящности силу.
Дай подвиг мучительный твой,
Чтоб идти, волоча всю Россию,
Как бурлаки идут бечевой.

О, дай мне, Блок, туманность вещую
И два кренящихся крыла,
Чтобы, тая загадку вечную,
Сквозь тело музыка текла.

Дай , Пастернак, смещенье дней,
Смущенье веток,
Сращенье запахов, теней
С мученьем века,
Чтоб слово, садом бормоча,
Цвело и зрело,
Чтобы вовек твоя свеча
Во мне горела.

Есенин, дай на счастье нежность мне
К березкам и лугам, к зверью и людям
И ко всему другому на земле,
Что мы с тобой так беззащитно любим.

Дай, Маяковский, мне
Глыбастость,
Буйство,
Бас,
Непримиримость грозную к подонкам,
Чтоб смог и я,
Сквозь время прорубясь,

Сказать о нем
Товарищам потомкам. (1964)

Краткий анализ произведения

《Молитва перед поэмой》—фрагмент из поэмы 《Братская ГЭС》, которая является творческой вершиной поэта. Исповедями строителей ГЭС Евтушенко рассказывает об истории советской страны, передает свои размышления о личности и истории, человеке и природе, рабстве и свободе. Автор старается собрать исповедь и проповедь воедино, и тем самым помочь читателям разобраться с эпохой.

Особенное , что бросается в глаза читателей в этом отрывке,—эмоциональный пафос гражданской лирики, который носит гуманистический, общечеловеческий характер. Евтушенко развивает тему о роли поэта в общественной жизни, начатую еще Пушкиным. Он призывает следовать традициям русской классической поэзии, которая ценила гражданственность поэтического творчества и видела свою задачу в том, чтобы быть 《образом века своего》 и 《будущего призрачным прообразом》. В этой поэме публицистика уживается с лирикой.

Вопросы и задания

1. В чем проявляется пафос поэзии Евтушенко?
2. Расскажите о художественных особенностях творчества поэта как представителя “громкой поэзии” периода оттепели.

Литература

Н. Лейдерман, Современная русская литература Новый учебник по литературе в 3-х книгах, Книга 1 , Литература оттепели (1953-1968), УРСС, М. , 2001.

Проза

Александр Сергеевич Пушкин
(1799-1837)

СТАНЦИОННЫЙ СМОТРИТЕЛЬ

Коллежский регистратор,
Почтовой станции диктатор.
Князь Вяземский[1]

Кто не проклинал станционных смотрителей, кто с ними не бранивался? Кто, в минуту гнева, не требовал от них роковой книги, дабы вписать в оную[2] свою бесполезную жалобу на притеснение, грубость и неисправность? Кто не почитает их извергами человеческого рода, равными покойным подьячим[3] или, по крайней мере, муромским разбойникам? Будем однако справедливы, постараемся войти в их положение и, может быть,

---

① П. А. Вяземский (1792-1878)—русский князь, поэт, друг Пушкина.

② Оную—(устар.)ту, ту самую.

③ Подьячий—мелкий чиновник.

станем судить о них гораздо снисходительнее. Что такое станционный смотритель? Сущий[1] мученик четырнадцатого класса, огражденный своим чином токмо[2] от побоев, и то не всегда (ссылаюсь на совесть моих читателей). Какова должность сего диктатора, как называет его шутливо князь Вяземский? Не настоящая ли каторга? Покою ни днем, ни ночью. Всю досаду, накопленную во время скучной езды, путешественник вымещает на смотрителе. Погода несносная, дорога скверная, ямщик упрямый, лошади не везут—а виноват смотритель. Входя в бедное его жилище, проезжающий смотрит на него как на врага; хорошо, если удастся ему скоро избавиться от непрошеного гостя; но если не случится лошадей?.. боже! Какие ругательства, какие угрозы посыплются на его голову! В дождь и слякоть принужден он бегать по дворам; в бурю, в крещенский мороз уходит он в сени, чтоб только на минуту отдохнуть от крика и толчков раздраженного постояльца. Приезжает генерал; дрожащий смотритель отдает ему две последние тройки, в том числе курьерскую. Генерал едет, не сказав ему спасибо. Через пять минут—колокольчик!.. и фельдъегерь[3] бросает ему на стол свою подорожную[4]!.. Вникнем во всё это хорошенько и вместо негодования сердце наше исполнится искренним состраданием. Еще несколько слов: в течение двадцати лет сряду изъездил я Россию по всем направлениям: почти все почтовые тракты мне известны; несколько поколений ямщиков мне знакомы; редкого смотрителя не знаю я в лицо, с редким не имел я дела; любопытный запас путевых моих наблюдений надеюсь издать в непродолжительном времени;

---

① Сущий—(устар.) настоящий, существующий.

② Токмо—(прост.) только.

③ Фельдъегерь—курьер старой российской армии для доставки важных документов.

④ Подорожная—документ на право пользования почтовыми лошадьми, проездное свидетельство.

покамест скажу только, что сословие станционных смотрителей представлено общему мнению в самом ложном виде. Сии столь оклеветанные смотрители вообще суть люди мирные, от природы услужливые, склонные к общежитию, скромные в притязаниях на почести и не слишком сребролюбивые. Из их разговоров (коими некстати пренебрегают господа проезжающие) можно почерпнуть много любопытного и поучительного. Что касается до меня, то, признаюсь, я предпочитаю их беседу речам какого-нибудь чиновника 6-го класса, следующего по казенной надобности.

Легко можно догадаться, что есть у меня приятели из почтенного сословия смотрителей. В самом деле, память одного из них мне драгоценна. Обстоятельства некогда сблизили нас, и об нем-то намерен я теперь побеседовать с любезными читателями.

В 1816 году, в мае месяце, случилось мне проезжать через*** скую губернию, по тракту, ныне уничтоженному. Находился я в мелком чине, ехал на перекладных и платил прогоны за две лошади. Вследствие сего смотрители со мною не церемонились, и часто бирал я с бою[①] то, что, во мнении моем, следовало мне по праву. Будучи молод и вспыльчив, я негодовал на низость и малодушие смотрителя, когда сей последний отдавал приготовленную мне тройку под коляску чиновного барина. Столь же долго не мог я привыкнуть и к тому, чтоб разборчивый холоп обносил меня блюдом на губернаторском обеде. Ныне то и другое кажется мне в порядке вещей. В самом деле, что было бы с нами, если бы вместо общеудобного правила: *чин чина почитай*, ввелось в употребление другое, например, *ум ума почитай*? Какие возникли бы споры! И слуги с кого бы начинали кушанье подавать? Но обращаюсь к моей повести.

День был жаркий. В трех верстах от станции*** стало

---

① Брать (взять) с бою—завоевать, захватить, завладеть чем-то силой.

накрапывать, и через минуту проливной дождь вымочил меня до последней нитки. По приезде на станцию, первая забота была поскорее переодеться, вторая спросить себе чаю. 《Эй, Дуня! — закричал смотритель,—поставь самовар да сходи за сливками》. При сих словах вышла из-за перегородки девочка лет четырнадцати и побежала в сени. Красота ее меня поразила. 《Это твоя дочка?》— спросил я смотрителя. —《Дочка-с,—отвечал он с видом довольного самолюбия;—да такая разумная, такая проворная, вся в покойницу мать》. Тут он принялся переписывать мою подорожную, а я занялся рассмотрением картинок, украшавших его смиренную, но опрятную обитель. Они изображали историю блудного сына. В первой почтенный старик в колпаке и шлафорке① отпускает беспокойного юношу, который поспешно принимает его благословение и мешок с деньгами. В другой яркими чертами изображено развратное поведение молодого человека: он сидит за столом, окруженный ложными друзьями и бесстыдными женщинами. Далее, промотавшийся юноша, в рубище и в треугольной шляпе, пасет свиней и разделяет с ними трапезу; в его лице изображены глубокая печаль и раскаяние. Наконец представлено возвращение его к отцу; добрый старик в том же колпаке и шлафорке выбегает к нему навстречу: блудный сын стоит на коленях; в перспективе② повар убивает упитанного тельца, и старший брат вопрошает слуг о причине таковой радости. Под каждой картинкой прочел я приличные немецкие стихи. Всё это доныне сохранилось в моей памяти, также как и горшки с бальзамином, и кровать с пестрой занавескою, и прочие предметы, меня в то время окружавшие. Вижу, как теперь, самого хозяина, человека лет пятидесяти, свежего и бодрого, и его длинный

① Шлафор или шлафрок—домашний халат.

② В перспективе—на заднем плане картинки.

зеленый сертук с тремя медалями на полинялых лентах.

Не успел я расплатиться со старым моим ямщиком, как Дуня возвратилась с самоваром. Маленькая кокетка со второго взгляда заметила впечатление, произведенное ею на меня; она потупила большие голубые глаза; я стал с нею разговаривать, она отвечала мне безо всякой робости, как девушка, видевшая свет. Я предложил отцу ее стакан пуншу; Дуне подал я чашку чаю, и мы втроем начали беседовать, как будто век были знакомы.

Лошади были давно готовы, а мне всё не хотелось расстаться с смотрителем и его дочкой. Наконец я с ними простился; отец пожелал мне доброго пути, а дочь проводила до телеги. В сенях я остановился и просил у ней позволения ее поцеловать; Дуня согласилась... много могу я насчитать поцелуев,

С тех пор, как этим занимаюсь,

но ни один не оставил во мне столь долгого, столь приятного воспоминания.

Прошло несколько лет, и обстоятельства привели меня на тот самый тракт, в те самые места. Я вспомнил дочь старого смотрителя и обрадовался при мысли, что увижу ее снова. Но, подумал я, старый смотритель, может быть, уже сменен; вероятно, Дуня уже замужем. Мысль о смерти того или другого также мелькнула в уме моем, и я приближался к станции*** с печальным предчувствием.

Лошади стали у почтового домика. Вошед в комнату, я тотчас узнал картинки, изображающие историю блудного сына; стол и кровать стояли на прежних местах; но на окнах уже не было цветов, и всё кругом показывало ветхость и небрежение. Смотритель спал под тулупом; мой приезд разбудил его; он привстал... Это был точно Самсон Вырин; но как он постарел! Покамест собирался он переписать мою подорожную, я смотрел на его седину, на глубокие морщины давно небритого лица, на сгорбленную спину—и не мог надивиться, как три или четыре года могли превратить бодрого мужчину в хилого старика. 《Узнал ли ты меня? —спросил я его;—мы с тобою старые знакомые》. —《Может статься,—отвечал он угрюмо;—здесь дорога большая; много проезжих у меня перебывало》. —《Здорова ли твоя Дуня?》—продолжал я. Старик нахмурился. 《А бог ее знает》,—отвечал он. —《Так видно она замужем?》—сказал я. Старик притворился, будто бы не слыхал моего вопроса и продолжал пошептом читать мою подорожную. Я прекратил свои вопросы и велел поставить чайник. Любопытство начинало меня беспокоить, и я надеялся, что пунш разрешит язык моего старого знакомца.

Я не ошибся: старик не отказался от предлагаемого стакана. Я заметил, что ром прояснил его угрюмость. На втором стакане сделался он разговорчив: вспомнил или показал вид, будто бы вспомнил меня, и я узнал от него повесть, которая в то время сильно меня заняла и тронула.

《Так вы знали мою Дуню? —начал он. —Кто же и не знал ее? Ах, Дуня, Дуня! Что за девка-то была! Бывало, кто ни проедет, всякий похвалит, никто не осудит. Барыни дарили ее, та платочком, та сережками. Господа проезжие нарочно останавливались, будто бы пообедать, аль отужинать, а в самом деле только чтоб на нее подолее поглядеть. Бывало барин, какой бы сердитый ни был, при ней утихает и милостиво со мною разговаривает. Поверите ль, сударь: курьеры, фельдъегеря с нею по получасу заговаривались. Ею дом держался: что прибрать, что приготовить, за всем успевала. А я-то, старый дурак, не наглядишь, бывало, не нарадуюсь; уж я ли не любил моей Дуни, я ль не лелеял моего дитяти; уж ей ли не было житье? Да нет, от беды не отбожишься[①]; что суждено, тому не миновать》. Тут он

① Отбожиться—предотвращать несчастье с помощью бога.

стал подробно рассказывать мне свое горе. —Три года тому назад, однажды, в зимний вечер, когда смотритель разлиневывал новую книгу, а дочь его за перегородкой шила себе платье, тройка подъехала, и проезжий в черкесской шапке, в военной шинели, окутанный шалью, вошел в комнату, требуя лошадей. Лошади все были в разгоне. При сем известии путешественник возвысил было голос и нагайку; но Дуня, привыкшая к таковым сценам, выбежала из-за перегородки и ласково обратилась к проезжему с вопросом: не угодно ли будет ему чего-нибудь покушать? Появление Дуни произвело обыкновенное свое действие. Гнев проезжего прошел; он согласился ждать лошадей и заказал себе ужин. Сняв мокрую, косматую шапку, отпутав шаль и сдернув шинель, проезжий явился молодым, стройным гусаром с черными усиками. Он расположился у смотрителя, начал весело разговаривать с ним и с его дочерью. Подали ужинать. Между тем лошади пришли, и смотритель приказал, чтоб тотчас, не кормя, запрягали их в кибитку проезжего; но, возвратясь, нашел он молодого человека почти без памяти лежащего на лавке: ему сделалось дурно, голова разболелась, невозможно было ехать... как быть! Смотритель уступил ему свою кровать, и положено было, если больному не будет легче, на другой день утром послать в С*** за лекарем.

На другой день гусару стало хуже. Человек его поехал верхом в город за лекарем. Дуня обвязала ему голову платком, намоченным уксусом, и села с своим шитьем у его кровати. Больной при смотрителе охал и не говорил почти ни слова, однако ж выпил две чашки кофе и охая заказал себе обед. Дуня от него не отходила. Он поминутно просил пить, и Дуня подносила ему кружку ею заготовленного лимонада. Больной обмакивал губы и всякий раз, возвращая кружку, в знак благодарности слабою своею рукою пожимал Дунюшкину руку. К обеду приехал лекарь. Он пощупал пульс больного, поговорил с ним по-немецки, и по-русски объявил, что ему нужно одно спокойствие и что дни через два ему можно будет отправиться в дорогу. Гусар вручил ему двадцать пять рублей за визит, пригласил его отобедать; лекарь согласился; оба ели с большим аппетитом, выпили бутылку вина и расстались очень довольны друг другом.

Прошел еще день, и гусар совсем оправился. Он был чрезвычайно весел, без умолку шутил то с Дунею, то с смотрителем; насвистывал песни, разговаривал с проезжими, вписывал их подорожные в почтовую книгу, и так полюбился доброму смотрителю, что на третье утро жаль было ему расстаться с любезным своим постояльцем. День был воскресный; Дуня собиралась к обедне. Гусару подали кибитку. Он простился с смотрителем, щедро наградив его за постой и угощение; простился и с Дунею и вызвался довезти ее до церкви, которая находилась на краю деревни. Дуня стояла в недоумении... 《Чего же ты боишься? —сказал ей отец,—ведь его высокоблагородие не волк и тебя не съест: прокатись-ка до церкви》. Дуня села в кибитку подле гусара, слуга вскочил на облучок, ямщик свистнул, и лошади поскакали.

Бедный смотритель не понимал, каким образом мог он сам позволить своей Дуне ехать вместе с гусаром, как нашло на него ослепление, и что тогда было с его разумом. Не прошло и получаса, как сердце его начало ныть, ныть, и беспокойство овладело им до такой степени, что он не утерпел и пошел сам к обедне. Подходя к церкви, увидел он, что народ уже расходился, но Дуни не было ни в ограде, ни на паперти[1]. Он поспешно вошел в церковь: священник выходил из алтаря; дьячок гасил свечи, две старушки молились еще в углу; но Дуни в церкви не было.

---

[1] Паперть—небольшая площдка перед входом в церковь.

Бедный отец насилу решился спросить у дьячка, была ли она у обедни. Дьячок отвечал, что не бывала. Смотритель пошел домой ни жив, ни мертв. Одна оставалась ему надежда: Дуня по ветрености молодых лет вздумала, может быть, прокатиться до следующей станции, где жила ее крестная мать. В мучительном волнении ожидал он возвращения тройки, на которой он отпустил ее. Ямщик не возвращался. Наконец к вечеру приехал он один и хмелен, с убийственным известием: 《Дуня с той станции отправилась далее с гусаром》.

Старик не снес своего несчастия; он тут же слег в ту самую постель, где накануне лежал молодой обманщик. Теперь смотритель, соображая все обстоятельства, догадывался, что болезнь была притворная. Бедняк занемог сильной горячкою; его свезли в С*** и на его место определили на время другого. Тот же лекарь, который приезжал к гусару, лечил и его. Он уверил смотрителя, что молодой человек был совсем здоров и что тогда еще догадывался он о его злобном намерении, но молчал, опасаясь его нагайки. Правду ли говорил немец или только желал похвастаться дальновидностью, но он ни мало тем не утешил бедного больного. Едва оправясь от болезни, смотритель выпросил у С*** почтмейстера отпуск на два месяца и, не сказав никому ни слова о своем намерении, пешком отправился за своею дочерью. Из подорожной знал он, что ротмистр Минский ехал из Смоленска в Петербург. Ямщик, который вез его, сказывал, что во всю дорогу Дуня плакала, хотя, казалось, ехала по своей охоте. 《Авось, —думал смотритель, —приведу я домой заблудшую овечку мою》. С этой мыслию прибыл он в Петербург, остановился в Измайловском полку[1], в доме отставного унтер-офицера, своего старого

---

① Измайловский полк—район в Петербурге, где были расположены казармы Измайловского полка.

сослуживца, и начал свои поиски. Вскоре узнал он, что ротмистр Минский в Петербурге и живет в Демутовом трактире. Смотритель решился к нему явиться.

Рано утром пришел он в его переднюю и просил доложить его высокоблагородию, что старый солдат просит с ним увидеться. Военный лакей, чистя сапог на колодке, объявил, что барин почивает и что прежде одиннадцати часов не принимает никого. Смотритель ушел и возвратился в назначенное время. Минский вышел сам к нему в халате, в красной скуфье[①]. 《Что, брат, тебе надобно?》—спросил он его. Сердце старика закипело, слёзы навернулись на глазах, и он дрожащим голосом произнес только: 《Ваше высокоблагородие!.. сделайте такую божескую милость!..》 Минский взглянул на него быстро, вспыхнул, взял его за руку, повел в кабинет и запер за собою дверь. 《Ваше высокоблагородие! —продолжал старик. —что с возу упало, то пропало; отдайте мне, по крайней мере, бедную мою Дуню. Ведь вы натешились ею; не погубите ж ее понапрасну》. —《Что сделано, того не воротишь,—сказал молодой человек в крайнем замешательстве;—виноват перед тобою и рад просить у тебя прощения; но не думай, чтоб я Дуню мог покинуть: она будет счастлива, даю тебе честное слово. Зачем тебе ее? Она меня любит; она отвыкла от прежнего своего состояния. Ни ты, ни она—вы не забудете того, что случилось》. Потом, сунув ему что-то за рукав, он отворил дверь, и смотритель, сам не помня как, очутился на улице.

Долго стоял он неподвижно, наконец увидел за обшлагом своего рукава сверток бумаг; он вынул их и развернул несколько пяти и десятирублевых смятых ассигнаций. Слезы опять навернулись на глазах его, слезы негодования! Он сжал бумажки в

---

① Скуфья—остроконечная бархатная шапочка.

комок, бросил их наземь, притоптал каблуком, и пошел... Отошед несколько шагов, он остановился, подумал... и воротился... но ассигнаций уже не было. Хорошо одетый молодой человек, увидя его, подбежал к извозчику, сел поспешно и закричал: 《пошел!..》Смотритель за ним не погнался. Он решился отправиться домой на свою станцию, но прежде хотел хоть раз еще увидеть бедную свою Дуню, для сего дни через два воротился он к Минскому; но военный лакей сказал ему сурово, что барин никого не принимает, грудью вытеснил его из передней и хлопнул двери ему под нос. Смотритель постоял, постоял—да и пошел.

В этот самый день, вечером, шел он по Литейной, отслужив молебен у Всех Скорбящих. Вдруг промчались перед ним щегольские дрожки, и смотритель узнал Минского. Дрожки остановились перед трехэтажным домом, у самого подъезда, и гусар вбежал на крыльцо. Счастливая мысль мелькнула в голове смотрителя. Он воротился и, поравнявшись с кучером: 《Чья, брат, лошадь? —спросил он,—не Минского ли?》—《Точно так,—отвечал кучер,—а что тебе?》—《Да вот что: барин твой приказал мне отнести к его Дуне записочку, а я и позабудь, где Дуня-то его живет》. —《Да вот здесь, во втором этаже. Опоздал ты, брат, с твоей запиской; теперь уж он сам у нее》. —《Нужды нет,—возразил смотритель с неизъяснимым движением сердца,—спасибо, что надоумил, а я свое дело сделаю》. И с этим словом пошел он по лестнице.

Двери были заперты; он позвонил, прошло несколько секунд в тягостном для него ожидании. Ключ загремел, ему отворили. 《Здесь стоит Авдотья Самсоновна?》—спросил он. 《Здесь,—отвечала молодая служанка;—зачем тебе ее надобно?》Смотритель, не отвечая, вошел в залу. 《Нельзя, нельзя! —закричала вслед ему служанка,—у Авдотьи Самсоновны гости》. Но смотритель, не слушая, шел далее. Две первые комнаты были темны, в третьей был огонь. Он подошел к растворенной двери и остановился. В комнате, прекрасно убранной, Минский сидел в задумчивости. Дуня, одетая со всею роскошью моды, сидела на ручке его кресел, как наездница на своем английском седле. Она с нежностью смотрела на Минского, наматывая черные его кудри на свои сверкающие пальцы. Бедный смотритель! Никогда дочь его не казалась ему столь прекрасною; он поневоле ею любовался. «Кто там? —спросила она, не подымая головы. Он всё молчал. Не получая ответа, Дуня подняла голову... и с криком упала на ковер. Испуганный Минский кинулся ее подымать и, вдруг увидя в дверях старого смотрителя, оставил Дуню, и подошел к нему, дрожа от гнева. «Чего тебе надобно? —сказал он ему, стиснув зубы,—что ты за мною всюду крадешься, как разбойник? Или хочешь меня зарезать? Пошел вон!»—и, сильной рукою схватив старика за ворот, вытолкнул его на лестницу.

Старик пришел к себе на квартиру. Приятель его советовал ему жаловаться; но смотритель подумал, махнул рукой и решился отступиться. Через два дни отправился он из Петербурга обратно на свою станцию и опять принялся за свою должность. «Вот уже третий год,—заключил он,—как живу я без Дуни и как об ней нет ни слуху, ни духу. Жива ли, нет ли, бог ее ведает. Всяко случается. Не ее первую, не ее последнюю сманил проезжий повеса, а там подержал, да и бросил. Много их в Петербурге, молоденьких дур, сегодня в атласе да бархате, а завтра, поглядишь, метут улицу вместе с голью кабацкою. Как подумаешь порою, что и Дуня, может быть, тут же пропадает, так поневоле согрешишь, да пожелаешь ей могилы...»

Таков был рассказ приятеля моего, старого смотрителя, рассказ, неоднократно прерываемый слезами, которые живописно отирал он своею полою, как усердный Терентьич в прекрасной балладе Дмитриева[1]. Слезы сии отчасти возбуждаемы были пуншем, коего вытянул он пять стаканов в продолжение своего повествования; но как бы то не было, они сильно тронули мое сердце. С ним расставшись, долго не мог я забыть старого смотрителя, долго думал я о бедной Дуне...

Недавно еще, проезжая через местечко***, вспомнил я о моем приятеле; я узнал, что станция, над которой он начальствовал, уже уничтожена. На вопрос мой: 《Жив ли старый смотритель?》— никто не мог дать мне удовлетворительного ответа. Я решился посетить знакомую сторону, взял вольных лошадей и пустился в село Н.

Это случилось осенью. Серенькие тучи покрывали небо; холодный ветер дул с пожатых полей, унося красные и желтые листья со встречных деревьев. Я приехал в село при закате солнца и остановился у почтового домика. В сени (где некогда поцеловала меня бедная Дуня) вышла толстая баба и на вопросы мои отвечала, что старый смотритель с год как помер, что в доме его поселился пивовар, а что она жена пивоварова. Мне стало жаль моей напрасной поездки и семи рублей, издержанных даром. 《Отчего ж он умер?》—спросил я пивоварову жену. —《Спился, батюшка》,— отвечала она. —《А где его похоронили?》—《За околицей, подле покойной хозяйки его》. —《Нельзя ли довести меня до его могилы?》—《Почему же нельзя. Эй, Ванька! Полно тебе с кошкою возиться. Проводи-ка барина на кладбище да укажи ему смотрителеву могилу》.

При сих словах оборванный мальчик, рыжий и кривой, выбежал ко мне и тотчас повел меня за околицу.

—Знал ты покойника? —спросил я его дорогой.

—Как не знать! Он выучил меня дудочки вырезывать. Бывало

---

① Стихотворение И. Дмитриева《Карикатура》.

（царство ему небесное！），идет из кабака，а мы-то за ним：《Дедушка，дедушка！Орешков！》—а он нас орешками и наделяет. Всё，бывало，с нами возится.

—А проезжие вспоминают ли его?

—Да ноне мало проезжих；разве заседатель завернет，да тому не до мертвых. Вот летом проезжала барыня，так та спрашивала о старом смотрителе и ходила к нему на могилу.

—Какая барыня? —спросил я с любопытством.

—Прекрасная барыня，—отвечал мальчишка；—ехала она в карете в шесть лошадей，с тремя маленькими барчатами и с кормилицей，и с черной моською；и как ей сказали，что старый смотритель умер，так она заплакала и сказала детям：《Сидите смирно，а я схожу на кладбище》. А я было вызвался довести ее. А барыня сказала：《Я сама дорогу знаю》. И дала мне пятак серебром-такая добрая барыня！..

Мы пришли на кладбище，голое место，ничем не огражденное，усеянное деревянными крестами，не осененными ни единым деревцом. Отроду не видал я такого печального кладбища.

—Вот могила старого смотрителя，—сказал мне мальчик，вспрыгнув на груду песку，в которую врыт был черный крест с медным образом.

—И барыня приходила сюда? —спросил я.

—Приходила，—отвечал Ванька，—я смотрел на нее издали. Она легла здесь и лежала долго. А там барыня пошла в село и призвала попа，дала ему денег и поехала，а мне дала пятак серебром—славная барыня！

И я дал мальчишке пятачок и не жалел уже ни о поездке，ни о семи рублях，мною истраченных.

(1830)

Краткий анализ произведения

《Станционный смотритель》—одна из пяти 《Повестей Белкина》. Герой повести, Самсон Вырин оказывается жертвой не только своего бесправного положения, но и своих ложных опасений за судьбу дочери, вытекающих из социального неравенства.

Гуманистическая позиция писателя в повести совсем неоднозначна. Кажется, будто все добры в этой повести, никто не виноват. Самсон Вырин добросердечен, доверчив, бескорыстно любит свою дочь, и бережет ее больше, чем себя. Дуня имеет право на выбор своего счастья и жизненного пути, любит своего отца, даже счастье не уничтожает в ней сознание вины перед ним. Минский искренне любит Дуню, не сманил и не бросил ее. Он признается, что он виноват перед Дуней и рад просить у её отца прощения. Он даже пытался откупиться от него деньгами. Но в то же время все в какой-то степени виновны. Минский, перехитрив станционного смотрителя Вырина, без его ведома увез Дуню. Возмущенный неотступностью отца Дуни, он грубо вытолкал Вырина из своего дома. Дуня из-за любви совсем забывает о своем отце, ее отъезд фактически стал непосредственной причиной страданий, пьянства и, наконец, смерти станционного смотрителя. На самом деле Самсон Вырин напрасно называет Минского 《проезжим повесой》, несправедливо считает дочь 《заблудшей овечкой》, и целиком отдается слепоте своих мрачных пророчеств. Но он обмаут Минским, забыт дочерью и глубоко несчаслив. И все потому, что в этом мире он“маленький человек” перед богатыми и всевластными людьми.

Этой повестью Пушкин открыл новую тему о 《маленьком человеке》, то есть о человеке, бедном, бесправном и беззащитном. Эту тему продолжил Гоголь, Достоевский. Она стала одной из ведущих тем русской литературы X1X века.

Вопросы и задания

1. Расскажите содержание 《Станционного смотрителя》.
2. В чем трагедия Самсона Вырина ? Какая тема вошла в русскую литературу после этой повести ?

Литература

В. Маранцман, Изучение творчества А. С. Пушкина в школе, в двух частях, Часть 1, М. , Гуманитарный издательский центр Владос, 1999.

Иван Сергеевич Тургенев
(1818-1883)

МУМУ

В одной из отдаленных улиц Москвы, в сером доме с белыми колоннами, антресолью и покривившимся балконом, жила некогда барыня, вдова, окруженная многочисленною дворней. Сыновья ее служили в Петербурге, дочери вышли замуж; она выезжала редко и уединенно доживала последние годы своей скупой и скучающей старости. День ее, нерадостный и ненастный, давно прошел; но и вечер ее был чернее ночи.

Из числа всей ее челяди[①] самым замечательным лицом был дворник Герасим, мужчина двенадцати вершков роста, сложенный богатырем и глухонемой от рожденья. Барыня взяла его из деревни, где он жил один, в небольшой избушке, отдельно от братьев, и считался едва ли не самым исправным тягловым мужиком. Одаренный необычайной силой, он работал за четверых-

---

① Челядь—дворовые слуги помещиков при крепостном праве.

дело спорилось в его руках, и весело было смотреть на него, когда он либо пахал и, налегая огромными ладонями на соху, казалось, один, без помощи лошаденки, взрезывал упругую грудь земли, либо о Петров день[1] так сокрушительно действовал косой, что хоть бы молодой березовый лесок смахивать с корней долой, либо проворно и безостановочно молотил трехаршинным цепом, и как рычаг опускались и поднимались продолговатые и твердые мышцы его плечей. Постоянное безмолвие придавало торжественную важность его неистомной[2] работе. Славный он был мужик, и не будь его несчастье, всякая девка охотно пошла бы за него замуж... Но вот Герасима привезли в Москву, купили ему сапоги, сшили кафтан на лето, на зиму тулуп, дали ему в руки метлу и лопату и определили его дворником.

Крепко не полюбилось ему сначала его новое житье. С детства привык он к полевым работам, к деревенскому быту. Отчужденный несчастьем своим от сообщества людей, он вырос немой и могучий, как дерево растет на плодородной земле... Переселенный в город, он не понимал, что с ним такое деется,— скучал и недоумевал, как недоумевает молодой, здоровый бык, которого только что взяли с нивы, где сочная трава росла ему по брюхо,—взяли, поставили на вагон железной дороги—и вот, обдавая его тучное тело то дымом с искрами, то волнистым паром, мчат его теперь, мчат со стуком и визгом, а куда мчат—бог весть! Занятия Герасима по новой его должности казались ему шуткой после тяжких крестьянских работ; в полчаса всё у него было готово, и он опять то останавливался посреди двора и глядел, разинув рот, на всех проходящих, как бы желая добиться от них решения загадочного своего положения, то вдруг уходил куда-

---

① О Петров день —(устар.) в Петров день (29-е июня по старому стилю.)

② Неистомной—не утомительный.

нибудь в уголок и, далеко швырнув метлу и лопату, бросался на землю лицом и целые часы лежал на груди неподвижно, как пойманный зверь. Но ко всему привыкает человек, и Герасим привык наконец к городскому житью. Дела у него было немного; вся обязанность его состояла в том, чтобы двор содержать в чистоте, два раза в день привезти бочку с водой, натаскать и наколоть дров для кухни и дома, да чужих не пускать и по ночам караулить. И надо сказать, усердно исполнял он свою обязанность: на дворе у него никогда ни щепок не валялось, ни сору; застрянет ли в грязную пору где-нибудь с бочкой отданная под его начальство разбитая кляча-водовозка, он только двинет плечом—и не только телегу, самое лошадь спихнет с места; дрова ли примется он колоть, топор так и звенит у него, как стекло, и летят во все стороны осколки и поленья; а что насчет чужих, так после того, как он однажды ночью, поймав двух воров, стукнул их друг о дружку лбами, да так стукнул, что хоть в полицию их потом не води, все в околотке[1] очень стали уважать его; даже днем проходившие, вовсе уже не мошенники, а просто незнакомые люди при виде грозного дворника отмахивались и кричали на него, как будто он мог слышать их крики. Со всей остальной челядью Герасим находился в отношениях не то чтобы приятельских—они его побаивались,—а коротких[2]: он считал их за своих. Они с ним объяснялись знаками, и он их понимал, в точности исполнял все приказания, но права свои тоже знал, и уже никто не смел садиться на его место в застолице[3]. Вообще Герасим был нрава строгого и серьезного, любил во всем порядок; даже петухи при нем

---

① Околоток—окрестность дома.

② Короткий—близкий, дружественный.

③ Застолица—в помещичьем быту: помещение, где дворовые люди, работники пользовались общим столом.

не смели драться,—а то беда! Увидит, тотчас схватит за ноги, повертит раз десять на воздухе колесом и бросит врозь. На дворе у барыни водились тоже гуси; но гусь, известно, птица важная и рассудительная; Герасим чувствовал к ним уважение, ходил за ними и кормил их; он сам смахивал на степенного гусака. Ему отвели над кухней каморку; он устроил ее себе сам, по своему вкусу, соорудил в ней кровать из дубовых досок на четырех чурбанах,—истинно богатырскую кровать; сто пудов можно было положить на нее—не погнулась; под кроватью находился дюжий① сундук; в уголку стоял столик такого же крепкого свойства, а возле столика—стул на трех ножках, да такой прочный и приземистый, что сам Герасим, бывало, поднимет его, уронит и ухмыльнется. Каморка запиралась на замок, напоминавший своим видом калач, только черный; ключ от этого замка Герасим всегда носил с собой на пояске. Он не любил, чтобы к нему ходили.

Так прошел год, по окончании которого с Герасимом случилось небольшое происшествие.

Старая барыня, у которой он жил в дворниках, во всем следовала древним обычаям и прислугу держала многочисленную; в доме у ней находились не только прачки, швеи, столяры, портные и портнихи,—был даже один шорник②, он же считался ветеринарным врачом и лекарем для людей, был домашний лекарь для госпожи, был, наконец, один башмачник, по имени Капитон Климов, пьяница горький. Климов почитал себя существом обиженным и не оцененным по достоинству, человеком образованным и столичным, которому не в Москве бы жить, без дела, в каком-то захолустье, и если пил, как он сам выражался с расстановкой и стуча себя в грудь, то пил уже именно с горя. Вот

---

① Дюжий—большой, крепкий, сильный.

② Шорник—сапожник.

зашла однажды о нем речь у барыни с ее главным дворецким[1], Гаврилой, человеком, которому, судя по одним его желтым глазкам и утиному носу, сама судьба, казалось, определила быть начальствующим лицом. Барыня сожалела об испорченной нравственности Капитона, которого накануне только что отыскали где-то на улице.

—А что, Гаврила,—заговорила вдруг она,—не женить ли нам его, как ты думаешь? Может, он остепенится.

—Отчего же не женить-с! Можно-с,—ответил Гаврила,—и очень даже будет хорошо-с.

—Да; только кто за него пойдет?

—Конечно-с. А впрочем, как вам будет угодно-с. Всё же он, так сказать, на что-нибудь может быть потребен; из десятка его не выкинешь[2].

—Кажется, ему Татьяна нравится?

Гаврила хотел было что-то возразить, да сжал губы.

—Да!.. пусть посватает Татьяну,—решила барыня, с удовольствием понюхивая табачок,—слышишь?

—Слушаю-с,—произнес Гаврила и удалился.

Возвратясь в свою комнату (она находилась во флигеле и была почти вся загромождена коваными сундуками), Гаврила сперва выслал вон свою жену, а потом подсел к окну и задумался. Неожиданное распоряжение барыни его, видимо, озадачило. Наконец он встал и велел кликнуть Капитона. Капитон явился... Но прежде чем мы передадим читателям их разговор, считаем нелишним рассказать в немногих словах, кто была эта Татьяна, на которой приходилось Капитону жениться, и почему повеление

---

① Дворецкий—главный над слугами.

② Из десяти его не выкинешь—устойчивое выражение, в знач. нужный человек, не обойтись без него.

барыни смутило дворецкого.

Татьяна, состоявшая, как мы сказали выше, в должности прачки (впрочем, ей, как искусной и ученой прачке, поручалось одно тонкое белье), была женщина лет двадцати восьми, маленькая, худая, белокурая, с родинками на левой щеке. Родинки на левой щеке почитаются на Руси худой приметой— предвещанием несчастной жизни... Татьяна не могла похвалиться своей участью. С ранней молодости ее держали в черном теле[①], работала она за двоих, а ласки никакой никогда не видала; одевали ее плохо, жалованье она получала самое маленькое; родни у ней всё равно что не было: один какой-то старый ключник, оставленный за негодностью в деревне, доводился ей дядей, да другие дядья у ней в мужиках состояли,—вот и всё. Когда-то она слыла красавицей, но красота с нее очень скоро соскочила. Нрава она была весьма смирного, или, лучше сказать, запуганного, к самой себе она чувствовала полное равнодушие, других боялась смертельно; думала только о том, как бы работу к сроку кончить, никогда ни с кем не говорила и трепетала при одном имени барыни, хотя та ее почти в глаза не знала. Когда Герасима привезли из деревни, она чуть не обмерла от ужаса при виде его громадной фигуры, всячески старалась не встречаться с ним, даже жмурилась, бывало, когда ей случалось пробегать мимо него, спеша из дома в прачечную. Герасим сперва не обращал на нее особенного внимания, потом стал посмеиваться, когда она ему попадалась, потом и заглядываться на нее начал, наконец и вовсе глаз с нее не спускал. Полюбилась она ему; кротким ли выражением лица, робостью ли движений—бог его знает! Вот однажды пробиралась она по двору, осторожно поднимая на

---

① Держать в черном теле—устойчивое выражение, в знач. строго, сурово обращаться с кем-л., заставляя много работать, не позволяя нежиться.

растопыренных пальцах накрахмаленную барынину кофту... кто-то вдруг сильно схватил ее за локоть; она обернулась и так и вскрикнула: за ней стоял Герасим. Глупо смеясь и ласково мыча, протягивал он ей пряничного петушка, с сусальным золотом на хвосте и крыльях. Она было хотела отказаться, но он насильно впихнул его ей прямо в руку, покачал головой, пошел прочь и, обернувшись, еще раз промычал ей что-то очень дружелюбное. С того дня он уж ей не давал покоя: куда, бывало, она ни пойдет, он уж тут как тут, идет ей навстречу, улыбается, мычит, махает руками, ленту вдруг вытащит из-за пазухи и всучит ей, метлой перед ней пыль расчистит. Бедная девка просто не знала, как ей быть и что делать. Скоро весь дом узнал о проделках немого дворника; насмешки, прибауточки, колкие словечки посыпались на Татьяну. Над Герасимом, однако, глумиться не все решались: он шуток не любил; да и ее при нем оставляли в покое. Рада не рада, а попала девка под его покровительство. Как все глухонемые, он очень был догадлив и очень хорошо понимал, когда над ним или над ней смеялись. Однажды за обедом кастелянша[①], начальница Татьяны, принялась ее, как говорится, шпынять и до того ее довела, что та, бедная, не знала куда глаза деть и чуть не плакала с досады. Герасим вдруг приподнялся, протянул свою огромную ручищу, наложил ее на голову кастелянши и с такой угрюмой свирепостью посмотрел ей в лицо, что та так и пригнулась к столу. Все умолкли. Герасим снова взялся за ложку и продолжал хлебать щи. 《Вишь, глухой чёрт, леший!》—пробормотали все вполголоса, а кастелянша встала да ушла в девичью. А то в другой раз, заметив, что Капитон, тот самый Капитон, о котором сейчас шла речь, как-то слишком любезно раскалякался[②] с Татьяной, Герасим

---

① Кастелянша—служанка, ответственная за всё хозяйское бельё.

② Раскалякаться—разговориться, разболтаться.

подозвал его к себе пальцем, отвел в каретный сарай да, ухватив за конец стоявшее в углу дышло①, слегка, но многозначительно погрозил ему им. С тех пор уж никто не заговаривал с Татьяной. И всё это ему сходило с рук. Правда, кастелянша, как только прибежала в девичью, тотчас упала в обморок и вообще так искусно действовала, что в тот же день довела до сведения барыни грубый поступок Герасима; но причудливая старуха только рассмеялась, несколько раз, к крайнему оскорблению кастелянши, заставила ее повторить, как, дескать, он принагнул тебя своей тяжелой ручкой, и на другой день выслала Герасиму целковый②. Она его жаловала как верного и сильного сторожа. Герасим порядком ее побаивался, но все-таки надеялся на ее милость и собирался уже отправиться к ней с просьбой, не позволит ли она ему жениться на Татьяне. Он только ждал нового кафтана, обещанного ему дворецким, чтоб в приличном виде явиться перед барыней, как вдруг этой самой барыне пришла в голову мысль выдать Татьяну за Капитона.

Читатель теперь легко сам поймет причину смущения, овладевшего дворецким Гаврилой после разговора с госпожой. 《Госпожа,—думал он, посиживая у окна,—конечно, жалует Герасима (Гавриле хорошо это было известно, и оттого он сам ему потакал), всё же он существо бессловесное; не доложить же госпоже, что вот Герасим, мол, за Татьяной ухаживает. Да и наконец, оно и справедливо, какой он муж? А с другой стороны, стоит этому, прости господи, лешему узнать, что Татьяну выдают за Капитона, ведь он всё в доме переломает, ей-ей. Ведь с ним не столкуешь; ведь его, чёрта этакого, согрешил я, грешный, никаким способом не уломаешь... право!..》

Появление Капитона прервало нить Гаврилиных

---

① Дышло—жердь, прикрепляемая к передней оси повозки.

② Целковый—(устар.) рубль.

размышлений. Легкомысленный башмачник вошел, закинул руки назад и, развязно прислонясь к выдающемуся углу стены подле двери, поставил правую ножку крестообразно перед левой и встряхнул головой. 《Вот, мол, я. Чего вам потребно?》

Гаврила посмотрел на Капитона и застучал пальцами по косяку окна. Капитон только прищурил немного свои оловянные глазки, но не опустил их, даже усмехнулся слегка и провел рукой по своим белесоватым волосам, которые так и ерошились во все стороны. 《Ну да, я, мол, я. Чего глядишь?》

—Хорош,—проговорил Гаврила и помолчал.—Хорош, нечего сказать!

Капитон только плечиками передернул. 《А ты небось лучше?》—подумал он про себя.

—Ну, посмотри на себя, ну, посмотри,—продолжал с укоризной Гаврила,—ну, на кого ты похож?

Капитон окинул спокойным взором свой истасканный и оборванный сюртук, свои заплатанные панталоны, с особенным вниманием осмотрел он свои дырявые сапоги, особенно тот, о носок которого так щеголевато опиралась его правая ножка, и снова уставился на дворецкого.

—А что-с?

—Что-с? —повторил Гаврила.—Что-с? Еще ты говоришь: что-с? На чёрта ты похож, согрешил я, грешный, вот на кого ты похож.

Капитон проворно замигал глазками.

《Ругайтесь, мол, ругайтесь, Гаврила Андреич》,—подумал он опять про себя.

—Ведь вот ты опять пьян был,—начал Гаврила,—ведь опять? А? Ну, отвечай же.

—По слабости здоровья спиртным напиткам подвергался действительно,—возразил Капитон.

—По слабости здоровья!.. Мало тебя наказывают—вот что; а в Питере еще был в ученье... Многому ты выучился в ученье! Только хлеб даром ешь.

—В этом случае, Гаврила Андреич, один мне судья: сам господь бог, и больше никого. Тот один знает, каков я человек на сем свете суть и точно ли даром хлеб ем. А что касается в соображении до пьянства, то и в этом случае виноват не я, а более один товарищ; сам же меня он сманул, да и сполитиковал, ушел то есть, а я...

—А ты остался, гусь, на улице. Ах ты, забубенный человек! Ну, да дело не в том,—продолжал дворецкий,—а вот что. Барыне...—тут он помолчал,—барыне угодно, чтоб ты женился. Слышишь? Они полагают, что ты остепенишься, женившись. Понимаешь?

—Как не понимать-с.

—Ну, да. По-моему, лучше бы тебя хорошенько в руки взять. Ну, да это уж их дело. Что ж? Ты согласен?

Капитон осклабился[①].

—Женитьба дело хорошее для человека, Гаврила Андреич; и я, с своей стороны, с очень моим приятным удовольствием.

—Ну, да,—возразил Гаврила и подумал про себя: «Нечего сказать, аккуратно говорит человек»,—Только вот что,—продолжал он вслух,—невесту-то тебе приискали неладную.

—А какую, позвольте полюбопытствовать?..

—Татьяну.

—Татьяну?

И Капитон вытаращил глаза и отделился от стены.

—Ну, чего ж ты всполохнулся?.. Разве она тебе не по нраву?

—Какое не по нраву, Гаврила Андреич! Девка она ничего,

---

① Осклабиться —(прост.)широко улыбнуться.

работница, смирная девка... Да ведь вы сами знаете, Гаврила Андренч, ведь тот-то, леший, кикимора-то[1] степная, ведь он за ней...

—Знаю, брат, всё знаю,—с досадой прервал его дворецкий,—да ведь...

—Да помилуйте, Гаврила Андреич! Ведь он меня убьет, ей-богу убьет, как муху какую-нибудь прихлопнет; ведь у него рука, ведь вы изволите сами посмотреть, что у него за рука; ведь у него просто Минина и Пожарского рука[2]. Ведь он глухой, бьет и не слышит, как бьет! Словно во сне кулачищами-то махает. И унять его нет никакой возможности; почему? Потому, вы сами знаете, Гаврила Андреич, он глух и, вдобавку, глуп, как пятка. Ведь это какой-то зверь, идол, Гаврила Андреич,—хуже идола... осина какая-то; за что же я теперь от него страдать должен? Конечно, мне уже теперь всё нипочем: обдержался, обтерпелся человек, обмаслился, как коломенский горшок,—всё же я, однако, человек, а не какой-нибудь в самом деле ничтожный горшок.

—Знаю, знаю, не расписывай...

—Господи боже мой! —с жаром продолжал башмачник,—когда же конец? Когда, господи! Горемыка я, горемыка неисходная! Судьба-то, судьба-то моя, подумаешь! В младых летах был я бит через немца хозяина; в лучший сустав жизни моей бит от своего же брата, наконец в зрелые годы вот до чего дослужился...

—Эх ты, мочальная душа,—проговорил Гаврила,—Чего распространяешься, право!

—Как чего, Гаврила Андреич! Не побоев я боюсь, Гаврила

---

① Кикимора —(устар.)уродливый человек.

② Минина и Пожарского рука—Минин и Пожарский—народные герои, руководители земского ополчения начала 17 века,богатыри в глазах русского народа.

Андреич. Накажи меня господин в стенах, да подай мне при людях приветствие, и всё я в числе человечков, а тут ведь от кого приходится...

—Ну, пошел вон,—нетерпеливо перебил его Гаврила.

Капитон отвернулся и поплелся вон.

—А положим, его бы не было,—крикнул ему вслед дворецкий,—ты-то сам согласен?

—Изъявляю,—возразил Капитон и удалился.

Красноречие не покидало его даже в крайних случаях.

Дворецкий несколько раз прошелся по комнате.

—Ну, позовите теперь Татьяну,—промолвил он наконец.

Через несколько мгновений Татьяна вошла чуть слышно и остановилась у порога.

—Что прикажете, Гаврила Андреич? —проговорила она тихим голосом.

Дворецкий пристально посмотрел на нее.

—Ну,—помолвил он,—Танюша, хочешь замуж идти? Барыня тебе жениха сыскала.

—Слушаю, Гаврила Андреич. А кого они мне в женихи назначают? —прибавила она с нерешительностью.

—Капитона, башмачника.

—Слушаю-с.

—Он легкомысленный человек—это точно. Но госпожа в этом случае на тебя надеется.

—Слушаю-с.

—Одна беда .. ведь этот глухарь-то, Гараська, он ведь за тобой ухаживает. И чем ты этого медведя к себе приворожила? А ведь он убьет тебя, пожалуй, медведь этакой...

—Убьет, Гаврила Андреич, беспременно убьет.

—Убьет... Ну, это мы увидим. Как это ты говоришь: убьет! Разве он имеет право тебя убивать, посуди сама.

—А не знаю, Гаврила Андреич, имеет ли, нет ли.

—Экая! Ведь ты ему этак ничего не обещала...

—Чего изволите-с?

Дворецкий помолчал и подумал:

《Безответная ты душа!》—Ну, хорошо,—прибавил он,—мы еще поговорим с тобой, а теперь ступай, Танюша; я вижу, ты точно смиренница.

Татьяна повернулась, оперлась легонько о притолку и ушла.

《А может быть, барыня-то завтра и забудет об этой свадьбе,—подумал дворецкий,—я-то из чего растревожился? Озорника-то мы этого скрутим; коли что—в полицию знать дадим...》—Устинья Федоровна!—крикнул он громким голосом своей жене,—поставьте-ка самоварчик, моя почтенная...

Татьяна почти весь тот день не выходила из прачечной. Сперва она всплакнула, потом утерла слезы и принялась по-прежнему за работу. Капитон до самой поздней ночи просидел в заведении с каким-то приятелем мрачного вида и подробно ему рассказал, как он в Питере проживал у одного барина, который всем бы взял, да за порядками был наблюдателен и притом одной ошибкой маленечко произволялся: хмелем гораздо забирал, а что до женского пола, просто во все качества доходил... Мрачный товарищ только поддакивал; но когда Капитон объявил наконец, что он, по одному случаю, должен завтра же руку на себя наложить, мрачный товарищ заметил, что пора спать. И они разошлись грубо и молча.

Между тем ожидания дворецкого не сбылись. Барыню так заняла мысль о Капитоновой свадьбе, что она даже ночью только об этом разговаривала с одной из своих компаньонок, которая держалась у ней в доме единственно на случай бессонницы и, как ночной извозчик, спала днем. Когда Гаврила вошел к ней после чаю с докладом, первым ее вопросом было: а что наша свадьба, идет? Он, разумеется, отвечал, что идет как нельзя лучше и что

Капитон сегодня же к ней явится с поклоном. Барыне что-то нездоровилось; она недолго занималась делами. Дворецкий возвратился к себе в комнату и созвал совет. Дело точно требовало особенного обсуждения. Татьяна не прекословила, конечно; но Капитон объявлял во всеуслышание, что у него одна голова, а не две и не три... Герасим сурово и быстро на всех поглядывал, не отходил от девичьего крыльца и, казалось, догадывался, что затевается что-то для него недоброе. Собравшиеся (в числе их присутствовал старый буфетчик, по прозвищу дядя Хвост, к которому все с почтеньем обращались за советом, хотя только и слышали от него, что; вот оно как, да; да, да, да) начали с того, что на всякий случай, для безопасности, заперли Капитона в чуланчик с водоочистительной машиной и принялись думать крепкую думу. Конечно, легко было прибегнуть к силе; но боже сохрани! Выйдет шум, барыня обеспокоится—беда! Как быть? Думали, думали и выдумали наконец. Неоднократно было замечено, что Герасим терпеть не мог пьяниц... Сидя за воротами, он всякий раз, бывало, с негодованием отворачивался, когда мимо его неверными шагами и с козырьком фуражки на ухе проходил какой-нибудь нагрузившийся человек. Решили научить Татьяну, чтобы она притворилась хмельной и прошла бы, пошатываясь и покачиваясь, мимо Герасима. Бедная девка долго не соглашалась, но ее уговорили; притом она сама видела, что иначе она не отделается от своего обожателя. Она пошла. Капитона выпустили из чуланчика: дело все-таки до него касалось. Герасим сидел на тумбочке у ворот и тыкал лопатой в землю... Из-за всех углов, из-под штор за окнами глядели на него...

Хитрость удалась как нельзя лучше. Увидев Татьяну, он сперва, по обыкновению, с ласковым мычаньем закивал головой; потом вгляделся, уронил лопату, вскочил, подошел к ней, придвинул свое лицо к самому ее лицу... Она от страха еще более зашаталась и закрыла глаза... Он схватил ее за руку, помчал через весь двор и, войдя с нею в комнату, где заседал совет, толкнул ее прямо к Капитону. Татьяна так и обмерла... Герасим постоял, поглядел на нее, махнул рукой, усмехнулся и пошел, тяжело ступая, в свою каморку... Целые сутки не выходил он оттуда. Форейтор Антипка сказывал потом, что он сквозь щелку видел, как Герасим, сидя на кровати, приложив к щеке руку, тихо, мерно и только изредка мыча—пел, то есть покачивался, закрывал глаза и встряхивал головой, как ямщики или бурлаки, когда они затягивают свои заунывные песни. Антипке стало жутко, и он отошел от щели. Когда же на другой день Герасим вышел из каморки, в нем особенной перемены нельзя было заметить. Он только стал как будто поугрюмее, а на Татьяну и на Капитона не обращал ни малейшего внимания. В тот же вечер они оба с гусями под мышкой отправились к барыне и через неделю женились. В самый день свадьбы Герасим не изменил своего поведения ни в чем; только с реки он приехал без воды: он как-то на дороге разбил бочку; а на ночь в конюшне он так усердно чистил и тер свою лошадь, что та шаталась, как былинка на ветру, и переваливалась с ноги на ногу под его железными кулаками.

Всё это происходило весною. Прошел еще год, в течение которого Капитон окончательно спился с кругу и, как человек решительно никуда негодный, был отправлен с обозом в дальнюю деревню, вместе с своею женой. В день отъезда он сперва очень храбрился и уверял, что куда его ни пошли, хоть туда, где бабы рубахи моют да вальки на небо кладут, он всё не пропадет; но потом упал духом, стал жаловаться, что его везут к необразованным людям, и так ослабел наконец, что даже собственную шапку на себя надеть не мог; какая-то сострадательная душа надвинула ее ему на лоб, поправила козырек и сверху ее прихлопнула. Когда же всё было готово и мужики уже держали вожжи в руках и ждали только слов:《С богом!》, Герасим вышел из своей каморки, приблизился к Татьяне и подарил ей на память красный бумажный платок, купленный им для нее же с год тому назад. Татьяна, с великим равнодушием переносившая до того мгновения все превратности своей жизни, тут, однако, не вытерпела, прослезилась и, садясь в телегу, по-христиански три раза поцеловалась с Герасимом. Он хотел проводить ее до заставы и пошел сперва рядом с ее телегой, но вдруг остановился на Крымском броду, махнул рукой и отправился вдоль реки.

Дело было к вечеру. Он шел тихо и глядел на воду. Вдруг ему показалось, что что-то барахтается в тине у самого берега. Он нагнулся и увидел небольшого щенка, белого с черными пятнами, который, несмотря на все свои старания, никак не мог вылезть из воды, бился, скользил и дрожал всем своим мокреньким и худеньким телом. Герасим поглядел на несчастную собачонку. Подхватил ее одной рукой, сунул ее к себе в пазуху и пустился большими шагами домой. Он вошел в свою каморку, уложил спасенного щенка на кровати, прикрыл его своим тяжелым армяком, сбегал сперва в конюшню за соломой, потом в кухню за чашечкой молока. Осторожно откинув армяк и разостлав солому, поставил он молоко на кровать. Бедной собачонке было всего недели три, глаза у ней прорезались недавно; один глаз даже казался немножко больше другого; она еще не умела пить из чашки и только дрожала и щурилась. Герасим взял ее легонько двумя пальцами за голову и принагнул ее мордочку к молоку. Собачка вдруг начала пить с жадностью, фыркая, трясясь и захлебываясь. Герасим глядел, глядел да как засмеется вдруг... Всю ночь он возился с ней, укладывал ее. Обтирал и заснул наконец сам возле нее каким-то радостным и тихим сном.

Ни одна мать так не ухаживает за своим ребенком, как ухаживал Герасим за своей питомицей. (Собака оказалась сучкой.)

Первое время она была очень слаба, тщедушна и собой некрасива, но понемногу справилась и выровнялась, а месяцев через восемь, благодаря неусыпным попечениям своего спасителя, превратилась в очень ладную собачку испанской породы, с длинными ушами, пушистым хвостом в виде трубы и большими выразительными глазами. Она страстно привязалась к Герасиму и не отставала от него ни на шаг, всё ходила за ним, повиливая хвостиком. Он и кличку ей дал—немые знают, что мычанье их обращает на себя внимание других,—он назвал ее Муму. Все люди в доме ее полюбили и тоже кликали Мумуней. Она была чрезвычайно умна, ко всем ласкалась, но любила одного Герасима. Герасим сам ее любил без памяти... и ему было неприятно, когда другие ее гладили: боялся он что ли, за нее, ревновал ли он к ней—бог весть! Она его будила по утрам, дергая его за полу, приводила к нему за повод старую водовозку, с которой жила в большой дружбе, с важностью на лице отправлялась вместе с ним на реку, караулила его метлы и лопаты, никого не подпускала к его каморке. Он нарочно для нее прорезал отверстие в своей двери, и она как будто чувствовала, что только в Герасимовой каморке она была полная хозяйка, и потому, войдя в нее, тотчас с довольным видом вскакивала на кровать. Ночью она не спала вовсе, но не лаяла без разбору, как иная глупая дворняжка, которая, сидя на задних лапах и подняв морду и зажмурив глаза, лает просто от скуки, так, на звезды, и обыкновенно три раза сряду,—нет! Тонкий голосок Муму никогда не раздавался даром: либо чужой близко подходил к забору, либо где-нибудь поднимался подозрительный шум или шорох... Словом, она сторожила отлично. Правда, был еще, кроме ее, на дворе старый пес желтого цвета, с бурыми крапинами, по имени Волчок, но того никогда, даже ночью, не спускали с цепи, да и он сам, по дряхлости своей, вовсе не требовал свободы—лежал себе свернувшись в своей конуре и лишь изредка издавал сиплый, почти беззвучный лай, который тотчас же прекращал, как бы сам чувствуя всю его бесполезность. В господский дом Муму не ходила и, когда Герасим носил в комнаты дрова, всегда оставалась назади и нетерпеливо его выжидала у крыльца, навострив уши и поворачивая голову то направо, то вдруг налево, при малейшем стуке за дверями...

Так прошел еще год. Герасим продолжал свои дворнические занятия и очень был доволен своей судьбой, как вдруг произошло одно неожиданное обстоятельство... а именно:

В один прекрасный летний день барыня с своими приживалками расхаживала по гостиной. Она была в духе, смеялась и шутила; приживалки смеялись и шутили тоже, но особенной радости они не чувствовали: в доме не очень-то любили, когда на барыню находил веселый час, потому что, во-первых, она тогда требовала от всех немедленного и полного сочувствия и сердилась, если у кого-нибудь лицо не сияло удовольствием, во-вторых, эти вспышки у ней продолжались недолго и обыкновенно заменялись мрачным и кислым расположением духа. В тот день она как-то счастливо встала; на картах ей вышло четыре валета: исполнение желаний (она всегда гадала по утрам)—и чай ей показался особенно вкусным, за что горничная получила на словах похвалу и деньгами гривенник. С сладкой улыбкой на сморщенных губах гуляла барыня по гостиной и подошла к окну. Перед окном был разбит палисадник, и на самой средней клумбе, под розовым кусточком, лежала Муму и тщательно грызла кость. Барыня увидала ее.

—Боже мой! —воскликнула она вдруг,—что это за собака?

Приживалка, к которой обратилась барыня, заметалась, бедненькая, с тем тоскливым беспокойством, которое обыкновенно овладевает подвластным человеком, когда он еще не знает хорошенько, как ему понять восклицание начальника.

—Н. . . н. . . е знаю-с,—пробормотала она,—кажется, немого.

—Боже мой! —прервала барыня,—да она премиленькая собачка! Велите ее привести. Давно она у него? Как же я это ее не видала до сих пор?. . Велите ее привести.

Приживалка тотчас порхнула в переднюю.

—Человек, человек! —закричала она,—приведите поскорей Муму! Она в палисаднике.

—А ее Муму зовут,—промолвила барыня,—очень хорошее имя.

—Ах, очень-с! —возразила приживалка. —Скорей, Степан!

Степан, дюжий парень, состоявший в должности лакея, бросился сломя голову в палисадник и хотел было схватить Муму, но та ловко вывернулась из-под его пальцев и, подняв хвост, пустилась во все лопатки к Герасиму, который в то время у кухни выколачивал и вытряхивал бочку, перевертывая ее в руках, как детский барабан. Степан побежал за ней вслед, начал ловить ее у самых ног ее хозяина; но проворная собачка не давалась чужому в руки, прыгала и увертывалась. Герасим смотрел с усмешкой на всю эту возню; наконец Степан с досадой приподнялся и поспешно растолковал ему знаками, что барыня, мол, требует твою собаку и себе. Герасим немного изумился, однако подозвал Муму, поднял ее с земли и передал Степану. Степан принес ее в гостиную и поставил на паркет. Барыня начала ее ласковым голосом подзывать к себе. Муму, отроду еще не бывавшая в таких великолепных покоях, очень испугалась и бросилась было к двери, но, оттолкнутая услужливым Степаном, задрожала и прижалась к стене.

—Муму, Муму, подойди же ко мне, подойди к барыне,—говорила госпожа,—подойди, глупенькая. . . не бойся. . .

—Подойди, подойди, Муму, к барыне,—твердили приживалки,—подойди.

Но Муму тоскливо оглядывалась кругом и не трогалась с места.

—Принесите ей что-нибудь поесть,—сказала барыня. —Какая она глупая! К барыне не идет. Чего боится?

—Она не привыкла еще,—произнесла робким и умильным голосом одна из приживалок.

Степан принес блюдечко с молоком, поставил перед Муму, но Муму даже и не понюхала молока и всё дрожала и озиралась по-прежнему.

—Ах, какая же ты! —промолвила барыня, подходя к ней, нагнулась и хотела погладить ее, но Муму судорожно повернула голову и оскалила зубы. Барыня проворно отдернула руку...

Произошло мгновенное молчание. Муму слабо визгнула, как бы жалуясь и извиняясь... Барыня отошла и нахмурилась. Внезапное движение собаки ее испугало.

—Ах! —закричали разом все приживалки,—не укусила ли она вас, сохрани бог! (Муму в жизнь свою никого никогда не укусила.) Ах, ах!

—Отнести ее вон,—проговорила изменившимся голосом старуха. —Скверная собачонка! Какая она злая!

И, медленно повернувшись, направилась она в свой кабинет. Приживалки робко переглянулись и пошли было за ней, но она остановилась, холодно посмотрела на них, промолвила: 《Зачем это? Ведь я вас не зову》,—и ушла.

Приживалки отчаянно замахали руками на Степана; тот подхватил Муму и выбросил ее поскорей за дверь, прямо к ногам Герасима,—а через полчаса в доме уже царствовала глубокая тишина, и старая барыня сидела на своем диване мрачнее грозовой тучи.

Какие безделицы, подумаешь, могут иногда расстроить человека!

До самого вечера барыня была не в духе, ни с кем не разговаривала, не играла в карты и ночь дурно провела. Вздумала, что одеколон ей подали не тот, который обыкновенно подавали, что подушка у ней пахнет мылом, и заставила кастеляншу всё белье перенюхать,—словом, волновалась и《горячилась》очень. На другое утро она велела позвать Гаврилу часом ранее обыкновенного.

—Скажи, пожалуйста,—начала она, как только тот, не без некоторого внутреннего лепетания, переступил порог ее кабинета,—что это за собака у нас на дворе всю ночь лаяла? Мне спать не дала!

—Собака-с... какая-с... может быть, немого собака-с,—произнес он не совсем твердым голосом.

—Не знаю, немого ли, другого ли кого, только спать мне не дала. Да я и удивляюсь, на что такая пропасть собак! Желаю знать. Ведь есть у нас дворная собака?

—Как же-с, есть-с. Волчок-с.

—Ну чего еще, на что нам еще собака? Только одни беспорядки заводить. Старшего нет в доме—вот что. И на что немому собака? Кто ему позволил собак у меня на дворе держать? Вчера я подошла к окну, а она в палисаднике лежит, какую-то мерзость притащила, грызет,—а у меня там розы посажены...

Барыня помолчала.

—Чтоб ее сегодня же здесь не было... слышишь?

—Слушаю-с.

—Сегодня же. А теперь ступай. К докладу я тебя потом позову.

Гаврила вышел.

Проходя через гостиную, дворецкий для порядка переставил колокольчик с одного стола на другой, втихомолочку высморкал в зале свой утиный нос и вышел в переднюю. В передней на конике спал Степан, в положении убитого воина на батальной картине, судорожно вытянув обнаженные ноги из-под сюртука, служившего ему вместо одеяла. Дворецкий растолкал его и вполголоса сообщил ему какое-то приказание, на которое Степан отвечал полузевком, полухохотом. Дворецкий удалился, а Степан вскочил, натянул на себя кафтан и сапоги, вышел и остановился у крыльца. Не прошло пяти минут, как появился Герасим с огромной вязанкой дров за спиной в сопровождении неразлучной Муму. (Барыня свою спальню и кабинет приказывала протапливать даже летом.) Герасим стал боком перед дверью, толкнул ее плечом и ввалился в дом с своей ношей. Муму, по обыкновению, осталась его дожидаться. Тогда Степан, улучив удобное мгновение, внезапно бросился на нее, как коршун на цыпленка, придавил ее грудью к земле, сгреб в охапку и, не надев даже картуза, выбежал с нею на двор, сел на первого попавшегося извозчика и поскакал в Охотный ряд. Там он скоро отыскал покупщика, которому уступил ее за полтинник, с тем только, чтобы он по крайней мере неделю продержал ее на привязи, и тотчас вернулся; но, не доезжая до дому, слез с извозчика и, обойдя двор кругом, с заднего переулка, через забор перескочил на двор; в калитку-то он побоялся идти, как бы не встретить Герасима.

Впрочем, его беспокойство было напрасно: Герасима уже не было на дворе. Выйдя из дому, он тотчас хватился Муму; он еще не помнил, чтоб она когда-нибудь не дождалась его возвращения, стал повсюду бегать, искать ее, кликать по-своему... бросился в свою каморку, на сеновал, выскочил на улицу—туда-сюда... Пропала! Он обратился к людям, с самыми отчаянными знаками спрашивал о ней, показывая на пол-аршина от земли, рисовал ее руками... Иные точно не знали, куда девалась Муму, и только головами качали, другие знали и посмеивались ему в ответ, а дворецкий принял чрезвычайно важный вид и начал кричать на кучеров. Тогда Герасим побежал со двора долой.

Уже смеркалось, как он вернулся. По его истомленному виду,

по неверной походке, по запыленной одежде его можно было предполагать, что он успел обежать пол-Москвы. Он остановился против барских окон, окинул взором крыльцо, на котором столпилось человек семь дворовых, отвернулся и промычал еще раз: 《Муму!》—Муму не отозвалась. Он пошел прочь. Все посмотрели ему вслед, но никто не улыбнулся, не сказал слова... а любопытный форейтор Антипка рассказывал на другое утро в кухне, что немой-де всю ночь охал:

Весь следующий день Герасим не показывался, так что вместо его за водой должен был съездить кучер Потап, чем кучер Потап очень остался недоволен. Барыня спросила Гаврилу, исполнено ли ее приказание. Гаврила отвечал, что исполнено. На другое утро Герасим вышел из своей каморки на работу. К обеду он пришел, поел и ушел опять, никому не поклонившись. Его лицо, и без того безжизненное, как у всех глухонемых, теперь словно окаменело. После обеда он опять уходил со двора, но ненадолго, вернулся и тотчас отправился на сеновал. Настала ночь, лунная, ясная. Тяжело вздыхая и беспрестанно поворачиваясь, лежал Герасим и вдруг почувствовал, как будто его дергают за полу; он весь затрепетал, однако не поднял головы, даже зажмурился; но вот опять его дернули, сильнее прежнего; он вскочил... Перед ним, с обрывком на шее, вертелась Муму. Протяжный крик радости вырвался из его безмолвной груди; он схватил Муму, стиснул ее в своих объятьях; она в одно мгновенье облизала ему нос, глаза, усы и бороду... Он постоял, подумал, осторожно слез с сенника, оглянулся и, удостоверившись, что никто его не увидит, благополучно пробрался в свою каморку. Герасим уже прежде догадался, что собака пропала не сама собой, что ее, должно быть, свели по азанию барыни; люди-то ему объяснили знаками, как его Муму на нее окрысилась,—и он решился принять свои меры. Сперва он накормил Муму хлебушком, обласкал ее, уложил, потом начал соображать, да всю ночь напролет и соображал, как бы получше ее спрятать. Наконец он придумал весь день оставлять ее в каморке и только изредка к ней наведываться, а ночью выводить. Отверстие в двери он плотно заткнул старым своим армяком и чуть свет был уже на дворе, как ни в чем не бывало, сохраняя даже (невинная хитрость!) прежнюю унылость на лице. Бедному глухому в голову не могло прийти, что Муму себя визгом своим выдаст: действительно, все в доме скоро узнали, что собака немого воротилась и сидит у него взаперти, но, из сожаления к нему и к ней, а отчасти, может быть, и из страху перед ним, не давали ему понять, что проведали его тайну. Дворецкий один почесал у себя в затылке, да махнул рукой. «Ну, мол, бог с ним! Авось до барыни не дойдет!» Зато никогда немой так не усердствовал, как в тот день: вычистил и выскреб весь двор, выполол все травки до единой, собственноручно повыдергал все колышки в заборе палисадника, чтобы удостовериться, довольно ли они крепки, и сам же их потом вколотил,—словом, возился и хлопотал так, что даже барыня обратила внимание на его радение. В течение дня Герасим раза два украдкой ходил к своей затворнице; когда же наступила ночь, он лег спать вместе с ней в каморке, а не на сеновале, и только во втором часу вышел погулять с ней на чистом воздухе. Походив с ней довольно долго по двору, он уже было собирался вернуться, как вдруг за забором, со стороны переулка, раздался шорох. Муму навострила уши, зарычала, подошла к забору, понюхала и залилась громким и пронзительным лаем. Какой-то пьяный человек вздумал там угнездиться на ночь. В это самое время барыня только что засыпала после продолжительного «нервического волнения»: эти волнения у ней всегда случались после слишком сытного ужина. Внезапный лай ее разбудил; сердце у ней забилось и замерло. «Девки, девки! —простонала она.— Девки!» Перепуганные девки вскочили к ней в спальню. «Ох, ох, умираю! —проговорила она, тоскливо разводя руками.—Опять, опять эта собака!.. Ох, пошлите за доктором. Они меня убить хотят... Собака, опять собака! Ох!》—и она закинула голову назад, что должно было означать обморок. Бросились за доктором, то есть за домашним лекарем Харитоном. Этот лекарь, которого всё искусство состояло в том, что он носил сапоги с мягкими подошвами, умел деликатно браться за пульс, спал четырнадцать часов в сутки, остальное время всё вздыхал да беспрестанно потчевал барыню лавровишневыми каплями,—этот лекарь тотчас прибежал, покурил жжеными перьями и, когда барыня открыла глаза, немедленно поднес ей на серебряном подносике рюмку с заветными каплями. Барыня приняла их, но тотчас же слезливым голосом стала опять жаловаться на собаку, на Гаврилу, на свою участь, на то, что ее, бедную, старую женщину, все бросили, что никто о ней не сожалеет, что все хотят ее смерти. Между тем несчастная Муму продолжала лаять, а Герасим напрасно старался отозвать ее от забора. 《Вот... вот... опять...》—пролепетала барыня и снова подкатила глаза под лоб. Лекарь шепнул девке, та бросилась в переднюю, растолкала Степана, тот побежал будить Гаврилу, Гаврила сгоряча велел поднять весь дом.

Герасим обернулся, увидал замелькавшие огни и тени в окнах и, почуяв сердцем беду, схватил Муму под мышку, вбежал в каморку и заперся. Через несколько мгновений пять человек ломились в его дверь, но почувствовав сопротивление засова, остановились. Гаврила прибежал в страшных попыхах, приказал им всем оставаться тут до утра и караулить, а сам потом ринулся в девичью и через старшую компаньонку Любовь Любимовну, с которой вместе крал и учитывал чай, сахар и прочую бакалею, велел доложить барыне, что собака, к несчастью, опять откуда-то прибежала, но что завтра же ее в живых не будет и чтобы барыня сделала милость, не гневалась и успокоилась. Барыня, вероятно, не так-то бы скоро успокоилась, да лекарь второпях вместо двенадцати капель налил целых сорок: сила лавровишенья и подействовала—через четверть часа барыня уже почивала крепко и мирно; а Герасим лежал, весь бледный, на своей кровати и сильно сжимал пасть Муму.

На следующее утро барыня проснулась довольно поздно. Гаврила ожидал ее пробуждения для того, чтобы дать приказ к решительному натиску на Герасимово убежище, а сам готовился выдержать сильную грозу. Но грозы не приключилось. Лежа в постели, барыня велела позвать к себе старшую приживалку.

—Любовь Любимовна,—начала она тихим и слабым голосом; она иногда любила прикинуться загнанной и сиротливой страдалицей; нечего и говорить, что всем людям в доме становилось тогда очень неловко,—Любовь Любимовна, вы видите, каково мое положение; подите, душа моя, к Гавриле Андреичу, поговорите с ним: неужели для него какая-нибудь собачонка дороже спокойствия, самой жизни его барыни? Я бы не желала этому верить,—прибавила она с выражением глубокого чувства,—подите, душа моя, будьте так добры, подите к Гавриле Андреичу.

Любовь Любимовна отправилась в Гаврилину комнату. Неизвестно, о чем происходил у них разговор; но спустя некоторое время целая толпа людей подвигалась через двор в направлении каморки Герасима: впереди выступал Гаврила, придерживая рукою картуз, хотя ветру не было; около него шли лакеи и повара; из окна глядел дядя Хвост и распоряжался, то есть только так руками разводил; позади всех прыгали и кривлялись мальчишки, из которых половина набежала чужих. На узкой лестнице, ведущей к каморке, сидел один караульщик; у двери стояли два других, с палками. Стали взбираться по лестнице, заняли ее во всю длину. Гаврила подошел к двери, стукнул в нее кулаком, крикнул:

—Отвори.

Послышался сдавленный лай; но ответа не было.

—Говорят, отвори! —повторил он.

—Да, Гаврила Андреич,—заметил снизу Степан,—ведь он глухой—не слышит.

Все рассмеялись

—Как же быть,—возразил сверху Гаврила.

—А у него там дыра в двери,—отвечал Степан,—так вы палкой-то пошевелите.

Гаврила нагнулся.

—Он ее армяком каким-то заткнул, дыру-то.

—А вы армяк пропихните внутрь.

Тут опять раздался глухой лай.

—Вишь, вишь, сама сказывается,—заметили в толпе и опять рассмеялись.

Гаврила почесал у себя за ухом.

—Нет, брат,—продолжал он наконец,—армяк-то ты пропихивай сам, коли хочешь.

—А что ж, извольте!

И Степан вскарабкался наверх, взял палку, просунул внутрь армяк и начал болтать в отверстии палкой, приговаривая: 《Выходи, выходи!》 Он еще болтал палкой, как вдруг дверь каморки быстро распахнулась—вся челядь тотчас кубарем скатилась с лестницы, Гаврила прежде всех. Дядя Хвост запер окно.

—Ну, ну, ну, ну,—кричал Гаврила со двора,—смотри у меня, смотри!

Герасим неподвижно стоял на пороге. Толпа собралась у подножия лестницы. Герасим глядел на всех этих людишек в немецких кафтанах сверху, слегка уперши руки в бока; в своей красной крестьянской рубашке он казался каким-то великаном перед ними. Гаврила сделал шаг вперед.

—Смотри, брат,—промолвил он,—у меня не озорничай.

И он начал ему объяснять знаками, что барыня, мол, непременно требует твоей собаки: подавай, мол, ее сейчас, а то беда будет.

Герасим посмотрел на него, указал на собаку, сделал знак рукою у своей шеи, как бы затягивая петлю, и с вопросительным лицом взглянул на дворецкого.

—Да, да,—возразил тот, кивая головой,—да, непременно.

Герасим опустил глаза, потом вдруг встряхнулся, опять указал на Муму, которая всё время стояла возле него, невинно помахивая хвостом и с любопытством поводя ушами, повторил знак удушения над своей шеей и значительно ударил себя в грудь, как бы объявляя, что он сам берет на себя уничтожить Муму.

—Да ты обманешь,—замахал ему в ответ Гаврила.

Герасим поглядел на него, презрительно усмехнулся, опять ударил себя в грудь и захлопнул дверь.

Все молча переглянулись.

—Что ж это такое значит? —начал Гаврила. —он заперся?

—Оставьте его, Гаврила Андреич,—промолвил Степан,—он сделает, коли обещал. Уж он такой... Уж коли он обещает, это наверное. Он на это не то, что наш брат. Что правда, то правда. Да.

—Да,—повторили все и тряхнули головами. —это так. Да.

Дядя Хвост отворил окно и тоже сказал: 《Да》.

—Ну, пожалуй, посмотрим,—возразил Гаврила, —а караул все-таки не снимать. Эй ты, Ерошка! —прибавил он, обращаясь к какому-то бледному человеку, в желтом нанковом казакине[①],

---

① Нанковый казакин—мужская верхняя одежда из грубой хлопчатобумажной ткани.

который считался садовником, — что тебе делать? Возьми палку да сиди тут, и чуть что, тотчас ко мне беги!

Ерошка взял палку и сел на последнюю ступеньку лестницы. Толпа разошлась, исключая немногих любопытных и мальчишек, а Гаврила вернулся домой и через Любовь Любимовну велел доложить барыне, что всё исполнено, а сам на всякий случай послал форейтора[1] хожалому[2]. Барыня завязала в носовом платке узелок, налила на него одеколону, понюхала, потерла себе виски, накушалась чаю и, будучи еще под влиянием лавровишневых капель, заснула опять.

Спустя час после всей этой тревоги дверь каморки растворилась и показался Герасим. На нем был праздничный кафтан; он вел Муму на веревочке. Ерошка посторонился и дал ему пройти. Герасим направился к воротам. Мальчишки и все бывшие на дворе проводили его глазами, молча. Он даже не обернулся; шапку надел только на улице. Гаврила послал вслед за ним того же Ерошку в качестве наблюдателя. Ерошка увидал издали, что он вошел в трактир вместе с собакой, и стал дожидаться его выхода.

В трактире знали Герасима и понимали его знаки. Он спросил себе щей с мясом и сел, опершись руками на стол. Муму стояла подле его стула, спокойно поглядывая на него своими умными глазками. Шерсть на ней таки лоснилась: видно было, что ее недавно вычесали. Принесли Герасиму щей. Он накрошил туда хлеба, мелко изрубил мясо и поставил тарелку на пол. Муму принялась есть с обычной своей вежливостью, едва прикасаясь мордочкой до кушанья. Герасим долго глядел на нее; две тяжелые слезы выкатились вдруг из его глаз: одна упала на крутой лобик собачки, другая — во щи. Он заслонил лицо свое рукой. Муму

---

① Форейтор — кучер.

② Хожалый — (устар.) слуга в местной полиции.

съела полтарелки и отошла, облизываясь. Герасим встал, заплатил за щи и вышел вон, сопровождаемый несколько недоумевающим взглядом полового. Ерошка, увидав Герасима, заскочил за угол и, пропустив его мимо, опять отправился вслед за ним.

Герасим шел не торопясь и не спускал Муму с веревочки. Дойдя до угла улицы, он остановился, как бы в раздумье, и вдруг быстрыми шагами отправился прямо к Крымскому броду. На дороге он зашел на двор дома, к которому пристраивался флигель, и вынес оттуда два кирпича под мышкой. От Крымского брода он повернул по берегу, дошел до одного места, где стояли две лодочки с веслами, привязанными к колышкам (он уже заметил их прежде), и вскочил в одну из них вместе с Муму. Хромой старичишка вышел из-за шалаша, поставленного в углу огорода, и закричал на него. Но Герасим только закивал головой и так сильно принялся грести, хотя и против теченья реки, что в одно мгновенье умчался саженей на сто. Старик постоял, постоял, почесал себе спину сперва левой, потом правой рукой и вернулся, хромая, в шалаш.

А Герасим всё греб да греб. Вот уже Москва осталась назади. Вот уже потянулись по берегам луга, огороды, поля, рощи, показались избы. Повеяло деревней. Он бросил весла, приник головой к Муму, которая сидела перед ним на сухой перекладинке—дно было залито водой—и остался неподвижным, скрестив могучие руки у ней на спине, между тем как лодку волной помаленьку относило назад к городу. Наконец Герасим выпрямился, поспешно, с каким-то болезненным озлоблением на лице, окутал веревкой взятые им кирпичи, приделал петлю, надел ее на шею Муму, поднял ее над рекой, в последний раз посмотрел на нее... Она доверчиво и без страха поглядывала на него и слегка махала хвостиком. Он отвернулся, зажмурился и разжал руки... Герасим ничего не слыхал, ни быстрого визга падающей Муму, ни тяжкого всплеска воды; для него самый шумный день был безмолвен и беззвучен, как ни одна самая тихая ночь не беззвучна для нас, и когда он снова раскрыл глаза, по-прежнему спешили по реке, как бы гоняясь друг за дружкой, маленькие волны, по-прежнему поплескивали они о бока лодки, и только далеко назади к берегу разбегались какие-то широкие круги.

Ерошка, как только Герасим скрылся у него из виду, вернулся домой и донес всё, что видел.

—Ну, да,—заметил Степан,—он ее утопит. Уж можно быть спокойным. Коли он что обещал...

В течение дня никто не видел Герасима. Он дома не обедал. Настал вечер; собрались к ужину все, кроме его.

—Экой чудной этот Герасим! —пропищала толстая прачка,— можно ли эдак из-за собаки проклажаться!.. Право!

—Да Герасим был здесь, —воскликнул вдруг Степан, загребая себе ложкой каши.

—Как? Когда?

—Да вот часа два тому назад. Как же. Я с ним в воротах повстречался; он уж опять отсюда шел, со двора выходил. Я было хотел спросить его насчет собаки-то, да он, видно, не в духе был. Ну, и толкнул меня; должно быть, он так только отсторонить меня хотел: дескать, не приставай,—да такого необыкновенного леща мне в становую жилу поднес[1], важно так, что ой-ой-ой! — И Степан с невольной усмешкой пожался и потер себе затылок.— Да,—прибавил он,—рука у него, благодатная рука, нечего сказать.

Все посмеялись над Степаном и после ужина разошлись спать.

А между тем в ту самую пору по Т... у шоссе усердно и безостановочно шагал какой-то великан, с мешком за плечами и с

---

① Леща(кому)поднести—(идиома)сильно ударить кого-л.

длинной палкой в руках. Это был Герасим. Он спешил без оглядки, спешил домой, к себе в деревню, на родину. Утопив бедную Муму, он прибежал в свою каморку, проворно уложил кой-какие пожитки в старую попону, связал ее узлом, взвалил на плечо да и был таков. Дорогу он хорошо заметил ещё тогда, когда его везли в Москву; деревня, из которой барыня его взяла, лежала всего в двадцати пяти верстах от шоссе. Он шел по нем с какой-то несокрушимой отвагой, с отчаянной и вместе радостной решимостью. Он шел; широко распахнулась его грудь; глаза жадно и прямо устремились вперед. Он торопился, как будто мать старушка ждала его на родине, как будто она звала его к себе после долгого странствования на чужой стороне, в чужих людях... Только что наступившая летняя ночь была тиха и тепла; с одной стороны, там, где солнце закатилось, край неба еще белел и слабо румянился последним отблеском исчезавшего дня,—с другой стороны уже вздымался синий, седой сумрак. Ночь шла оттуда. Перепела① сотнями гремели кругом, взапуски перекликивались коростели②... Герасим не мог их слышать, не мог он слышать также чуткого ночного шушуканья деревьев, мимо которых проносили сильные его ноги, но он чувствовал знакомый запах поспевающей ржи, которым так и веяло с темных полей, чувствовал, как ветер, летевший к нему навстречу—ветер с родины—ласково ударял в его лицо, играл в его волосах и бороде; видел перед собой белеющую дорогу—дорогу домой, прямую как стрела; видел в небе несчетные звезды, светившие его пути, и как лев выступал сильно и бодро, так что когда восходящее солнце озарило своими влажно-красными лучами только что расходившегося молодца, между Москвой и им легко уже

① Перепела—вид птицы.

② Коростели—вид птицы.

тридцать пять верст...

Через два дня он уже был дома, в своей избенке, к великому изумлению солдатки, которую туда поселили. Помолясь перед образами, тотчас же отправился он к старосте. Староста сначала было удивился; но сенокос только что начинался: Герасиму, как отличному работнику, тут же дали косу в руки—и пошел косить он по-старинному, косить так, что мужиков только пробирало, глядя на его размахи да загребы...

А в Москве, на другой день после побега Герасима, хватились его. Пошли в его каморку, обшарили ее, сказали Гавриле. Тот пришел, посмотрел, пожал плечами и решил, что немой либо бежал, либо утоп вместе с своей глупой собакой. Дали знать полиции, доложили барыне. Барыня разгневалась, расплакалась, велела отыскать его во что бы то ни стало, уверяла, что она никогда не приказывала уничтожать собаку, и наконец такой дала нагоняй Гавриле, что тот целый день только потряхивал головой да приговаривал: 《Ну!》, пока дядя Хвост его не урезонил, сказав ему: 《Ну-у!》. Наконец пришло известие из деревни о прибытии туда Герасима. Барыня несколько успокоилась; сперва было отдала приказание немедленно вытребовать его назад в Москву, потом, однако, объявила, что такой неблагодарный человек ей вовсе не нужен. Впрочем, она скоро сама после того умерла; а наследникам ее было не до Герасима: они и остальных-то матушкиных людей распустили по оброку.

И живет до сих пор Герасим бобылем в своей одинокой избе; здоров и могуч по-прежнему, и работает за четырех по-прежнему, и по-прежнему важен и степенен. Но соседи заметили, что со времени своего возвращения из Москвы он совсем перестал водиться с женщинами, даже не глядит на них, и ни одной собаки у себя не держит. 《Впрочем,—толкуют мужики,—его же счастье, что ему не надобеть бабья; а собака—на что ему собака? К нему на двор вора ослом не затащить!》Такова ходит молва о богатырской силе немого.

(1854)

Краткий анализ произведения

《Муму》—замечательный рассказ, в котором повествуется о печальной судьбе русского крестьянина. Богатая, избалованная , капризная помещица-барыня является олицетворением угнетающей силы и произвола. Глухонемой дворник Герасим —покорный слуга помещицы, во всем подчиняющийся воле барыни. И в то же время Герасим — силач, богатырь, работяга и честнейший человек. У него доброе сердце, способное сильно чувствовать и любить. Итак полюбил Герасим дворовую девушку, а барыня-самодурка по своему капризу выдала ее замуж за пьяницу сапожника и обоих отослала в далекую деревню. Потом Герасим всем сердцем привязался к щенку, но барыня приказала убрать ее из дома. Чтобы чужие люди не мучили его любимца, он сам утопил собаку.

Велик контраст между богатырской мощью и трогательной беззащитностью Герасима. Писатель восхищается огромной силой народа, и в то же время сомневается в нем как творце истории. Глухота и немота дворника приобретают символический смысл: народ так же глух и нем, он неспособен защитить себя от произвола власти.

Вопросы и задания

1. Какаова тема рассказа《Муму》?
2. Чем объясняется уход Герасима от барыни и какое символическове значение имеет этот образ ?

Литература

П. Пустовой, И.С. Тургенев—художник слова, М. , 1980.

Михаил Евграфович Салтыков-Щедрин
(1826-1889)

ПРЕМУДРЫЙ ПИСКАРЬ

Жил-был пискарь. И отец и мать у него были умные; помаленьку да полегоньку аридовы веки[1] в реке прожили, и ни в уху, ни к щуке в хайло[2] не попали. И сыну то же заказали. 《Смотри, сынок,—говорил старый пискарь, умирая:—коли хочешь жизнью жуировать, так гляди в оба[3]!》

А у молодого пискаря ума палата была. Начал он этим умом

---

① Аридовы веки—Арид, Иарид, библейский персонаж, проживший, как утверждает библия, 96 года; здесь: долголетие.

② Хайло—(простореч. груб. бран.) рот, пасть.

③ Глядеть в оба—глядеть пристально, зорко.

раскидывать и видит: куда ни обернется,—везде ему мат[1]. Кругом, в воде, все большие рыбы плавают, а он всех меньше; всякая рыба его заглотать может, а он никого заглотать не может. Да и не понимает: зачем глотать? Рак может его клешней пополам перерезать, водяная блоха—в хребет впиться и до смерти замучить. Даже свой брат пискарь—и тот, как увидит, что он комара изловил, целым стадом так и бросится отнимать. Отнимут и начнут друг с дружкой драться, только комара задаром растреплют.

А человек? —что это за ехидное создание такое! Каких каверз он ни выдумал, чтоб его, пискаря, напрасною смертью погублять! И невода, и сети, и верши, и норота, и, наконец... уду! Кажется, что может быть глупее уды? —Нитка, на нитке-крючок, на крючке-червяк или муха надеты... Да и надеты-то как?.. в самом, можно сказать, неестественном положении! А между тем именно на уду всего больше пискарь и ловится!

Отец-старик не раз его насчет уды предостерегал. 《Пуще всего берегись уды! —говорил он:—потому что хоть и глупейший это снаряд, да ведь с нами, пискарями, что глупее, то вернее. Бросят нам муху, словно нас же приголубить хотят; ты в нее вцепишься-ан в мухе-то смерть!》

Рассказывал также старик, как однажды он чуть-чуть в уху не угодил. Ловили их в ту пору целою артелью, во всю ширину реки невод растянули да так версты с две по дну волоком и волокли. Страсть, сколько рыбы тогда попалось! И щуки, и окуни, и головли, и плотва, и гольцы,—даже лещей лежебоков из тины со дна поднимали! А пискарям так и счет потеряли. И каких страхов он, старый пискарь, натерпелся, покуда его по реке волокли,—это ни в сказке сказать, ни пером описать. Чувствует, что его везут, а куда—не знает. Видит, что у него с одного боку—

---

① Мат—шахматный термин(здесь: в безвыходном положении).

щука, с другого—окунь; думает: вот-вот сейчас или та, или другой его съедят, а они—не трогают ... 《В ту пору не до еды, брат, было!》 У всех одно на уме: смерть пришла! А как и почему она пришла—никто не понимает. Наконец, стали крылья у невода сводить, выволокли его на берег и начали рыбу из мотни в траву валить. Тут-то он и узнал, что такое уха. Трепещется на песке что-то красное; серые облака от него вверх бегут; а жарко таково, что он сразу разомлел. И без того без воды тошно, а тут еще поддают... Слышит—《костер》, говорят. А на 《костре》 на этом черное что-то положено, и в нем вода, точно в озере, во время бури, ходуном ходит. Это—《котел》, говорят. А под конец стали говорить: вали в 《котел》 рыбу—будет 《уха》! И начали туда нашего брата валить. Шваркнет рыбак рыбину—та сначала окунется, потом, как полоумная, выскочит, потом опять окунется—и присмиреет. 《Ухи》, значит, отведала. Валили-валили сначала без разбора, а потом один старичок глянул на него и говорит: какой от него, от малыша, прок для ухи! Пущай в реке порастет! Взял его под жабры, да и пустил в вольную воду. А он, не будь глуп, во все лопатки—домой! Прибежал, а пискариха его из норы ни жива, ни мертва выглядывает...

И что же! Сколько ни толковал старик в ту пору, что такое уха и в чем она заключается, однако и поднесь[1] в реке редко кто здравые понятия об ухе имеет!

Но он, пискарь-сын, отлично запомнил поучения пискаря-отца, да и на ус себе намотал[2]. Был он пискарь просвещенный, умеренно-либеральный и очень твердо понимал, что жизнь

① Поднесь—до сих пор, по сей день.

② На ус намотал—(идиома)крепко запомнил.

прожить—не то, что мутовку облизать[1]. 《Надо глядеть в оба,—сказать он себе:—а не то как раз попадешь!》—и стал жить да поживать. Первым делом нору для себя такую придумал, чтоб ему забраться в нее было можно, а никому другому—не влезть! Долбил он носом эту нору целый год и сколько страху в это время принял, ночуя то в иле, то под водяным лопухом, то в осоке. Наконец, однако, выдолбил на славу. Чисто, аккуратно—именно только одному поместиться впору. Вторым делом насчет житья своего решил так: ночью, когда люди, звери, птицы и рыбы спят,—он будет моцион делать[2], а днем—станет в норе сидеть и дрожать. Но так как пить-есть все-таки нужно, а жалованья он не получает и прислуги не держит, то будет он выбегать из норы около полден, когда вся рыба уж сыта, и, бог даст, может быть, козявку-другую и промыслит. А ежели не промыслит, так и голодный в норе заляжет и будет опять дрожать. Ибо лучше не есть, не пить, нежели с сытым желудком жизни лишиться.

Так он и поступал. Ночью моцион делал, в лунном свете купался, а днем забирался в нору и дрожал. Только в полдни выбежит кой-чего похватать—да что в полдень промыслишь! В это время и комар под лист от жары прячется, и букашка под кору хоронится. Поглотает воды—и шабаш[3]!

Лежит он день-деньской в норе, ночей не досыпает, куска не доедает, и все-то думает: кажется, что я жив? Ах, что-то завтра будет?

Задремлет, грешным делом, а во сне ему снится, что у него выигрышный билет и он на него двести тысяч выиграл. Не помня

---

① Мутовку облизать—мутовка: палочка с кружком или спирально на конце, служащая для взбивания или взбалтывания (например, муки с водой или молоком); здесь: сделать что-то без усилий, без труда.

② Моцион делать—гулять(здесь: плавать).

③ Шабаш—здесь: конец.

себя от восторга, перевернется на другой бок—глядь, ан у него целых полрыла из норы высунулось... Что, если б в это время щуренок поблизости был! Ведь он бы его из норы-то вытащил!

Однажды проснулся он и видит: прямо против его норы стоит рак. Стоит неподвижно, словно околдованный, вытаращив на него костяные глаза. Только усы по течению воды пошевеливаются. Вот когда он страху набрался! И целых полдня, покуда совсем не стемнело, этот рак его поджидал, а он тем временем все дрожал, все дрожал.

В другой раз, только что успел он перед зорькой в нору воротиться, только что сладко зевнул в предвкушении сна,—глядит, откуда ни возьмись, у самой норы щука стоит и зубами хлопает. И тоже целый день его стерегла, словно видом его одним сыта была. А он и щуку надул: не вышел из норы, да и шабаш.

И не раз, и не два это с ним случалось, а почесть[1] что каждый день. И каждый день он, дрожа, победы и одоления одерживал, каждый день восклицал: слава тебе, господи! Жив!

Но этого мало: он не женился и детей не имел, хотя у отца его была большая семья. Он рассуждал так: отцу шутя можно было прожить! В то время и щуки были добрее, и окуни на нас, мелюзгу, не зарились. А хотя однажды он и попал было в уху, так и тут нашелся старичок, который его вызволил! А нынче, как рыба-то в реках повывелась[2], и пискари в честь попали. Так уж тут не до семьи, а как бы только самому прожить!

И прожил премудрый пискарь таким родом с лишком сто лет. Все дрожал, все дрожал. Ни друзей у него, ни родных; ни он к кому, ни к нему кто. В карты не играет, вина не пьет, табаку не курит, за красными девушками не гоняется-только дрожит да одну

---

① Почесть—почти.

② Повывелась—постепенно вывелась, перевелась.

думу думает: слава богу! Кажется, жив!

Даже щуки под конец и те стали его хвалить: вот, кабы все так жили-то-то бы в реке тихо было! Да только они это нарочно говорили; думали, что он на похвалу-то отрекомендуется-вот, мол, я! Тут его и хлоп! Но он и на эту штуку не поддался, а еще раз своею мудростью козни врагов победил.

Сколько прошло годов после ста лет-неизвестно, только стал премудрый пискарь помирать. Лежит в норе и думает: слава богу, я своею смертью помираю, так же, как умерли мать и отец. И вспомнились ему тут щучьи слова: вот, кабы все так жили, как этот премудрый пискарь живет... А ну-ка, в самом деле, что бы тогда было?

Стал он раскидывать умом①, которого у него была палата, и вдруг ему словно кто шепнул: ведь этак, пожалуй, весь пискарий род давно перевелся бы!

Потому что для продолжения пискарьего рода прежде всего нужна семья, а у него ее нет. Но этого мало: для того, чтоб пискарья семья укреплялась и процветала, чтоб члены ее были здоровы и бодры, нужно, чтоб они воспитывались в родной стихии, а не в норе, где он почти ослеп от вечных сумерек. Необходимо, чтоб пискари достаточное питание получали, чтоб не чуждались общественности, друг с другом хлеб-соль бы водили② и друг от друга добродетелями и другими отличными качествами заимствовались. Ибо только такая жизнь может совершенствовать пискарью породу и не дозволит ей измельчать и выродиться в снетка③.

Неправильно полагают те, кои думают, что лишь те пискари

---

① Раскидывать умом—соображать, думать хорошенько. Ума палата—умный человек.

② Хлеб-соль бы водили—дружить, поднести хлеб с солью—значит предложить дружбу.

③ Выродиться в снетка—снеток: небольшая рыбка.

могут считаться достойными гражданами, кои, обезумев от страха, сидят в норах и дрожат. Нет, это не граждане, а по меньшей мере бесполезные пискари. Никому от них ни тепло, ни холодно, никому ни чести, ни бесчестия, ни славы, ни бесславия... живут. Даром место занимают да корм едят.

Все это представилось до того отчетливо и ясно, что вдруг ему страстная охота пришла: вылезу-ка я из норы да гоголем① по всей реке проплыву! Но едва он подумал об этом, как опять испугался. И начал, дрожа, помирать. Жил—дрожал, и умирал—дрожал.

Вся жизнь мгновенно перед ним пронеслась. Какие были у него радости? Кого он утешил? Кому добрый совет подал? Кому доброе слово сказал? Кого приютил, обогрел, защитил? Кто слышал об нем ? Кто об его существовании вспомнит?

И на все эти вопросы ему пришлось отвечать: никому, никто.

Он жил и дрожал—только и всего. Даже вот теперь: смерть у него на носу, а он все дрожит, сам не знает, из-за чего. В норе у него темно, тесно, повернуться негде; ни солнечный луч туда не заглянет, ни теплом не пахнет. И он лежит в этой сырой мгле, незрячий, изможденный, никому не нужный, лежит и ждет: когда же, наконец, голодная смерть окончательно освободит его от бесполезного существования?

Слышно ему, как мимо его норы шмыгают другие рыбы,—может быть, как и он, пискари—и ни одна не поинтересуется им. Ни одной на мысль не придет: дай-ка спрошу я у премудрого пискаря, каким он манером умудрился с лишком сто лет прожить, и ни щука его не заглотала, ни рак клешней не перешиб, ни рыболов на уду не поймал? Плывут себе мимо, а может быть, и не знают, что вот в этой норе премудрый пискарь свой жизненный процесс завершает!

---

① Проплыть гоголем—восоко подняв голову, с достоинством проплыть.

И что всего обиднее: не слыхать даже, чтоб кто-нибудь премудрым его называл. Просто говорят: слыхали вы про остолопа, который не ест, не пьет, никого не видит, ни с кем хлеба-соли не водит, а все только распостылую свою жизнь[1] бережет? А многие даже просто дураком и срамцом[2] его называют и удивляются, как таких идолов вода терпит.

Раскидывал он таким образом своим умом и дремал. То есть не то что дремал, а забываться уж стал. Раздались в его ушах предсмертные шопоты, разлилась по всему телу истома. И привиделся ему тот прежний соблазнительный сон. Выиграл будто бы он двести тысяч, вырос на целых пол-аршина и сам щук глотает.

А покуда ему это снилось, рыло его помаленьку да полегоньку целиком из норы и высунулось.

И вдруг он исчез. Что тут случилось,—щука ли его заглотала, рак ли клешней перешиб, или сам он своею смертью умер и всплыл на поверхность—свидетелей этому делу не было. Скорее всего—сам умер, потому что какая сласть щуке глотать хворого, умирающего пискаря да к тому же еще и *премудрого*?

(1884)

Краткий анализ произведения

Сказки являются одним из самых ярких и наиболее популярных творений сатирика. В сказке «Премудрый пискарь» Салтыков-Щедрин обличает поведение и психологию обывателя. Жалка участь премудрого пискаря, запуганного опасностью быть жертвой других рыб и раков. Он пожизненно замуровал себя в темную нору, покоряясь инстинкту самосохранения. Изображая

---

① Распостылая жизнь—надоевшая, ненужная жизнь.

② Срамец—от слова срам(позор).

жизнь и судьбу пискаря, сатирик высказывает презрение к тем, кто уходит от активной общественной деятельности в узкий мирок своих личных интересов. Образ пискаря—это иносказательный образ обывателя-интеллигента в России, который запуган правительственными преследованиями и поддается в годы реакции настроениям постыдной паники.

Вопросы и задания

1. Перечитайте сказку 《Премудрый пискарь》, выявите композиционный план сказки и перескажите сказку по этому композиционному плану.
2. Прокомментируйте сказку как сатирическое произведение.

Литература

Ю. Лебедев, Русская литература XIX века, 10 класс, учебник для общеобразовательных учреждениий, в двух частях, часть 2, М., Просвещение, 2000.

Федор Михайлович Достоевский
(1821-1881)

БЕДНЫЕ ЛЮДИ

Ох, уж эти мне сказочники! Нет, чтобы написать что-нибудь полезное, приятное, усладительное, а то всю подноготную в земле вырывают!.. Вот уж запретил бы им писать! Ну, на что это похоже: читаешь... невольно задумаешься,—а там всяка дребедень[1] и пойдет в голову; право бы, запретил им писать; так-таки просто вовсе бы запретил.

Кн. В. Ф. Одоевский

.

Апреля 8-го

---

[1] Дребедень—ненужные, бессмысленные мелочи, мысли.

Бесценная моя Варвара Алексеевна!

Вчера я был счастлив, чрезмерно счастлив, донельзя счастлив! Вы хоть раз в жизни, упрямица, меня послушались. Вечером, часов в восемь, просыпаюсь (вы знаете, маточка, что я часочек-другой люблю поспать после должности), свечку достал, приготовляю бумаги, чиню перо, вдруг, невзначай, подымаю глаза,—право, у меня сердце вот так и запрыгало! Так вы-таки поняли, чего мне хотелось, чего сердчишку моему хотелось! Вижу, уголочек занавески у окна вашего загнут и прицеплен к горшку с бальзамином, точнехонько так, как я вам тогда намекал; тут же показалось мне, что и личико ваше мелькнуло у окна, что и вы ко мне из комнатки вашей смотрели, что и вы обо мне думали. И как же мне досадно было, голубчик мой, что миловидного личика-то вашего я не мог разглядеть хорошенько, было время, когда и мы светло видели, маточка. Не радость старость, родная моя! Вот и теперь все как-то рябит в глазах[1]; чуть поработаешь вечером, попишешь что-нибудь, наутро и глаза раскраснеются, и слезы текут, что даже совестно перед чужими бывает. Однако же в воображении моем так и засветлела ваша улыбочка, ангельчик, ваша добренькая, приветливая улыбочка; и на сердце моем было точно такое ощущение, как тогда, как я поцеловал вас, Варенька,—помните ли, ангельчик? Знаете ли, голубчик мой, мне даже показалось, что вы там не пальчиком погрозили? Так ли, шалунья[2]? Непременно вы это все опишите подробнее в вашем письме.

Ну, а какова наша придумочка насчет занавески вашей, Варенька? Премило, не правда ли? Сижу ли за работой, ложусь ли

---

① Рябит в глазах—об ощущении ряби в глазах, рябь—ощущение в глазах пестроты, множество разноцветных точек.

② Шалунья—девочка или девушка, которая шалит, балуется.

спать, просыпаюсь ли, уж знаю, что и вы там обо мне думаете, меня помните, да и сами-то здоровы и веселы. Опустите занавеску—значит, прощайте, Макар Алексеевич, спать пора! Подымете—значит, с добрым утром, Макар Алексеевич, каково-то вы спали, или: каково-то вы в вашем здоровье, Макар Алексеевич? Что же до меня касается, то я, слава творцу, здорова и благополучна! Видите ли, душечка моя, как это ловко придумано; и писем не нужно! Хитро, не правда ли? А ведь придумочка-то моя! А, что, каков я на эти дела, Варвара Алексеевна?

Доложу я вам, маточка моя, Варвара Алексеевна, что спал я сию ночь добрым порядком, вопреки ожиданий, чем и весьма доволен; хотя на новых квартирах, с новоселья, и всегда как-то не спится; все что-то так, да не так! Встал я сегодня таким ясным соколом—любо-весело! Что это какое утро сегодня хорошее, маточка! У нас растворили окошко; солнышко светит, птички чирикают, воздух дышит весенними ароматами, и вся природа оживляется—ну, и остальное там все было тоже соответственное; все в порядке, по-весеннему. Я даже и помечтал сегодня довольно приятно, и все об вас были мечтания мои, Варенька. Сравнил я вас с птичкой небесной, на утеху людям и для украшения природы созданной. Тут же подумал я, Варенька, что и мы, люди, живущие в заботе и треволнении, должны тоже завидовать беззаботному и невинному счастию небесных птиц,—ну, и остальное все такое же, сему же подобное; то есть я всё такие сравнения отдаленные делал. У меня там книжка есть одна, Варенька, так в ней то же самое, все такое же весьма подробно описано. Я к тому пишу, что ведь разные бывают мечтания, маточка. А вот теперь весна, так и мысли всё такие приятные, острые, затейливые, и мечтания приходят нежные; всё в розовом цвете. Я к тому и написал это все; а впрочем, я это все взял из книжки. Там сочинитель обнаруживает такое же желание в стишках и пишет—

Зачем я не птица, не хищная птица!

Ну, и т. д. Там и еще есть разные мысли, да бог с ними! А вот куда это вы утром ходили сегодня, Варвара Алексеевна? Я еще и в должность не сбирался, а вы, уж подлинно как пташка весенняя, порхнули из комнаты и по двору прошли такая веселенькая. Как мне-то было весело, на вас глядя! Ах, Варенька, Варенька! Вы не грустите; слезами горю помочь нельзя; это я знаю, маточка моя, это я на опыте знаю. Теперь же вам так покойно, да и здоровьем вы немного поправились. —Ну, что ваша Федора? Ах, какая же она добрая женщина! Вы мне, Варенька, напишите, как вы с нею там живете теперь, и всем ли вы довольны? Федора-то немного ворчлива, да вы на это не смотрите, Варенька. Бог с нею! Она такая добрая.

Я уже вам писал о здешней Терезе,—тоже и добрая и верная женщина. А уж как я беспокоился об наших письмах! Как они передаваться-то будут? А вот как тут послал господь на наше счастие Терезу. Она женщина добрая, кроткая, бессловесная. Но наша хозяйка просто безжалостная. Затирает ее в работу словно ветошку[①] какую-нибудь.

Ну, в какую же я трущобу попал, Варвара Алексеевна! Ну, уж квартира! Прежде ведь я жил таким глухарем, сами знаете: смирно, тихо; у меня, бывало, муха летит, так и муху слышно. А здесь шум, крик, гвалт! Да ведь вы еще и не знаете, как это все здесь устроено. Вообразите, примерно, длинный коридор, совершенно темный и нечистый. По правую его руку будет глухая стена, а по левую все двери да двери, точно нумера, все так в ряд

① Ветошка—старая рваная тряпка (от слова ветошь—старье).

простираются. Ну, вот и нанимают эти нумера, а в них по одной комнатке в каждом; живут в одной и по двое и по трое. Порядку не спрашивайте—Ноев ковчег[1]! Впрочем, кажется, люди хорошие, все такие образованные, ученые. Чиновник один есть (он где-то по литературной части), человек начитанный: и о Гомере[2], и о Брамбеусе[3], и о разных у них там сочинителях говорит, обо всем говорит,—умный человек! Два офицера живут, и всё в карты играют. Мичман живет; англичанин—учитель живет. Постойте, я вас потешу, маточка; опишу их в будущем письме сатирически, то есть как они там сами по себе, со всею подробностью. Хозяйка наша—очень маленькая и нечистая старушонка, целый день в туфлях да в шлафроке ходит и целый день все кричит на Терезу. Я живу в кухне, или гораздо правильнее будет сказать вот как: тут подле кухни есть одна комната (а у нас, нужно вам заметить, кухня чистая, светлая, очень хорошая), комнатка небольшая, уголок такой скромный... то есть, или еще лучше сказать, кухня большая в три окна, так у меня вдоль поперечной стены перегородка, так что и выходит как бы еще комната, нумер сверхштатный; все просторное, удобное, и окно есть, и все,— одним словом, все удобное. Ну, вот это мой уголочек. Ну, так вы и не думайте, маточка, чтобы тут что-нибудь такое иное и таинственный смысл какой был; что вот, дескать, кухня! —то есть я, пожалуй, и в самой этой комнате за перегородкой живу, но это ничего; я себе ото всех особняком, помаленьку живу, втихомолочку живу. Поставил я у себя кровать, стол, комод,

---

① Ноев ковчег—в библейской мифологии: судно, в котором Ной спас людей и животных от всемирного потопа. Ноев кочлег—здесь: о людях, которые живут в тесном соседстве.

② Гомер—легендарный древнегреческий поэт, автор《Илиады》и《Одиссеи》.

③ Брамбеус—барон Брамбеус, псевдоним русского писателя, современника Достоевского.

стульев парочку, образ повесил. Правда, есть квартиры и лучше,—может быть, есть и гораздо лучшие, да удобство-то главное, ведь это я все для удобства, и вы не думайте, что для другого чего-нибудь. Ваше окошко напротив, через двор; и двор-то узенький, вас мимоходом увидишь—все веселее мне, горемычному, да и дешевле. У нас здесь самая последняя комната, со столом, тридцать пять рублей ассигнациями стоит. Не по карману! А моя квартира стоит мне семь рублей ассигнациями[①], да стол пять целковых; вот двадцать четыре с полтиною, а прежде ровно тридцать платил, зато во многом себе отказывал; чай пивал не всегда, а теперь вот и на чай и на сахар выгадал. Оно, знаете ли, родная моя, чаю не пить как-то стыдно; здесь все народ достаточный, так и стыдно. Ради чужих и пьешь его, Варенька, для вида, для тона; а по мне, все равно, я неприхотлив. Положите так, для карманных денег—все сколько-нибудь требуется-ну сапожишки какие-нибудь, платьишко—много ль останется?

Вот и все мое жалованье. Я-то не ропщу и доволен. Оно достаточно. Вот уже несколько лет достаточно; награждения тоже бывают. —Ну, прощайте, мой ангельчик. Я там купил парочку горшков с бальзаминчиком и гераньку—недорого. А вы, может быть, и резеду любите? Так и резеда есть, вы напишите; да знаете ли, все как можно подробнее напишите. Вы, впрочем, не думайте чего-нибудь и не сомневайтесь, маточка, обо мне, что я такую комнату нанял. Нет, это удобство заставило, и одно удобство соблазнило меня. Я ведь, маточка, деньги коплю, откладываю; у меня денежка водится. Вы не смотрите на то, что я такой тихонький, что, кажется, муха меня крылом перешибет. Нет, маточка, я про себя не промах, и характера совершенно такого, как

① Ассигнация—бумажные деньги, в отличие от золотых и серебряных монет.

прилично твердой и безмятежной души человеку. Прощайте, мой ангельчик! Расписался я вам чуть не на двух листах, а на службу давно пора. Целую ваши пальчики, маточка, и пребываю

Вашим нижайшим слугою и вернейшим другом

Макаром Девушкиным

P. S. Об одном прошу: отвечайте мне, ангельчик мой, как можно подробнее. Я вам при сем посылаю, Варенька, фунтик конфет; так вы их скушайте на здоровье, да ради бога обо мне не заботьтесь и не будьте в претензии. Ну, так прощайте же, маточка.

Апреля 8-го

Милостивый государь, Макар Алексеевич!

Знаете ли, что придется, наконец, совсем поссориться с вами? Клянусь вам, добрый Макар Алексеевич, что мне даже тяжело принимать ваши подарки. Я знаю, чего они вам стоят, каких лишений и отказов в необходимейшем себе самому. Сколько раз я вам говорила, что мне не нужно ничего, совершенно ничего; что я не в силах вам воздать и за те благодеяния, которыми вы доселе осыпали меня. И зачем мне эти горшки? Ну, бальзаминчики еще ничего, а геранька зачем? Одно словечко стоит неосторожно сказать, как, например, об этой герани, уж вы тотчас и купите; ведь, верно, дорого? Что за прелесть на ней цветы! Пунсовые крестиками. Где это вы достали такую хорошенькую гераньку? Я ее посредине окна поставила, на самом видном месте; на полу же поставлю скамейку, а на скамейку еще цветов поставлю; вот только дайте мне самой разбогатеть! Федора не нарадуется; у нас теперь словно рай в комнате,—чисто, светло! Ну, а конфеты зачем? И право, я сейчас же по письму угадала, что у вас что-нибудь да не так—и рай, и весна, и благоухания летают, и птички чирикают.

Что это, я думаю, уж нет ли тут и стихов? Ведь, право, одних стихов и недостает в письме вашем, Макар Алексеевич! И ощущения нежные и мечтания в розовом цвете—все здесь есть! Про занавеску и не думала; она, верно, сама зацепилась, когда я горшки переставляла; вот вам!

Ах, Макар Алексеевич! Что вы там ни говорите, как ни рассчитывайте свои доходы, чтоб обмануть меня, чтобы показать, что они все сплошь идут на вас одного, но от меня не утаите и не скроете ничего. Ясно, что вы необходимого лишаетесь из-за меня. Что это вам вздумалось, например, такую квартиру нанять? Ведь вас беспокоят, тревожат; вам тесно, неудобно. Вы любите уединение, а тут и чего-чего нет около вас! А вы бы могли гораздо лучше жить, судя по жалованью вашему. Федора говорит, что вы прежде и не в пример лучше теперешнего жили. Неужели ж вы так всю свою жизнь прожили, в одиночестве, в лишениях, без радости, без дружеского приветливого слова, у чужих людей углы нанимая? Ах, добрый друг, как мне жаль вас! Щадите хоть здоровье свое, Макар Алексеевич! Вы говорите, что у вас глаза слабеют, так не пишите при свечах; зачем писать? Ваша ревность к службе и без того, вероятно, известна начальникам вашим.

Еще раз умоляю вас, не тратьте на меня столько денег. Знаю, что вы меня любите, да сами-то вы не богаты... Сегодня я тоже весело встала. Мне было так хорошо; Федора давно уже работала, да и мне работу достала. Я так обрадовалась; сходила только шелку купить, да и принялась за работу. Целое утро мне было так легко на душе, я так была весела! А теперь опять все черные мысли, грустно; все сердце изныло.

Ах, что-то будет со мною, какова-то будет моя судьба! Тяжело то, что я в такой неизвестности, что я не имею будущности, что я и предугадывать не могу о том, что со мной станется. Назад и посмотреть страшно. Там все такое горе, что сердце пополам рвется при одном воспоминании. Век буду я плакаться на злых людей, меня погубивших!

Смеркается. Пора за работу. Я вам о многом хотела бы написать, да некогда, к сроку работа. Нужно спешить. Конечно, письма хорошее дело; все не так скучно. А зачем вы сами к нам никогда не зайдете? Отчего это, Макар Алексеевич? Ведь теперь вам близко, да и время иногда и у вас выгадывается свободное. Зайдите, пожалуйста! Я видела вашу Терезу. Она, кажется, такая больная; жалко было ее, я ей дала двадцать копеек. Да! Чуть было не забыла: непременно напишите все, как можно подробнее, о вашем житье-бытье. Что за люди такие кругом вас, и ладно ли вы с ними живете? Мне очень хочется все это знать. Смотрите же, непременно напишите! Сегодня уж я нарочно угол загну. Ложитесь пораньше; вчера я до полночи у вас огонь видела. Ну, прощайте. Сегодня и тоска, и скучно, и грустно! Знать, уж день такой! Прощайте.

Ваша

Варвара Доброселова.

Сентября 30-*го*

Бесценный друг мой, Макар Алексеевич!

Все совершилось! Выпал мой жребий; не знаю какой, но я воле господа покорна. Завтра мы едем. Прощаюсь с вами в последний раз, бесценный мой, друг мой, благодетель мой, родной мой! Не горюйте обо мне, живите счастливо, помните обо мне, и да снизойдет на вас благословение божие! Я буду вспоминать вас часто в мыслях моих, в молитвах моих. Вот и кончилось это время! Я мало отрадного унесу в новую жизнь из воспоминаний прошедшего; тем драгоценнее будет воспоминание об вас, тем драгоценнее будете вы моему сердцу. Вы единственный друг мой; вы только одни здесь любили меня. Ведь я все видела, я ведь знала, как вы любили меня! Улыбкой одной моей вы счастливы были, одной строчкой письма моего. Вам нужно будет теперь отвыкать от меня! Как вы одни здесь останетесь! На кого вы здесь останетесь, добрый, бесценный, единственный друг мой! Оставляю вам книжку, пяльцы, начатое письмо; когда будете смотреть на эти начатые строчки, то мыслями читайте дальше все, что бы хотелось вам услышать или прочесть от меня, все, что я ни написала бы вам, а чего бы я не написала теперь! Вспоминайте о бедной вашей Вареньке, которая вас так крепко любила. Все ваши письма остались в комоде у Федоры, в верхнем ящике. Вы пишете, что вы больны, а господин Быков меня сегодня никуда не пускает. Я буду вам писать, друг мой, я обещаюсь, но ведь один бог знает, что может случиться. Итак, простимся теперь навсегда, друг мой, голубчик мой, родной мой, навсегда!.. Ох, как бы я теперь обняла вас! Прощайте, мой друг, прощайте, прощайте. Живите счастливо; будьте здоровы. Моя молитва будет вечно об вас. О! Как мне грустно, как давит всю мою душу. Господин Быков зовет меня. Вас вечно любящая

В.

P. S. Моя душа так полна, так полна теперь слезами...
Слезы теснят меня, рвут меня. Прощайте.
Боже! Как грустно!
Помните, помните вашу бедную Вареньку!

Маточка, Варенька, голубчик мой, бесценная моя. Вас увозят, вы едете! Да, теперь лучше бы сердце они из груди моей вырвали, чем вас у меня! Как же вы это! Вот, вы плачете и вы едете?! Вот я от вас письмецо сейчас получил, все слезами закапанное. Стало быть, вам не хочется ехать; стало быть, вас насильно увозят, стало быть, вам жаль меня, стало быть, вы меня любите! Да как же, с кем же вы теперь будете? Там вашему сердечку будет грустно, тошно и холодно. Тоска его высосет, грусть его пополам разорвет. Вы там умрете, вас там в сыру землю положат; об вас и поплакать будет некому там! Господин Быков будет все зайцев травить... Ах, маточка, маточка! На что же вы это решились, как же вы на такую меру решиться могли? Что вы сделали, что вы сделали, что вы над собой сделали! Ведь вас там в гроб сведут; они заморят вас там, ангельчик. Ведь вы, маточка, как перышко слабенькие. И я-то где был? Чего я тут, дурак, глазел! Вижу, дитя блажит, у дитяти просто головка болит! Чем бы тут попросту—так нет же, дурак дураком, и не думаю ничего, и не вижу ничего, как будто и прав, как будто и дело до меня не касается; и еще за фальбалой бегал!.. Нет, я, Варенька, встану; я к завтрашнему дню, может быть, выздоровею, так вот я и встану!.. я, маточка, под колеса брошусь; я вас не пущу уезжать! Да нет, что же это в самом деле такое? По какому праву все это делается? Я с вами уеду; я за каретой вашей побегу, если меня не возьмете, и буду бежать что есть мочи[1], покамест дух из меня выйдет. Да вы знаете ли только, что там такое, куда вы едете-то, маточка? Вы, может быть, этого не знаете, так меня спросите! Там степь, родная моя, там степь, чистая, голая степь; вот как моя ладонь голая! Там ходит баба бесчувственная да мужик необразованный, пьяница ходит. Там теперь листья с дерев осыпались, там дожди, там холодно—а вы туда едете! Ну, господину Быкову там есть занятие: он там будет с зайцами, а вы что? Вы помещицей хотите быть, маточка? Но, херувимчик[2] вы мой! Вы поглядите-ка на себя, похожи ли вы на помещицу?.. Да

---

① Что есть мочи—изо всех сил.

② Херувимчик—(ласк. от слова херувим) ангел, относящийся к одному из высших ангельских ликов.

как же может быть такое, Варенька! К кому же я письма буду писать, маточка? Да! Вот вы возьмите-ка в соображение, маточка,—дескать, к кому же он письма будет писать? Кого же я маточкой называть буду; именем-то, любезным таким, кого называть буду? Где мне вас найти потом, ангельчик мой? Я умру, Варенька, непременно умру; не перенесет мое сердце такого несчастия! Я вас, как свет, господень, любил, как дочку родную, любил, я все в вас любил, маточка, родная моя! И сам для вас только и жил одних! Я и работал, и бумаги писал, и ходил, и гулял, и наблюдения мои бумаге передавал в виде дружеских писем, все оттого, что вы, маточка, здесь, напротив, поблизости жили. Вы, может быть, этого и не знали, а это все было именно так! Да, послушайте, маточка, вы рассудите, голубчик мой миленький, как же это может быть, чтобы вы от нас уехали? Родная моя, ведь вам ехать нельзя, невозможно; просто решительно никакой возможности нет! Ведь вот дождь идет, а вы слабенькие, вы простудитесь. Ваша карета промокнет; она непременно промокнет. Она, только что вы за заставу выедете, и сломается; нарочно сломается. Ведь здесь в Петербурге прескверно кареты делают! Я и каретников этих всех знаю; они только чтоб фасончик, игрушечку там какую-нибудь смастерить; а непрочно! Присягну, что непрочно делают! Я, маточка, на колени перед господином Быковым брошусь; я ему докажу, все докажу! И вы, маточка, докажите, резоном докажите ему! Скажите, что вы остаетесь и что вы не можете ехать!.. Ах, зачем это он в Москве на купчихе не женился? Уж пусть бы он там на ней-то женился! Ему купчиха лучше, ему она гораздо лучше бы шла; уж это я знаю почему! А я бы вас здесь у себя держал. Да что он вам-то, маточка, Быков-то? Чем он для вас вдруг мил сделался? Вы, может быть, оттого, что он вам фалбалу-то[1] все закупает, вы, может быть, от этого! Да ведь что же фалбала? Зачем фалбала? Ведь она, маточка, вздор! Тут речь идет о жизни человеческой, а ведь она, маточка, тряпка-фалбала; она, маточка, фалбала-то, тряпица. Да я вот вам сам, вот только что жалованье получу, фалбалы накуплю, я вам ее накуплю, маточка; у меня там вот и магазинчик знакомый есть; вот только жалованья дайте дождаться мне, херувимчик мой, Варенька! Ах, господи, господи! Так вы это непременно в степь с господином Быковым уезжаете, безвозвратно уезжаете! Ах, маточка! Нет, вы мне еще напишите, еще мне письмецо напишите обо всем, и когда уедете, так и оттуда письмо напишите. А то ведь, ангел небесный мой, это будет последнее письмо, а ведь никак не может так быть, чтобы письмо это было последнее. Ведь вот как же, так вдруг, именно непременно последнее! Да нет же, я буду писать, да и вы-то пишите... А то у меня и слог теперь формируется... Ах, родная моя, что слог! Ведь вот я теперь и не знаю, что это я пишу, никак не знаю, ничего не знаю и не перечитываю, и слогу не выправляю, а пишу, только бы писать, только бы вам написать побольше... Голубчик мой, родная моя, маточка вы моя!

(1845)

Краткий анализ произведения

《Бедные люди》 были напечатаны в альманахе Некрасова 《Петербургский сборник》. Этот роман принес Достоевскому успех и признание критиков и читателей.

Тема "бедных людей","маленького человека" была характерна для прозы "натуральной школы" 40-ых годов XIX-ого века. "Бедные люди"—это городская "дробь и мелочь", это люди, которые влачат жалкое существование. Но "бедные люди"

---

① фалбала—платье со складками.

Достоевского отличаются от “бедных людей” других писателей. Если под пером других писателей подчеркивалось слово “бедные”, “маленький”, то у Достоевского—“Люди”, “человек”.

Герои романа Девушкин и Варвара пишут письма друг другу, в их письмах раскрывается панорама столичной жизни и показывается целая галерея различных людей. Жанр романа в письмах позволяет Достоевскому с необыкновенной глубиной и широтой раскрыть богатый духовный мир обоих героев.

В центре романа—история чистой любви бедного титулярного советника М. Девушкина к молодой сироте Варваре Алексеевне Доброселовой. Девушкин глубоко, нежно и самоотверженно любит Вареньку, но эта любовь лишена чувственного начала. Девушкин понимает то, что он не пара молодой Вареньке, и Варенька ценит Девушкина исключительно как старого друга и благодетеля. Благодаря этой любви Девушкин прикрывает свою душевную боль, чувствует себя человеком, в нем просыпается сознание собственного достоиства.

Девушкин—“маленький человек”, существо униженное и оскорбленное. Девушкин во многом напоминает пушкинского Самсона Вырина и гоголевского Акакия Башмачкина, но он не повторяет своих предшественников. В отличие от них Девушкин является мыслящим и чувствующим человеком, у него богатый духовный мир, он требует уважения к себе, и сам проявляет свое уважение к чужой бедности и гордости, тем самым показывает нравственное превосходство над “богатыми”—своими обидчиками. Варвара Алексеевна Доброселова—молодая, добрая девушка, она 《любит》 Девушкина, рассказывает ему о своей жизни и делится с ним всем, что с ней происходит. Но она не может всегда быть 《объектом любви》 Девушкина, в конце концов она вынуждена стать женой богатого, обидевшего ее помещика Быкова и уехать с ним.

Роман《Бедные люди》открывает новую страницу в русской литературе. Мотив "униженных и оскорбленных", сильно звучащий в этом романе,—это главное открытие Достоевского. Писатель акцентирует внимание не столько на социальном статусе своего героя, сколько на самосознании и психологии человека, который борется за своё человеческое достоинство.

Вопросы и задания

1. Какая гамма чувств и переживаний выражается в письмах Девушкина к Вареньке?
2. Каковы психологические мотивировки поступков Девушкина в романе《Бедные люди》?
3. В чем проявляются жанровые особенности романа Достоевского?

Литература

1. Белкин А. А. Читая Достоевского и Чехова. М. ,1973.
2. Кулешов В. И. Жизнь и творчество Достоевского М. ,1984.

Лев Николаевич Толстой
(1828-1910)

ПОСЛЕ БАЛА

—Вот вы говорите, что человек не может сам по себе понять, что хорошо, что дурно, что всё дело в среде, что среда заедает. А я думаю, что всё дело в случае. Я вот про себя скажу...

Так заговорил всему уважаемый Иван Васильевич после разговора, шедшего между нами о том, что для личного совершенствования необходимо прежде изменить условия, среди которых живут люди. Никто, собственно, не говорил, что нельзя самому понять, что хорошо, что дурно, но у Ивана Васильевича была такая манера отвечать на свои собственные, возникающие вследствие разговора мысли и по случаю этих мыслей рассказывать эпизоды из своей жизни. Часто он совершенно забывал повод, по которому он рассказывал, увлекаясь рассказом, тем более, что рассказывал он очень искренно и правдиво.

Так он сделал и теперь.

—Я про себя скажу. Вся моя жизнь сложилась так, а не иначе, не от среды, а совсем от другого.

—От чего же? —спросили мы.

—Да это длинная история. Чтобы понять, надо много рассказывать.

—Вот вы и расскажите.

Иван Васильевич задумался, покачал головой.

—Да,—сказал он. —Вся жизнь переменилась от одной ночи или скорей—утра.

—Да что же было?

—А было то, что был я сильно влюблён. Влюблялся я много раз, но это была самая моя сильная любовь. Дело прошлое; у неё уже дочери замужем. Это была Б..., да, Варенька Б. —Иван Васильевич назвал фамилию. —Она и в пятьдесят лет была замечательная красавица. Но в молодости, восемнадцати лет, была прелестна: высокая, стройная, грациозная и величественная, именно величественная. Держалась она всегда необыкновенно прямо, как будто не могла иначе, откинув немного назад голову, и это давало ей, с её красотой и высоким ростом, несмотря на её худобу и даже костлявость, какой-то царственный вид, который отпугивал бы от неё, если бы не ласковая, всегда весёлая улыбка и рта, и прелестных блестящих глаз, и всего её милого, молодого существа.

—Каково Иван Васильевич расписывает.

—Да как ни расписывай, расписать нельзя так, чтобы вы поняли, какая она была. Но не в том дело. То, что я хочу рассказать, было в сороковых годах. Был я в то время студентом в провинциальном университете. Не знаю, хорошо ли это или дурно, но не было у нас в то время в нашем университете никаких кружков, никаких теорий, а были мы просто молоды и жили, как свойственно молодости, учились и веселились. Был я очень весёлый и бойкий малый, да ещё и богатый. Был у меня иноходец лихой, катался я с гор с барышнями (коньки ещё не были в моде), кутил с товарищами (в то время мы ничего, кроме шампанского, не пили; не было денег—ничего не пили, а не пили, как теперь, водку). Главное же моё удовольствие составляли вечера и балы. Танцевал я хорошо и был не безобразен.

—Ну, нечего скромничать,—перебила его одна из собеседниц. —Мы ведь знаем ваш ещё дагерротипный портрет[1]. Не то, что не безобразен, а вы были красавец.

—Красавец, так красавец, да не в этом дело. А дело в том, что во время этой моей самой сильной любви к ней я был в последний день масленицы на бале у губернского предводителя, добродушного старичка, богача, хлебосола и камергера[2]. Принимала такая же добродушная, как и он, жена его, в бархатном пюсовом платье и брильянтовой фероньерке[3] на голове и с открытыми старыми, пухлыми, белыми плечами и грудью, как портреты Елизаветы Петровны[4]. Бал был чудесный: зала прекрасная, с хорами, музыканты—знаменитые в то время крепостные помещика-любителя, буфет великолепный и разливанное море шампанского. Хоть я и охотник был до шампанского, но не пил, потому что без вина был пьян любовью, но зато танцевал до упаду—танцевал и кадрили, и вальсы, и

---

① Дагерротипный портрет—портрет, сделанный по способу дагерротипии, то есть фотографирования на металлической пластинке, обработанной особым химическим способом.

② Камергер—придворное звание в монархических государствах.

③ Фероньерка—особое украшение.

④ Елизавета Петровна—дочь Петра I, русская царица.

польки, разумеется, насколько возможно было, всё с Варенькой. Она была в белом платье с розовым поясом и в белых лайковых перчатках, немного не доходивших до худых, острых локтей, и в белых атласных башмачках. Мазурку отбил у меня противный инженер Анисимов,—я до сих пор не могу простить ему,—он пригласил её, только что она вошла, а я заезжал к парикмахеру за перчатками и опоздал. Так что мазурку я танцевал не с ней, а с одной немочкой, за которой я немножко ухаживал прежде. Но, боюсь, в этот вечер был очень неучтив с нею, не говорил с ней, не смотрел на неё, а видел только высокую, стройную фигуру в белом платье с розовым поясом, её сияющее, зарумянившееся, с ямочками лицо и ласковые, милые глаза. Не я один, все смотрели на неё и любовались ею, и мужчины, и женщины, несмотря на то, что она затмила их всех. Нельзя было не любоваться.

По закону, так сказать, мазурку я танцевал не с нею, но в действительности танцевал я почти всё время с ней. Она, не смущаясь, через всю залу шла прямо ко мне, и я вскакивал, не дожидаясь приглашения, и она улыбкой благодарила меня за мою догадливость. Когда нас подводили к ней и она не угадывала моего качества, она, подавая руку не мне, пожимала худыми плечами и, в знак сожаления и утешения, улыбалась мне.

Когда делали фигуры мазурки вальсом, я подолгу вальсировал с нею, и она, часто дыша, улыбаясь, говорила мне: «Encore»①. И я вальсировал ещё и ещё и не чувствовал своего тела.

—Ну, как же не чувствовали, я думаю, очень чувствовали, когда обнимали за талию; не только своё, но и её тело,—сказал один из гостей.

Иван Васильевич вдруг покраснел и сердито закричал почти:

—Да, вот это вы, нынешняя молодёжь. Вы, кроме тела,

---

① Ещё. (франц.)

ничего не видите. В наше время было не так. Чем сильнее я был влюблён, тем бестелеснее становилась для меня она. Вы теперь видите ноги, щиколки и ещё что-то, вы раздеваете женщин, в которых влюблены, для меня же, как говорил Альфонс Карр,— хороший был писатель,—на предмете моей любви были всегда бронзовые одежды. Мы не то, что раздевали, а старались прикрыть наготу, как добрый сын Ноя①. Ну, да вы не поймёте...

—Не слушайте его. Дальше что? —сказал один из нас.

—Да. Так вот танцевал я больше с нею и не видал, как прошло время. Музыканты уж с каким-то отчаянием усталости— знаете, как бывает в конце бала,—подхватывали всё тот же мотив мазурки, из гостиных поднялись уже из-за карточных столов папаши и мамаши, ожидая ужина, лакеи чаще забегали, пронося что-то. Был третий час. Надо было пользоваться последними минутами. Я ещё раз выбрал её, и мы в сотый раз прошли вдоль залы.

—Так после ужина кадриль моя? —сказал я ей, отводя её к её месту.

—Разумеется, если меня не увезут,—сказала она улыбаясь.

—Я не дам,—сказал я.

—Дайте же веер,—сказала она.

—Жалко отдавать,—сказал я, подавая ей белый дешёвенький веер.

—Так вот вам, чтоб вы не жалели,—сказала она, оторвала пёрышко от веера и подала мне.

Я взял пёрышко и только взглядом мог выразить весь свой восторг и благодарность. Я был не только весел и доволен,—я был счастлив, блажен, я был добр, я был не я, а какое-то неземное существо, не знающее зла и способное на одно добро.

---

① По библейскому сказанию неблагодарный и грубый Хам насмехался над своим обнажённым спящим отцом; добрые же сыновья Сим и Иафет прикрыли его.

Я спрятал пёрышко в перчатку и стоял, не в силах отойти от неё.

—Смотрите, папа просят танцевать,—сказала она мне, указывая на высокую статную фигуру её отца-полковника, с серебряными эполетами, стоявшего в дверях с хозяйкой и другими дамами.

—Варенька, подите сюда,—услышали мы громкий голос хозяйки в брильянтовой фероньерке и с елизаветинскими плечами.

Варенька подошла к двери, я за ней.

—Уговорите, ma chere[①], отца пройтись с вами. Ну, пожалуйста, Пётр Владиславич,—обратилась хозяйка к полковнику.

Отец Вареньки был очень красивый, статный, высокий и свежий старик. Лицо у него было очень румяное, с белыми a la Nicolas I[②] подвитыми усами, белыми же, подведёнными к усам бакенбардами и с зачёсанными вперёд височками, и та же радостная улыбка, как и у дочери, была в его блестящих глазах и губах. Сложён он был прекрасно, с широкой, небогато украшенной орденами, выпячивающейся по-военному грудью, с сильными плечами и длинными, стройными ногами. Он был воинский начальник типа старого служаки николаевской выправки.

Когда мы подошли к дверям, полковник отказывался, говоря, что он разучился танцевать, но всё-таки, улыбаясь, закинув на левую сторону руку, вынул шпагу из портупеи, отдал её услужливому молодому человеку и, натянув замшевую перчатку на правую руку,—《надо всё по закону》,—улыбаясь сказал он, взял руку дочери и стал в четверть оборота, выжидая такт.

Дождавшись начала мазурочного мотива, он бойко топнул

---

① моя дорогая (франц.).

② как у Николая I (франц.).

одной ногой, выкинул другую, и высокая, грузная фигура его то тихо и плавно, то шумно и бурно, с топотом подошв и ноги об ногу, задвигалась вокруг залы. Грациозная фигура Вареньки плыла около него, незаметно, вовремя укорачивая или удлиняя шаги своих маленьких белых атласных ножек. Вся зала следила за каждым движением пары. Я же не только любовался, но с восторженным умилением смотрел на них. Особенно умилили меня его сапоги, обтянутые штрипками,—хорошие опойковые сапоги, но не модные с острыми, а старинные с четверо угольными носками и без каблуков. Очевидно, сапоги были построены батальонным сапожником. 《Чтобы вывозить и одевать любимую дочь, он не покупает модных сапог, а носит домодельные》,—думал я, и эти четверо-угольные носки сапог особенно умиляли меня. Видно было, что он когда-то танцевал прекрасно, но теперь был грузен, и ноги уже не были достаточно упруги для всех тех красивых и быстрых па, которые он старался выделывать. Но он всё-таки ловко прошёл два круга. Когда же он, быстро расставив ноги, опять соединил их и, хотя и несколько тяжело, упал на одно колено, а она, улыбаясь и поправляя юбку, которую он зацепил, плавно прошла вокруг него, все громко зааплодировали. С некоторым усилием приподнявшись, он нежно, мило обхватил дочь руками за уши и, поцеловав в лоб, подвёл её ко мне, думая, что я танцую с ней. Я сказал, что не я её кавалер.

—Ну, всё равно, пройдитесь вы с нею,—сказал он, ласково улыбаясь и вдевая шпагу в портупею.

Как бывает, что вслед за одной вылившейся из бутылки каплей содержимое её выливается большими струями, так и в моей душе любовь к Вареньке освободила всю скрытую в моей душе способность любви. Я обнимал в то время весь мир своей любовью. Я любил и хозяйку в фероньерке, с её елизаветинским бюстом, и её мужа, и её гостей, и её лакеев, и даже дувшегося на меня инженера Анисимова. К отцу ж её, с его сапогами и ласковой, похожей на неё улыбкой, я испытывал в то время какое-то восторженное, нежное чувство.

Мазурка кончилась, хозяева просили гостей к ужину, но полковник Б. отказался, сказав, что ему надо завтра рано вставать, и простился с хозяевами. Я было испугался, что и её увезут, но она осталась с матерью.

После ужина я танцевал с ней обещанную кадриль. И, несмотря на то, что я был, казалось, бесконечно счастлив, счастье моё всё росло и росло. Мы ничего не говорили о любви; я не спрашивал ни её, ни себя даже о том, любит ли она меня. Мне достаточно было того, что я любил её. И я боялся только одного, чтобы что-нибудь не испортило моего счастья.

Когда я приехал домой, разделся и подумал о сне, я увидел, что это совершенно невозможно. У меня в руке было пёрышко от её веера и целая её перчатка, которую она дала мне, уезжая, когда садилась в карету и я подсаживал её мать и потом её. Я смотрел на эти вещи и, не закрывая глаз, видел её перед собою, то в ту минуту, когда она, выбирая из двух кавалеров, угадывает моё качество, и слышу её милый голос, когда она говорит: 《Гордость? Да?》—и радостно подает мне руку, или когда за ужином пригубливает бокал шампанского и исподлобья глядит на меня ласкающими глазами. Но больше всего я вижу её в паре с отцом, когда она плавно двигается около него и с гордостью и радостью и за себя и за него взглядывает на любующихся зрителей. И я невольно соединяю его и её в одном нежном, умилённом чувстве.

Жили мы тогда одни с покойным братом. Брат и вообще не любил света и не ездил на балы, теперь же готовился к кандидатскому экзамену и вёл самую правильную жизнь. Он спал. Я посмотрел на его уткнутую в подушку и закрытую до половины фланелевым одеялом голову, и мне стало любовно жалко его, жалко за то, что он не знал и не разделял того счастья, которое я испытывал. Крепостной наш лакей Петруша встретил меня со свечой и хотел помочь мне раздеваться, но я отпустил его. Вид его заспанного лица с спутанными волосами показался мне умилительно трогательным. Стараясь не шуметь, я на цыпочках прошёл в свою комнату и сел на постель. Нет, я был слишком счастлив, я не мог спать. Притом мне жарко было в натопленных комнатах, и я, не снимая мундира, потихоньку вышел в переднюю, надел шинель, отворил наружную дверь и вышел на улицу.

С бала я уехал в пятом часу; пока доехал домой, посидел дома, прошло ещё часа два, так что, когда я вышел, уже было светло. Была самая масленичная погода; был туман; насыщенный водою снег таял на дорогах, и со всех крыш капало. Жили Б. тогда на конце города, подле большого поля, на одном конце которого было гулянье, а на другом девический институт. Я прошёл наш пустынный переулок и вышел на большую улицу, где стали встречаться и пешеходы, и ломовые с дровами на санях, достававших полозьями до мостовой. И лошади, равномерно покачивающие под глянцевитыми дугами мокрыми головами, и покрытые рогожками извозчики, шлёпавшие в огромных сапогах подле возов, и дома улицы, казавшиеся в тумане очень высокими,—всё было мне особенно мило и значительно.

Когда я вышел на поле, где был их дом, я увидел в конце его, по направлению гулянья, что-то большое, чёрное и услыхал доносившиеся оттуда звуки флейты и барабана. В душе у меня всё время пело и изредка слышался мотив мазурки. Но это была какая-то другая, жёсткая, нехорошая музыка.

《Что это такое?》—подумал я и по проезженной посередине поля, скользкой дороге пошёл по направлению звуков. Пройдя шагов сто, я из-за тумана стал различать много чёрных людей. Очевидно, солдаты. 《Верно, ученье》,—подумал я и вместе с кузнецом в засаленном полушубке и фартуке, нёсшим что-то и шедшим передо мной, подошёл ближе. Солдаты в чёрных мундирах стояли двумя рядами друг против друга, держа ружья к ноге, и не двигались. Позади их стояли барабанщики и флейтщик и не переставая повторяли всё ту же неприятную, визгливую мелодию.

—Что это они делают? —спросил я у кузнеца, остановившегося рядом со мною.

—Татарина гоняют за побег[1],—сердито сказал кузнец, взглядывая в дальний конец рядов.

Я стал смотреть туда же и увидал посреди рядов что-то страшное, приближающееся ко мне. Приближающееся ко мне был оголённый по пояс человек, привязанный к ружьям двух солдат, которые вели его. Рядом с ним шёл высокий военный в шинели и фуражке, фигура которого показалась мне знакомой. Дёргаясь всем телом, шлёпая ногами по талому снегу, наказываемый, под сыпавшимися с обеих сторон на него ударами, подвигался ко мне, то опрокидываясь назад, и тогда унтер-офицеры, ведшие его за ружья, толкали его вперёд, то падая наперёд, и тогда унтер-офицеры, удерживая его от падения, тянули его назад. И не отставая от него шёл твёрдой, подрагивающей походкой высокий военный. Это был её отец, с своим румяным лицом и белыми усами и бакенбардами.

При каждом ударе наказываемый, как бы удивляясь, поворачивал сморщенное от страдания лицо в ту сторону, с которой падал удар, и, оскаливая белые зубы, повторял какие-то одни и те же слова. Только, когда он совсем был близко, я расслышал эти слова. Он не говорил, а всхлипывал: 《 Братцы, помилосердствуйте. Братцы, Помилосердствуйте》. Но братцы не

[1] Гоняют за побег—прогоняют сквозь строй (наказание в царской армии, состоящее в том, что идущего между двумя выстроенными рядами солдат били палками).

милосердствовали, и, когда шествие совсем поравнялось со мной, я видел, как стоявший против меня солдат решительно выступил шаг вперед и, со свистом взмахнув палкой, сильно шлёпнул ею по спине татарина. Татарин дёрнулся вперёд, но унтер-офицеры удержали его, и такой же удар упал на него с другой стороны, и опять с этой, и опять с той... Полковник шёл подле и, поглядывая то себя под ноги, то на наказываемого, втягивал в себя воздух, раздувая щёки, и медленно выпускал его через оттопыренную губу. Когда шествие миновало то место, где я стоял, я мельком увидал между рядов спину наказываемого. Это было что-то такое пёстрое, мокрое, красное, неестественное, что я не поверил, чтобы это было тело человека.

—О господи,—проговорил подле меня кузнец.

Шествие стало удаляться. Всё так же падали с двух сторон удары на спотыкающегося, корчившегося человека, и всё так же били барабаны и свистела флейта, и всё так же твёрдым шагом двигалась высокая, статная фигура полковника рядом с наказываемым. Вдруг полковник остановился и быстро приблизился к одному из солдат.

—Я тебя помажу,—услыхал я его гневный голос.—будешь мазать? Будешь?

И я видел, как он своей сильной рукой в замшевой перчатке бил по лицу испуганного малорослого, слабого солдата за то, что он недостаточно сильно опустил свою палку на красную спину татарина.

—Подать свежих шпицрутенов①! —крикнул он, оглядываясь, и увидал меня. Делая вид, что он не знает меня, он, грозно и злобно нахмурившись, поспешно отвернулся. Мне же

---

① Шпицрутенов—длинные гибкие прутья или палки, которыми били наказываемых, главным образом солдат, прогоняя их сквозь строй.

было до такой степени стыдно, что, не зная, куда смотреть, как будто я был уличён в самом постыдном поступке, я опустил глаза и поторопился уйти домой. Всю дорогу в ушах у меня то била барабанная дробь и свистела флейта, то слышались слова: «Братцы, помилосердствуйте», то я слышал самоуверенный, гневный голос полковника, кричащего: «Будешь мазать? Будешь?» А между тем на сердце была почти физическая, доходившая до тошноты, такая тоска, что я несколько раз останавливался. И мне казалось, что вот-вот меня вырвет всем тем ужасом, который вошёл в меня от этого зрелища. Не помню, как я добрался домой и лёг. Но только стал засыпать, услыхал и увидел опять всё и вскочил.

«Очевидно, он что-то знает такое, чего я не знаю,—думал я про полковника.—Если бы я знал, что он знает, я бы понимал, и то, что я видел, не мучило бы меня». Но, сколько я ни думал, я не мог понять того, что знает полковник, и заснул только к вечеру, и то после того, как пошёл к приятелю и напился с ним совсем пьян.

Что ж, вы думаете, что я тогда решил, что то, что я видел, было дурное дело? Ничуть. «Если это делалось с такой уверенностью и признавалось всеми необходимым, то, стало быть, они знали что-то такое, чего я не знал»,—думал я и старался узнать это. Но сколько ни старался—и потом не мог узнать этого. А не узнав, не мог поступить в военную службу, как хотел прежде, и не только не служил в военной, но нигде не служил и никуда, как видите, не годился.

—Ну, это мы знаем, как вы никуда не годились,—сказал один из нас.—Скажите лучше: сколько бы людей никуда не годились, кабы вас не было.

—Ну, это уж совсем глупости,—с искренней досадой сказал Иван Васильевич.

—Ну, а любовь что? —спросили мы.

—Любовь? Любовь с этого дня пошла на убыль. Когда она, как часто бывало с ней, с улыбкой на лице, задумывалась, я сейчас же вспоминал полковника на площади, и мне становилось как-то неловко и неприятно, и я реже стал видеться с ней. И любовь так и сошла на нет. Так вот какие бывают дела и от чего переменяется и направляется вся жизнь человека. А вы говорите... —закончил он.

(1903)

Краткий анализ произведения

В последний период творчества, после "перелома в мировоззрении", Л. Толстой становится с каждым новым произведением все более критичен по отношению к дворянскому классу, к которому сам принадлежал по происхождению и воспиатанию, более того, ко всему общественному устройству России конца XIX и начала XX вв. "Со мной случился переворот,"— писал Толстой в "Исповеди" (1881 г.), "...со мной случилось то, что жизнь нашего круга, богатых, ученых, не только опротивела мне, но и потеряла всякий смысл". Жизнь дворянства казалась Толстому не просто бессмысленной, но и прямо отвратительной, потому что она была паразитической. Имущество и власть богатых основывались на тяжком, непосильном труде и нищете крестьян, а государственная машина поддерживала и применяла насилие. А оно глубоко противно гуманной, совестной натуре Толстого. "После бала" как раз является рассказом об этом.

Герой Иван Васильевич разлюбил Вареньку, к которой питал очень сильное чувство, потому что увидел ее отца, военного полковника в тот момент, когда он осуществлял насилие — командовал прогнанием сквозь строй беглого татарина. Насилие это было изуверским истязательством, и его увидел Иван Васильевич сразу после бала, на котором полковник так красиво танцевал с Варенькой. Картина этого истязательства и образы отца и дочери слились воедино для влюбленного героя рассказа и вызвали у него буквально физическое страдание. Жестокость и насилие, совершаемые отцом Вареньки, убили в нем любовь к ней. Но так ли виноват полковник в глазах Ивана Васильевича ? Ведь он только выполнял свой служебный долг. По мыслям Толстого, неправильно в России все устройство государства, несправедливы все законы, по которым одни люди угнетают и мучают других. Это понял Иван Васильевич, вот почему он не пошел на военную службу.

Вопросы и задания

1. Охаракризуйте образ полковника в рассказе Л. Толстого《После бала》.
2. В чем особенность и ценность рассказа《После бала》?

Литература

1. Гудзий Н. К. Лев Толстой. М. , 1960.
2. Билинкис Я. О творчестве Л. Н. Толстого:Очерки. Л. ,1959.

Антон Павлович Чехов
(1860-1904)

СМЕРТЬ ЧИНОВНИКА

В один прекрасный вечер не менее прекрасный экзекутор, Иван Дмитрич Червяков, сидел во втором ряду кресел и глядел в бинокль на 《Корневильские колокола》. Он глядел и чувствовал себя на верху блаженства. Но вдруг... В рассказах часто встречается это 《но вдруг》. Авторы правы: жизнь так полна внезапностей! Но вдруг лицо его поморщилось, глаза подкатились, дыхание остановилось... он отвел от глаз бинокль, нагнулся и... апчхи!!! Чихнул, как видите. Чихать никому и нигде не возбраняется. Чихают и мужики, и полицеймейстеры, и иногда даже и тайные советники. Все чихают. Червяков нисколько не сконфузился, утерся платочком и, как вежливый человек, поглядел вокруг себя: не обеспокоил ли он кого-нибудь своим чиханьем? Но тут уж пришлось сконфузиться. Он увидел, что старичок, сидевший впереди него, в первом ряду кресел, старательно вытирал свою лысину и шею перчаткой и бормотал что-то. В старичке Червяков узнал статского генерала Бризжалова, служащего по ведомству путей сообщения.

《Я его обрызгал! —подумал Червяков. —Не мой начальник, чужой, но все-таки неловко. Извиниться надо》.

Червяков кашлянул, подался туловищем вперед и зашептал генералу на ухо:

—Извините, ваше-ство, я вас обрызгал... я нечаянно...

—Ничего, ничего...

—Ради бога, извините. Я ведь... я не желал!

—Ах, сидите, пожалуйста! Дайте слушать!

Червяков сконфузился, глупо улыбнулся и начал глядеть на сцену. Глядел он, но уж блаженства больше не чувствовал. Его начало помучивать беспокойство. В антракте он подошел к Бризжалову, походил возле него и, поборовши робость, пробормотал:

—Я вас обрызгал, ваше-ство... Простите... Я ведь... не то чтобы...

—Ах, полноте... Я уж забыл, а вы все о том же! —сказал генерал и нетерпеливо шевельнул нижней губой.

《Забыл, а у самого ехидство в глазах,—подумал Червяков, подозрительно поглядывая на генерала. —и говорить не хочет. Надо бы ему объяснить, что я вовсе не желал... что это закон природы, а то подумает, что я плюнуть хотел. Теперь не подумает, так после подумает!..》

Придя домой, Червяков рассказал жене о своем невежестве. Жена, как показалось ему, слишком легкомысленно отнеслась к происшедшему; она только испугалась, а потом, когда узнала, что Бризжалов《чужой》, успокоилась.

—А все-таки ты сходи, извинись,—сказала она. —Подумает, что ты себя в публике держать не умеешь!

—То-то вот и есть! Я извинялся, да он как-то странно... Ни одного слова путного не сказал. Да и некогда было разговаривать.

На другой день Червяков надел новый вицмундир, подстригся и пошел к Бризжалову объяснить... Войдя в приемную генерала, он увидел там много просителей, а между просителями и самого генерала, который уже начал прием прошений. Опросив несколько просителей, генерал поднял глаза и на Червякова.

—Вчера в《Аркадии》, ежели припомните, ваше-ство,—начал докладывать экзекутор,—я чихнул-с и нечаянно обрызгал... Изв...

—Какие пустяки... Бог знает что! Вам что угодно? —обратился генерал к следующему просителю.

《Говорить не хочет! —подумал Червяков, бледнея.—Сердится, значит... Нет, этого нельзя так оставить... Я ему объясню...》

Когда генерал кончил беседу с последним просителем и направился во внутренние апартаменты, Червяков шагнул за ним и забормотал:

—Ваше-ство! Ежели я осмеливаюсь беспокоить ваше-ство, то именно из чувства, могу сказать, раскаяния! Не нарочно, сами изволите знать-с!

Генерал состроил плаксивое лицо и махнул рукой.

—Да вы просто смеетесь, милостисдарь[①]! —сказал он, скрываясь за дверью.

《Какие же тут насмешки? —подумал Червяков.—Вовсе тут нет никаких насмешек! Генерал, а не может понять! Когда так, не

① Милостисдарь—сокращенное обращение“милостивый государь”.

стану же я больше извиняться перед этим фанфароном[1]! Черт с ним! Напишу ему письмо, а ходить не стану! Ей-богу, не стану!》

Так думал Червяков. Идя домой. Письма генералу он не написал. Думал, думал, и никак не выдумал этого письма. Пришлось на другой день идти самому объяснять.

—Я вчера приходил беспокоить ваше-ство,—забормотал он, когда генерал поднял на него вопрошающие глаза,—не для того, чтобы смеяться, как вы изволили сказать. Я извинялся за то, что, чихая, брызнул-с... а смеяться я и не думал. Смею ли я смеяться? Ежели мы будем смеяться, так никакого тогда, значит, и уважения к персонам... не будет...

—Пошел вон!! —гаркнул вдруг посиневший и затрясшийся генерал.

—Что-с? —спросил шепотом Червяков, млея от ужаса.

—Пошел вон!! —повторил генерал, затопав ногами.

В животе у Червякова что-то оторвалось. Ничего не видя, ничего не слыша, он попятился к двери, вышел на улицу и поплелся... Придя машинально домой, не снимая вицмундира, он лег на диван и... помер.

(1883)

ХАМЕЛЕОН

Через базарную площадь идет полицейский надзиратель Очумелов в новой шинели и с узелком в руке. За ним шагает рыжий городовой с решетом, доверху наполненным конфискованным крыжовником. Кругом тишина... На площади ни души... Открытые двери лавок и кабаков глядят на свет божий

---

① Фанфарон—(разг.) хвастун, человек, который выставляет напоказ свои мнимые достоинства.

уныло, как голодные пасти; около них нет даже нищих.

—Так ты кусаться, окаянная? —слышит вдруг Очумелов.— Ребята, не пущай ее! Нынче не велено кусаться! Держи! А.. а!

Слышен собачий визг. Очумелов глядит в сторону и видит: из дровяного склада купца Пичугина, прыгая на трех ногах и оглядываясь, бежит собака. За ней гонится человек в ситцевой крахмальной рубахе и расстегнутой жилетке. Он бежит за ней и, подавшись туловищем вперед, падает на землю и хватает собаку за задние лапы. Слышен вторично собачий визг и крик: 《Не пущай!》 Из лавок высовываются сонные физиономии, и скоро около дровяного склада, словно из земли выросши, собирается толпа.

—Никак беспорядок, ваше благородие!.. —говорит городовой.

Очумелов делает полуоборот налево и шагает к сборищу. Около самых ворот склада, видит он, стоит вышеописанный человек в расстегнутой жилетке и, подняв вверх правую руку, показывает толпе окровавленный палец. На полупьяном лице его как бы написано: 《Ужо я сорву с тебя, шельма!》, да и самый палец имеет вид знамения победы. В этом человеке Очумелов узнает золотых дел мастера Хрюкина. В центре толпы, растопырив передние ноги и дрожа всем телом, сидит на земле сам виновник скандала—белый борзой щенок с острой мордой и желтым пятном на спине. В слезящихся глазах его выражение тоски и ужаса.

—По какому это случаю тут? —спрашивает Очумелов, врезываясь в толпу.—Почему тут? Это ты зачем палец?.. Кто кричал?

—Иду я, ваше благородие, никого не трогаю... —начинает Хрюкин, кашляя в кулак.—Насчет дров с Митрий Митричем,—и вдруг эта подлая ни с того ни с сего за палец... Вы меня извините, я человек, который работающий... Работа у меня мелкая. Пущай мне заплатят, потому—я этим пальцем, может, неделю не пошевельну... Этого, ваше благородие, и в законе нет, чтоб от твари терпеть... Ежели каждый будет кусаться, то лучше и не жить на свете...

—Гм!.. Хорошо...—говорит Очумелов строго, кашляя и шевеля бровями. —Хорошо... Чья собака? Я этого так не оставлю. Я покажу вам, как собак распускать! Пора обратить внимание на подобных господ, не желающих подчиняться постановлениям! Как оштрафуют его, мерзавца, так он узнает у меня, что значит собака и прочий бродячий скот! Я ему покажу кузькину мать!.. Елдырин,—обращается надзиратель к городовому,—узнай, чья это собака, и составляй протокол! А собаку истребить надо. Не медля! Она наверное бешеная... Чья это собака, спрашиваю?

—Это, кажись, генерала Жигалова! —говорит кто-то из толпы.

—Генерала Жигалова? Гм!.. Сними-ка, Елдырин, с меня пальто... Ужас, как жарко! Должно полагать, перед дождем... Одного только я не понимаю: как она могла тебя укусить? — обращается Очумелов к Хрюкину. —Нешто она достанет до пальца? Она маленькая, а ты ведь вон какой здоровила! Ты, должно быть, расковырял палец гвоздиком, а потом и пришла в твою голову идея, чтоб сорвать. Ты ведь... известный народ! Знаю вас, чертей!

—Он, ваше благородие, цигаркой ей в харю для смеха, а она—не будь дура, и тяпни... Вздорный человек, ваше благородие!

—Врешь, кривой! Не видал, так, стало быть, зачем врать? Их благородие умный господин и понимают, ежели кто врет, а кто по совести, как перед богом... А ежели я вру, так пущай мировой рассудит. У него в законе сказано... Нынче все равны... У меня у самого брат в жандармах... ежели хотите знать...

—Не рассуждать!

—Нет, это не генеральская...—глубокомысленно замечает

городовой. —У генерала таких нет. У него всё больше лягавые...

—Ты это верно знаешь?

—Верно, ваше благородие...

—Я и сам знаю. У генерала собаки дорогие, породистые, а эта—черт знает что! Ни шерсти, ни вида... подлость одна только... И этакую собаку держат?! Где же у вас ум? Попадись этакая собака в Петербурге или Москве, то знаете, что было бы? Там не посмотрели бы в закон, а моментально—не дыши! Ты, Хрюкин, пострадал и дела этого так не оставляй... Нужно проучить! Пора...

—А может быть, и генеральская...—думает вслух городовой. —На морде у ней не написано... Намедни во дворе у него такую видел.

—Вестимо, генеральская! —говорит голос из толпы.

—Гм!.. Надень-ка, брат Елдырин, на меня пальто... Что-то ветром подуло... Знобит... Ты отведешь ее к генералу и спросишь там. Скажешь, что я нашел и прислал... И скажи, чтобы ее не выпускали на улицу... Она, может быть, дорогая, а ежели каждый свинья будет ей в нос сигаркой тыкать, то долго ли испортить. Собака—нежная тварь... А ты, болван, опусти руку! Нечего свой дурацкий палец выставлять! Сам виноват!..

—Повар генеральский идет, его спросим... Эй, Прохор! Поди-ка, милый, сюда! Погляди на собаку... Ваша?

—Выдумал! Этаких у нас отродясь не бывало!

—И спрашивать тут долго нечего,—говорит Очумелов. —Она бродячая! Нечего тут долго разговаривать... Ежели сказал, что бродячая, стало быть, и бродячая... Истребить, вот и все.

—Это не наша,—продолжает Прохор. —Это генералова брата, что намеднись приехал. Наш не охотник до борзых. Брат ихний[1]

---

① Ихний—(прост.) то же, что их.

охоч...

—Да разве братец ихний приехали? Владимир Иваныч? —спрашивает Очумелов, и все лицо его заливается улыбкой умиления. —Ишь ты, господи! А я и не знал! Погостить приехали?

—В гости...

—Ишь ты, господи... Соскучились по братце... А я ведь и не знал! Так это ихняя собачка? Очень рад... Возьми ее... Собачонка ничего себе... Шустрая такая... Цап этого за палец! Ха-ха-ха... Ну, чего дрожишь? Ррр... Рр... Сердится, шельма... цуцык[1] этакий...

Прохор зовет собаку и идет с ней от дровяного склада... Толпа хохочет над Хрюкиным.

—Я еще доберусь до тебя[2]! —грозит ему Очумелов и, запахиваясь в шинель, продолжает свой путь по базарной площади.

(1884)

Краткий анализ произведений

Целая серия рассказов на тему маленького человека в столкновении с представителем высшей власти была написана Чеховым: 《Двое в одном》, 《На гвозде》, 《Сущая правда》, 《Смерть чиновника》, 《Толстый и тонкий》, 《Хамелеон》 и т. д. Объект насмешки в этих рассказах—маленький чиновник, который и смешон, и жалок, потому что он добровольно проявляет свое самоуничижение, когда никто и ничто его к этому не принуждает. Это не только смешно, но и, главное, грустно и страшно.

《Смерть чиновника》—это маленький рассказ о столкновении маленького человека с значительным лицом—генералом. В рассказе

---

① Цуцык—выдуманное ласкательное слово. Здесь то же, что щенок.

② Я еще доберусь до тебя! —(перен.) Я расправлюсь с тобой!

немало смешного, и тон повествования автора кажется каким-то шуточным, но из анекдотического происшествия вытекает трагедия человека: в конце рассказа Червяков помер. В рассказе генерал как вполне нормальный человек не придает никакого значения оплошности Червякова. Но Червяков сам не может поверить, что он может быть прощен генералом. И поэтому он в ужасе все время ждет кары и из-за этого умирает. Конечно, Червяков является жертвой абсурдного общества. Но автор не столько обвиняет генерала, сколько разоблачает психологию чинопочитания. Рассказ 《Смерть чиновника》 сентиментален, полон тихого юмора.

《Хамелеон》—это другой рассказ о чинопочитании, только чинопочитание и раболепство полицейского надзирателя Очумелова выражены по своему. Очумелов—герой рассказа, по психологии и поведению он принадлежит к одинаковому типу с Червяковым. Он тоже чиновник, почитающий того, кто стоит выше его по служебной лестнице, в отличие от Червякова он еще чувствует себя грозным начальником по отношению к людям ниже его по должности.

Очумелов—полицейский, но он хамелеон, который постоянно и моментально, в зависимости от обстоятельств, меняет свои взгляды. В основе его хамелеонства лежит чинопочитание. Очумелов глубоко верит в превосходство "генеральского" над "прочим", и это определяет ежеминутное изменение его поведения.

Простота и краткость—главные черты стиля чеховской прозы. Чехов умеет "коротко говорить о длинных вещах", это уже проявляется в его ранних рассказах 《Смерть чиновника》 и 《Хамелеон》.

Вопросы и задания

1. Перескажите рассказы 《Смерть чиновника》 и 《Хамелеон》.
2. О чем говорит нелепая смерть Червякова?

3. Какова психология поведения Очумелова?

Литература

1. Гуревич И. А. Проза Чехова. М. ,1970.
2. Кулешов В. И. Жизнь и творчество Чехова. М. ,1985.
3. Линков В. Я. Художественный мир повестей Чехова. М. ,1982.

Алексей Максимович Горький
(1868-1936)

СТАРУХА ИЗЕРГИЛЬ

《Жили на земле в старину одни люди, непроходимые леса окружали с трех сторон таборы[1] этих людей, а с четвертой—была степь. Были это веселые, сильные и смелые люди. И вот пришла однажды тяжелая пора: явились откуда-то иные племена и прогнали прежних в глубь леса. Там были болота и тьма, потому что лес был старый, и так густо переплелись его ветви, что сквозь них не видать было неба, и лучи солнца едва могли пробить себе дорогу до болот сквозь густую листву. Но когда его лучи падали на воду болот, то подымался смрад[2], и от него люди гибли один за другим. Тогда стали плакать жены и дети этого племени, а отцы задумались и впали в тоску. Нужно было уйти из этого леса, и для того были две дороги: одна—назад,—там были сильные и злые

---

① Таборы—поселение, место стоянки.

② Смрад—вонь, отвратительный запах.

враги, другая—вперед,—там стояли великаны-деревья, плотно обняв друг друга могучими ветвями, опустив узловатые корни глубоко в цепкий ил болота. Эти каменные деревья стояли молча и неподвижно днем в сером сумраке и еще плотнее сдвигались вокруг людей по вечерам, когда загорались костры. И всегда, днем и ночью, вокруг тех людей было кольцо крепкой тьмы, оно точно собиралось раздавить их, а они привыкли к степному простору. А еще страшней было, когда ветер бил по вершинам деревьев и весь лес глухо гудел, точно грозил и пел похоронную песню тем людям. Это были все-таки сильные люди, и могли бы они пойти биться насмерть с теми, что однажды победили их, но они не могли умереть в боях, потому что у них были заветы[1], и коли б умерли они, то пропали б с ними из жизни и заветы. И потому они сидели и думали в длинные ночи, под глухой шум леса, в ядовитом смраде болота. Они сидели, а тени от костров прыгали вокруг них в безмолвной пляске, и всем казалось, что это не тени пляшут, а торжествуют злые духи леса и болота... люди всё сидели и думали. Но ничто—ни работа, ни женщины не изнуряют тела и души людей так, как изнуряют тоскливые думы. И ослабли люди от дум... Страх родился среди них, сковал им крепкие руки. Ужас родили женщины плачем над трупами умерших от смрада и над судьбой скованных страхом живых,—и трусливые слова стали слышны в лесу, сначала робкие и тихие, а потом все громче и громче... Уже хотели идти к врагу и принести ему в дар волю свою, и никто уже, испуганный смертью, не боялся рабской жизни... Но тут явился Данко и спас всех один».

Старуха, очевидно, часто рассказывала о горящем сердце Данко. Она говорила певуче, и голос ее, скрипучий и глухой, ясно рисовал передо мной шум леса, среди которого умирали от

---

[1] Заветы—наставления, законы, оставленные предками.

ядовитого дыхания болота несчастные, загнанные люди...

《Данко—один из тех людей, молодой красавец. Красивые—всегда смелы. И вот он говорит им, своим товарищам:

《—Не своротить камня с пути думою. Кто ничего не делает, с тем ничего не станется. Что мы тратим силы на думу да тоску? Вставайте, пойдем в лес и пройдем его сквозь, ведь имеет же он конец—все на свете имеет конец! Идемте! Ну! Гей!..

《Посмотрели на него и увидали, что он лучший из всех, потому что в очах его светилось много силы и живого огня.

《—Веди ты нас! —сказали они.

《Тогда он повел...》

Старуха помолчала и посмотрела в степь, где все густела тьма. Искорки горящего сердца Данко вспыхивали где-то далеко и казались голубыми воздушными цветами, расцветая только на миг.

《Повел их Данко. Дружно все пошли за ним—верили в него. Трудный путь это был! Темно было, и на каждом шагу болото разевало свою жадную гнилую пасть, глотая людей, и деревья заступали дорогу могучей стеной. Переплелись их ветки между собой; как змеи, протянулись всюду корни, и каждый шаг много стоил пота и крови тем людям. Долго шли они... все гуще становился лес, все меньше было сил! И вот стали роптать на Данко, говоря, что напрасно он, молодой и неопытный, повел их куда-то. А он шел впереди их и был бодр и ясен.

《Но однажды гроза грянула над лесом, зашептали деревья глухо, грозно. И стало тогда в лесу так темно, точно в нем собрались сразу все ночи, сколько их было на свете с той поры, как он родился. Шли маленькие люди между больших деревьев и в грозном шуме молний, шли они, и, качаясь, великаны-деревья скрипели и гудели сердитые песни, а молнии, летая над вершинами леса, освещали его на минутку синим, холодным огнем и исчезали так же быстро, как являлись, пугая людей. И деревья, освещенные холодным огнем молний, казались живыми, простирающими вокруг людей, уходивших из плена тьмы, корявые, длинные руки, сплетая их в густую сеть, пытаясь остановить людей. А из тьмы ветвей смотрело на идущих что-то страшное, темное и холодное. Это был трудный путь, и люди, утомленные им, пали духом. Но им стыдно было сознаться в бессилии, и вот они в злобе и гневе обрушились на Данко, человека, который шел впереди их. И стали они упрекать его в неумении управлять ими,—вот как!

《Остановились они и под торжествующий шум леса, среди дрожащей тьмы, усталые и злые, стали судить Данко.

《—Ты,—сказали они,—ничтожный и вредный человек для нас! Ты повел нас и утомил, за это ты погибнешь!

《—Вы сказали: 《Веди!》—и я повел! —крикнул Данко, становясь против них грудью. —Во мне есть мужество вести, вот потому я повел вас! А вы? Что сделали вы в помощь себе? Вы только шли и не умели сохранить силы на путь более долгий! Вы только шли, шли, как стадо овец!

《Но эти слова разъярили их еще более.

《—Ты умрешь! Ты умрешь! —ревели они.

《А лес все гудел и гудел, вторя их крикам, и молнии разрывали тьму в клочья. Данко смотрел на тех, ради которых он понес труд, и видел, что они—как звери. Много людей стояло вокруг него, но не было на лицах их благородства, и нельзя было ему ждать пощады от них. Тогда и в его сердце вскипело негодование, но от жалости к людям оно погасло. Он любил людей и думал, что, может быть, без него они погибнут. И вот его сердце вспыхнуло огнем желания спасти их, вывести на легкий путь, и тогда в его очах засверкали лучи того могучего огня... А они, увидав это, подумали, что он рассвирепел, отчего так ярко и разгорелись очи, и они насторожились, как волки, ожидая, что он будет бороться с ними, и стали плотнее окружать его, чтобы легче им было схватить и убить Данко. А он уже понял их думу, оттого еще ярче загорелось в нем сердце, ибо эта их дума родила в нем тоску.

《А лес все пел свою мрачную песню, и гром гремел, и лил дождь...

《—Что сделаю я для людей!? —сильнее грома крикнул Данко.

《И вдруг он разорвал руками себе грудь и вырвал из нее свое сердце и высоко поднял его над головой.

《Оно пылало так ярко, как солнце, и ярче солнца, и весь лес замолчал, освещенный этим факелом великой любви к людям, а тьма разлетелась от света его и там, глубоко в лесу, дрожащая, пала в гнилой зев болота. Люди же, изумленные, стали как камни.

《—Идем! —крикнул Данко и бросился вперед на свое место, высоко держа горящее сердце и освещая им путь людям.

《Они бросились за ним, очарованные. Тогда лес снова зашумел, удивленно качая вершинами, но его шум был заглушен топотом бегущих людей. Все бежали быстро и смело, увлекаемые чудесным зрелищем горящего сердца. И теперь гибли, но гибли без жалоб и слез. А Данко все был впереди, и сердце его все пылало, пылало!

《И вот вдруг лес расступился перед ним, расступился и остался сзади, плотный и немой, а Данко и все те люди сразу окунулись в море солнечного света и чистого воздуха, промытого дождем. Гроза была—там, сзади них, над лесом, а тут сияло солнце, вздыхала степь, блестела трава в брильянтах дождя, и золотом сверкала река... Был вечер, и от лучей заката река казалась красной, как та кровь, что била горячей струей из разорванной груди Данко.

《Кинул взор вперед себя на ширь степи гордый смельчак Данко—кинул он радостный взор на свободную землю и засмеялся гордо. А потом упал и—умер.

《Люди же, радостные и полные надежд, не заметили смерти его и не видали, что еще пылает рядом с трупом Данко его смелое сердце. Только один осторожный человек заметил это и, боясь чего-то, наступил на гордое сердце ногой... И вот оно, рассыпавшись в искры, угасло...》

—Вот откуда они, голубые искры степи, что являются перед грозой!

Теперь, когда старуха кончила свою красивую сказку, в степи стало страшно тихо, точно и она была поражена силой смельчака Данко, который сжег для людей свое сердце и умер, не прося у них ничего в награду себе. Старуха дремала. Я смотрел на нее и думал: 《Сколько еще сказок и воспоминаний осталось в ее памяти?》 И думал о великом горящем сердце Данко и о человеческой фантазии, создавшей столько красивых и сильных легенд.

Дунул ветер и обнажил из-под лохмотьев сухую грудь старухи Изергиль, засыпавшей все крепче. Я прикрыл ее старое тело и сам лег на землю около нее. В степи было тихо и темно. По небу все ползли тучи, медленно, скучно... Море шумело глухо и печально.

(1894)

Краткий анализ произведения

Романтический рассказ " Старуха Изергиль " состоит из трех частей : легенда о Ларре, рассказ повествователя—старухи о своей прожитой жизни и легенда о Данко.

Легенда о Ларре рассказывает о сыне орла и земной женщины, который вырос индивидуалистом и себялюбцем. Ларра хочет быть свободным от всех обязанностей перед людьми, но его жестоко наказывают за себялюбие.

Старуха Изергиль прожила бурную жизнь. Вспоминая о своей молодости, она жалуется на неудачную любовь, на то, что даром прошла жизнь. Рассказ раскрывает горькую правду о жизни человека: люди жаждут любви и счастья, но редко кому удается стать счастливым и удачливым в жизни. Однако есть героические личности, которые готовы пожертвовать своей жизнью ради людей. Таков Данко, герой третьей части рассказа. Он выводит свое племя из мрака и смрада болот и лесов на светлый простор степи. Его подвиг рожден горячей любовью к своим соплеменникам, сильным желанием вытеснить из их сознания страх, трусость. В романтическом образе Данко воплощены духовный порыв, сила любви, жажда света и свободы. Это новый герой, который всегда вдохновляет людей на подвиги во имя народа. Данко бессмертен, земля и природа украшают мир голубыми искрами в память о нем.

Многозначителен образ " осторожного человека ", который " наступил на гордое сердце ногой". Это обыватель, живущий на всем готовом. Он осторожен и труслив, бережет только свою шкуру и боится нового.

Романтическое повествование рассказа построено на основе столкновения между тьмой и светом, мужеством и трусостью, великим подвигом и страхом перед жизнью, тупостью к красоте.

Вопросы и задания

1. Почему мы называем рассказ 《Старуха Изергиль》 романтическим произведением?
2. Что символизирует образ 《осторожного человека》 в легенде о Данко?

Литература

Русская литература XX века, в двух частях, Часть 1, под редакцией Ф. Кузнецова, М. , Просвещение, 1996.

Иван Алексеевич Бунин
(1870-1953)

ТЕМНЫЕ АЛЛЕИ

В холодное осеннее ненастье, на одной из больших тульских дорог, залитой дождями и изрезанной многими черными колеями, к длинной избе, в одной связи которой была казенная почтовая станция, а в другой частная горница, где можно было отдохнуть или переночевать, пообедать, или спросить самовар, подкатил закиданный грязью тарантас① с полуподнятым верхом, тройка довольно простых лошадей с подвязанными от слякоти хвостами. На козлах тарантаса сидел крепкий мужик в туго подпоясанном армяке, серьезный и темноликий, с редкой смоляной бородой, похожий на старинного разбойника, а в тарантасе стройный старик-военный в большом картузе и в николаевской серой шинели с бобровым стоячим воротником, еще чернобровый, но с белыми

① Тарантас—экипаж, крытая повозка, в которой перевозили пассажиров.

усами, которые соединялись с такими же бакенбардами; подбородок у него был пробрит и вся наружность имела то сходство с Александром II, которое столько распространено было среди военных в пору его царствования; взгляд был тоже вопрошающий, строгий и вместе с тем усталый.

Когда лошади стали, он выкинул из тарантаса ногу в военном сапоге с ровным голенищем и, придерживая руками в замшевых перчатках полы шинели, взбежал на крыльцо избы.

—Налево, ваше превосходительство,—грубо крикнул с козел① кучер, и он, слегка нагнувшись на пороге от своего высокого роста, вошел в сенцы②, потом в горницу③ налево.

В горнице было тепло, сухо и опрятно: новый золотистый образ в левом углу, под ним покрытый чистой суровой скатертью стол, за столом чисто вымытые лавки; кухонная печь, занимавшая дальний правый угол, ново белела мелом; ближе стояло нечто вроде тахты, покрытой пегими④ попонами⑤, упиравшейся отвалом в бок печи; из-за печной заслонки сладко пахло щами—разварившейся капустой, говядиной и лавровым листом.

Приезжий сбросил на лавку шинель и оказался еще стройнее в одном мундире и в сапогах, потом снял перчатки и картуз и с усталым видом провел бледной худой рукой по голове—седые волосы его с начесами на висках к углам глаз слегка курчавились, красивое удлиненное лицо с темными глазами хранило кое-где мелкие следы оспы. В горнице никого не было, и он неприязненно крикнул, приотворив дверь в сенцы:

—Эй, кто там!

---

① Козлы—место, на котором сидел возница экипажа.

② Сенцы, сени—помещение, в которое входят с улицы, прежде чем попасть в избу.

③ Горница—парадная комната в избе.

④ Пегий—с большими пятнами.

⑤ Попона—матерчатая накидка, покрывающая спину лошади.

Тотчас вслед за тем в горницу вошла темноволосая, тоже чернобровая и тоже еще красивая не по возрасту женщина, похожая на пожилую цыганку, с темным пушком на верхней губе и вдоль щек, легкая на ходу, но полная, с большими грудями под красной кофточкой, с треугольным, как у гусыни, животом под черной шерстяной юбкой.

—Добро пожаловать, ваше превосходительство,—сказала она. —покушать изволите или самовар прикажете?

Приезжий мельком глянул на ее округлые плечи и на легкие ноги в красных поношенных татарских туфлях и отрывисто, невнимательно ответил:

—Самовар. Хозяйка тут или служишь?

—Хозяйка, ваше превосходительство.

—Сама, значит, держишь?

—Так точно. Сама.

—Что ж так? Вдова, что ли, что сама ведешь дело?

—Не вдова, ваше превосходительство, а надо же чем-нибудь жить. И хозяйствовать я люблю.

—Так, так. Это хорошо. И как чисто, приятно у тебя.

Женщина все время пытливо смотрела на него, слегка шурясь.

—И чистоту люблю,—ответила она. —Ведь при господах выросла, как не уметь прилично себя держать, Николай Алексеевич.

Он быстро выпрямился, раскрыл глаза и покраснел:

—Надежда! Ты? —сказал он торопливо.

—Я, Николай Алексеевич,—ответила она.

—Боже мой, боже мой! —сказал он, садясь на лавку и в упор глядя на нее. —Кто бы мог подумать! Сколько лет мы не видались? Лет тридцать пять?

—Тридцать, Николай Алексеевич. Мне сейчас сорок восемь, а вам под шестьдесят, думаю?

—Вроде этого... Боже мой, как странно!

—Что странно, сударь?

—Но все, все... Как ты не понимаешь?

Усталость и рассеянность его исчезли, он встал и решительно заходил по горнице, глядя в пол. Потом остановился и, краснея сквозь седину, стал говорить:

—Ничего не знаю о тебе с тех самых пор. Как ты сюда попала? Почему не осталась при господах?

—Мне господа вскоре после вас вольную дали.

—А где жила потом?

—Долго рассказывать, сударь.

—Замужем, говоришь, не была?

—Нет, не была.

—Почему? При такой красоте, которую ты имела?

—Не могла я этого сделать.

—Отчего не могла? Что ты хочешь сказать?

—Что ж тут объяснять. Небось помните, как я вас любила.

Он покраснел до слез и, нахмурясь, опять зашагал.

—Все проходит, мой друг,—забормотал он.—Любовь, молодость—все, все. История пошлая, обыкновенная. С годами все проходит. Как это сказано в книге Иова[①]? 《Как о воде протекшей будешь вспоминать》.

—Что кому бог дает, Николай Алексеевич. Молодость у всякого проходит, а любовь—другое дело.

Он поднял голову и, остановясь, болезненно усмехнулся:

—Ведь не могла же ты любить меня весь век!

—Значит, могла. Сколько ни проходило времени, все одним

---

① Книга Иова—одна из частей Ветхого Завета. Иов—в библейской мифологии праведник. Само имя Иов означает《истерзанный》. Он жил еще до Моисея, на арабской земле Уц.

жила. Знала, что давно вас нет прежнего, что для вас словно ничего и не было, а вот... поздно теперь укорять, а ведь, правда, очень бессердечно вы меня бросили, сколько раз я хотела руки на себя наложить от обиды от одной, уж не говоря обо всем прочем. Ведь было время, Николай Алексеевич, когда я вас Николенькой звала, а вы меня—помните как? И все стихи мне изволили читать про всякие《темные аллеи》,—прибавила она с недоброй улыбкой.

—Ах, как хороша ты была! —сказал он, качая головой.—Как горяча, как прекрасна! Какой стан, какие глаза! Помнишь, как на тебя все заглядывались?

—Помню, сударь. Были и вы отменно хороши. И ведь это вам отдала я свою красоту, свою горячку. Как же можно такое забыть.

—А! Все проходит. Все забывается.

—Все проходит, да не все забывается.

—Уходи,—сказал он, отворачиваясь и подходя к окну.—Уходи, пожалуйста.

И, вынув платок и прижав его к глазам, скороговоркой прибавил:

—Лишь бы бог меня простил. А ты, видно, простила.

Она подошла к двери и приостановилась:

—Нет, Николай Алексеевич, не простила. Раз разговор наш коснулся до наших чувств, скажу прямо: простить я вас никогда не могла. Как не было у меня ничего дороже вас на свете в ту пору, так и потом не было. Оттого-то и простить мне вас нельзя. Ну да что вспоминать, мертвых с погоста не носят.

—Да, да, не к чему, прикажи подавать лошадей,—ответил он, отходя от окна уже со строгим лицом.—Одно тебе скажу: никогда я не был счастлив в жизни, не думай, пожалуйста. Извини, что, может быть, задеваю твое самолюбие, но скажу откровенно,—жену я без памяти любил. А изменила, бросила меня еще оскорбительней, чем я тебя. Сына обожал,—пока рос, каких только надежд на него не возлагал! А вышел негодяй, мот, наглец, без сердца, без чести, без совести... Впрочем, все это тоже самая обыкновенная, пошлая история. Будь здорова, милый друг. Думаю, что и я потерял в тебе самое дорогое, что имел в жизни.

Она подошла и поцеловала у него руку, он поцеловал у нее.

—Прикажи подавать...

Когда поехали дальше, он хмуро думал: 《Да, как прелестна была! Волшебно прекрасна!》 Со стыдом вспоминал свои последние слова и то, что поцеловал у ней руку, и тотчас стыдился своего стыда. 《Разве неправда, что она дала мне лучшие минуты жизни?》

К закату проглянуло бледное солнце. Кучер гнал рысцой, все меняя черные колеи, выбирая менее грязные, и тоже что-то думал. Наконец сказал с серьезной грубостью:

—А она, ваше превосходительство, все глядела в окно, как мы уезжали. Верно, давно изволите знать ее?

—Давно, Клим.

—Баба—ума палата. И все, говорят, богатеет. Деньги в рост дает.

—Это ничего не значит.

—Как не значит! Кому ж не хочется получше пожить! Если с совестью давать, худого мало. И она, говорят, справедлива на это. Но крута! Не отдал вовремя—пеняй на себя.

—Да, да, пеняй на себя... погоняй, пожалуйста, как бы не опоздать нам к поезду...

Низкое солнце желто светило на пустые поля, лошади ровно шлепали по лужам. Он глядел на мелькавшие подковы, сдвинув черные брови, и думал:

《Да, пеняй на себя. Да, конечно, лучшие минуты. И не лучшие, а истинно волшебные!》 Кругом шиповник алый цвел, стояли темных лип аллеи... 《Но, боже мой, что же было бы дальше? Что, если бы я не бросил ее? Какой вздор? Эта самая Надежда не содержательница постоялой горницы, а моя жена, хозяйка моего петербургского дома, мать моих детей?》

И, закрывая глаза, качал головой. (1938)

Краткий анализ произведения

Сборник《Темные аллеи》(1943)—цикл любовных рассказов, в него входят тридцать восемь рассказов.《Все рассказы этой книги только о любви, о ее темных и чаще всего очень мрачных и жестоких аллеях》(слова Бунина), недаром эту книгу называют энциклопедией любовных драм. Персонажи сборника《Темные аллеи》разнообразны и индивидуальны, они—люди разного социального положения и разных профессий, но почти все герои живут воспоминаниями о своей прошлой любви, о потерянной цене жизни. Незабываемы и замечательны женские образы в《Темных аллеях》. Им свойственны искренность чувств, глубина духовной силы, готовность на все ради любви, необычайная эмоциональность.

В первом рассказе цикла《Темные аллеи》(егоназванием названа вся книга) генерал Николай Алексеевич останавливается на почтовой станции и в её 48-летней хозяйке Надежде узнаёт девушку, которую 30 лет тому назад любил больше всего в жизни и некрасиво бросил, а онапомнила его всю жизнь, всю жизнь любила и никогда не простила. Надежда некогда была молодой красавицей, горячо влюбившейся в Николая Алексеевича, давшая ему《лучшие минуты жизни》. И сама она познала счастье горячей любви. Потом судьба их разлучила, после чего она жила одна около тридцати лет.

В Надежде сосредоточивается чистота, искренность и сила чувства к любимому человеку, которой бросил ее и совсем забыл. “Все проходит, все забывается”—говорит Николай Алексеевич.

“Все проходит да не все забывается”—отвечает на это Надежда. —“как не было у меня ничего дороже вас на свете в ту пору, так и потом не было”.

Рассказ《Темные аллеи》показывает, что любовь—чувство и радостное, и трагическое, оно несет человеку не только радость и счастье, но чаще—горе и страдание, сопровождающее его всю жизнь.

Вопросы и задания

1. Охарактеризуйте образ Николая Алексеевича в рассказе《Темные аллеи》.
2. Как понимаете слова 《как о воде протекшей будешь вспоминать》?

Литература

1. Волков А. Проза Бунина, М. 1969.
2. Михайлов О. И. Бунин. жизнь и творчество, Тула, 1987.

Михаил Афанасьевич Булгаков
(1891-1940)

ПОЛОТЕНЦЕ С ПЕТУХОМ

Если человек не ездил на лошадях по глухим проселочным дорогам, то рассказывать мне ему об этом нечего: все равно он не поймет. А тому, кто ездил, и напоминать не хочу.

Скажу коротко: сорок верст, отделяющих уездный город Грачевку от Мурьевской больницы, ехали мы с возницей моим ровно сутки. И даже до курьезного[①] ровно: в два часа дня 16 сентября 1917 года мы были у последнего лабаза, помещающегося на границе этого замечательного города Грачевки, а в два часа пять минут 17 сентября того же 17-го незабываемого года я стоял на битой, умирающей и смякшей от сентябрьского дождика траве во дворе Мурьевской больницы. Стоял я в таком виде: ноги

① До курьезного—до смешного.

окостенели, и настолько, что я смутно тут же, во дворе, мысленно перелистывал страницы учебников, тупо стараясь припомнить, существует ли действительно, или мне это померещилось во вчерашнем сне в деревне Грабиловке, болезнь, при которой у человека окостеневают мышцы? Как ее, проклятую, зовут по-латыни? Каждая из мышц этих болела нестерпимой болью, напоминающей зубную боль. О пальцах на ногах говорить не приходится—они уже не шевелились в сапогах, лежали смирно, были похожи на деревянные культяпки. Сознаюсь, что в порыве малодушия я проклинал шепотом медицину и свое заявление, поданное пять лет назад ректору университета. Сверху в это время сеяло, как сквозь сито. Пальто мое набухло, как губка. Пальцами правой руки я тщетно пытался ухватиться за ручку чемодана и, наконец, плюнул на мокрую траву. Пальцы мои ничего не могли хватать, и опять мне, начиненному всякими знаниями из интересных медицинских книжек, вспомнилась болезнь—паралич. 《Парализис》,—отчаянно мысленно и черт знает зачем сказал я себе.

—П... по вашим дорогам,—заговорил я деревянными, синенькими губами,—нужно п... привыкнуть ездить...

И при этом злобно почему-то уставился на возницу, хотя он, собственно, и не был виноват в такой дороге.

—Эх... товарищ доктор,—отозвался возница, тоже еле шевеля губами под светлыми усишками,—пятнадцать годов езжу, а все привыкнуть не могу.

Я содрогнулся, оглянулся тоскливо на белый облупленный двухэтажный корпус, на небеленые бревенчатые стены фельдшерского домика, на свою будущую резиденцию—двухэтажный, очень чистенький дом с гробовыми загадочными окнами, протяжно вздохнул. И тут же мутно мелькнула в голове вместо латинских слов сладкая фраза, которую спел в ошалевших от качки и холода мозгах полный тенор с голубыми ляжками: 《...Привет тебе, при-ют свя-щенный...》

Прощай, прощай надолго, золото-красный Большой театр, Москва, витрины... ах, прощай...

《Я тулуп буду в следующий раз надевать...—в злобном отчаянии думал я и рвал чемодан за ремни негнущимися руками,—я... хотя в следующий раз будет уже октябрь... хоть два тулупа надевай. А раньше чем через месяц я не поеду, не поеду в Грачевку... Подумайте сами... ведь ночевать пришлось! Двадцать верст сделали и оказались в могильной тьме... ночь... в Грабиловке пришлось ночевать... учитель пустил... А сегодня утром выехали в семь утра... и вот едешь... батюшки-светы... медленнее пешехода. Одно колесо ухает в яму, другое на воздух подымается, чемодан на ноги—бух... потом на бок, потом на другой, потом носом вперед, потом затылком. А сверху сеет и сеет, и стынут кости. Да разве я мог бы поверить, что в середине серенького, кислого сентября человек может мерзнуть в поле, как в лютую зиму?! Ан, оказывается, может. И пока умираешь медленною смертью, видишь одно и то же, одно. Справа горбатое обглоданное поле, слева чахлый перелесок, а возле него серые, драные избы, штук пять или шесть. И кажется, что в них нет ни одной живой души. Молчание, молчание кругом...》

Чемодан наконец поддался. Возница налег на него животом и выпихнул его прямо на меня. Я хотел удержать его за ремень, но рука отказалась работать, и распухший, осточертевший мой спутник с книжками и всяким барахлом плюхнулся прямо на траву, шарахнув меня по ногам.

—Эх ты, госпо...—начал возница испуганно, но я никаких претензий не предъявлял: ноги у меня были все равно хоть выбрось их.

—Эй, кто тут? Эй! —закричал возница и захлопал руками,

как петух крыльями. —Эй, доктора привез!

Тут в темных стеклах фельдшерского домика оказались лица, прилипли к ним, хлопнула дверь, и вот я увидел, как заковылял по траве ко мне человек в рваненьком пальтишке и сапожишках. Он почтительно и торопливо снял картуз, подбежав на два шага ко мне, почему-то улыбнулся стыдливо и хриплым голоском приветствовал меня:

—Здравствуйте, товарищ доктор.

—Кто вы такой? —спросил я.

—Егорыч я,—отрекомендовался человек,—сторож здешний. Уж мы вас ждем. Ждем...

И тут же он ухватился за чемодан, вскинул его на плечо и понес. Я захромал за ним, безуспешно пытаясь всунуть руку в карман брюк, чтобы вынуть портмоне.

Человеку, в сущности, очень немного нужно. И прежде всего ему нужен огонь. Направляясь в мурьевскую глушь, я, помнится, еще в Москве давал себе слово держать себя солидно. Мой юный вид отравлял мне существование на первых шагах. Каждому приходилось представляться:

—Доктор такой-то.

И каждый обязательно поднимал брови и спрашивал:

—Неужели? А я-то думал, что вы еще студент.

—Нет, я кончил,—хмуро отвечал я и думал: 《Очки мне нужно завести, вот что》. Но очки было заводить не к чему, глаза у меня были здоровые, и ясность их еще не была омрачена житейским опытом. Не имея возможности защищаться от всегдашних снисходительных и ласковых улыбок при помощи очков, я старался выработать особую, внушающую уважение повадку. Говорить пытался размеренно и веско, порывистые движения по возможности сдерживать, не бегать, как бегают люди в двадцать три года, окончившие университет, а ходить.

Выходило все это, как теперь, по прошествии многих лет, понимаю, очень плохо.

В данный момент я этот свой неписанный кодекс поведения нарушил. Сидел, скорчившись, сидел в одних носках, и не где-нибудь в кабинете, а сидел в кухне и, как огнепоклонник, вдохновенно и страстно тянулся к пылающим в плите березовым поленьям. На левой руке у меня стояла перевернутая дном кверху кадушка, и на ней лежали мои ботинки, рядом с ними ободранный, голокожий петух с окровавленной шеей, рядом с петухом его разноцветные перья грудой. Дело в том, что еще в состоянин окоченения я успел произвести целый ряд действий, которых потребовала сама жизнь. Востроносая Аксинья, жена Егорыча, была утверждена мною в должности моей кухарки. Вследствие этого и погиб под ее руками петух. Его я должен был съесть. Я со всеми перезнакомился. Фельдшера звали Демьян Лукич, акушерок—Пелагея Ивановна и Анна Николаевна. Я успел обойти больницу и с совершеннейшей ясностью убедился в том, что инструментарий в ней богатейший. При этом с тою же ясностью я вынужден был признать (про себя, конечно), что очень многих блестящих девственно инструментов назначение мне вовсе не известно. Я их не только не держал в руках, но даже, откровенно признаюсь, и не видал.

—Гм,—очень многозначительно промычал я,—однако у вас инструментарий прелестный. Гм. .

—Как же-с,—сладко заметил Демьян Лукич,—это все стараниями вашего предшественника Леопольда Леопольдовича. Он ведь с утра до вечера оперировал.

Тут я облился прохладным потом и тоскливо поглядел на зеркальные сияющие шкафики.

Засим мы обошли пустые палаты, и я убедился, что в них свободно можно разместить сорок человек.

—У Леопольда Леопольдовича иногда и пятьдесят лежало,—утешил меня Демьян Лукич, а Анна Николаевна, женщина в короне поседевших волос, к чему-то сказала:

—Вы, доктор, так моложавы, так моложавы... Прямо удивительно. Вы на студента похожи.

《Фу ты, черт,—подумал я,—как сговорились, честное слово!》

И проворчал сквозь зубы, сухо:

—Гм... нет, я... то есть я... да, моложав...

Затем мы спустились в аптеку, и сразу я увидел, что в ней не было только птичьего молока①. В темноватых двух комнатах крепко пахло травами, и на полках стояло все что угодно. Были даже патентованные заграничные средства, и нужно ли добавлять, что я никогда не слыхал о них ничего.

—Леопольд Леопольдович выписал,—с гордостью доложила Пелагея Ивановна.

《Прямо гениальный человек был этот Леопольд》,—подумал я и проникся уважением к таинственному, покинувшему тихое Мурьево Леопольду.

Человеку, кроме огня, нужно еще освоиться. Петух был давно мною съеден, сенник② для меня набит Егорычем, покрыт простыней, горела лампа в кабинете в моей резиденции. Я сидел и, как зачарованный, глядел на третье достижение легендарного Леопольда: шкаф был битком набит книгами. Одних руководств по хирургии на русском и немецком языках я насчитал бегло около тридцати томов. А терапия! Накожные чудные атласы!

Надвигался вечер, и я осваивался.

《Я ни в чем не виноват,—думал я упорно и мучительно,—у

① Не было только птичьего молока—все есть, полное изобилие всего.

② Сенник—матрас из сена.

меня есть диплом, я имею пятнадцать пятерок. Я ж предупреждал еще в том большом городе, что хочу идти вторым врачом. Нет. Они улыбались и говорили:《Освоитесь》. Вот тебе и освоитесь. А если грыжу① привезут? Объясните, как я с нею освоюсь? И в особенности каково будет себя чувствовать больной с грыжей у меня под руками? Освоится он на том свете (тут у меня холод по позвоночнику...)

А гнойный аппендицит? Га! А дифтерийный круп у деревенских ребят? Когда трахеотомия показана? Да и без трахеотомии будет мне не очень хорошо... А... а... роды! Роды-то забыл! Неправильные положения. Что ж я буду делать? А? Какой я легкомысленный человек! Нужно было отказаться от этого участка. Нужно было. Достали бы себе какого-нибудь Леопольда》.

В тоске и сумерках я прошелся по кабинету. Когда поравнялся с лампой, увидал, как в безграничной тьме полей мелькнул мой бледный лик рядом с огоньками лампы в окне.

《Я похож на Лжедмитрия②》,—вдруг глупо подумал я и опять уселся за стол.

Часа два в одиночестве я мучил себя и домучил до тех пор, что уж больше мои нервы не выдерживали созданных мною страхов. Тут я начал успокаиваться и даже создавать некоторые планы.

Так-с... Прием, они говорят, сейчас ничтожный. В деревнях мнут лен, бездорожье...《Тут-то тебе грыжу и привезут,—бухнул суровый голос в мозгу,—потому что по бездорожью человек с

---

① Грыжа—болезнь, требующая для лечения хирургического вмешательства, возникает чаще всего от поднятия тяжестей, так что нередко у крестьян, работающих в поле.

② Лжедмитрий—русский царь-самозванец 17 века, здесь: мнимый, фальшивый врач.

насморком (нетрудная болезнь) не поедет, а грыжу притащат, будь покоен, дорогой коллега доктор».

Голос был неглуп, не правда ли? Я вздрогнул.

«Молчи,—сказал я голосу,—не обязательно грыжа. Что за неврастения? Взялся за гуж, не говори, что не дюж[①]».

«Назвался груздем, полезай в кузов»[②],—ехидно отозвался голос.

Так-с... со справочником я расставаться не буду... Если что выписать, можно, пока руки моешь, обдумать. Справочник будет раскрытым лежать прямо на книге для записей больных. Буду выписывать полезные, но нетрудные рецепты. Ну, например, натри салицилици 0,5 по одному порошку три раза в день...

«Соду можно выписать!»—явно издеваясь, отозвался мой внутренний собеседник.

При чем тут сода? Я и ипекакуану выпишу инфузум... на сто восемьдесят. Или на двести. Позвольте.

И тут же, хотя никто и не требовал от меня в одиночестве у лампы ипекакуанки, я малодушно перелистал рецептурный справочник, проверил ипекакуанку, а попутно прочитал машинально и о том, что существует на свете какой-то «инсипин». Он не кто иной, как «сульфат эфира хининдигликолевой кислоты»... Оказывается, вкуса хинина не имеет! Но зачем он? И как его выписать? Он что, порошок? Черт его возьми!

«Инсипин инсипином, а как же все-таки с грыжей будет?»—упорно приставал страх в виде голоса.

«В ванну посажу,—остервенело защищался я,—в ванну. И

① Взялся за гуж, не говори, что не дюж—(послов.) раз добровольно взялся за дело врача, выполняй свои обязательства.

② Назвался груздем, полезай в кузов—(то же значение) раз добровольно взялся за дело врача, выполняй свои обязательства.

попробую вправить》.

《Ущемленная, мой ангел! Какие тут, к черту, ванный! Ущемленная,—демонским голосом пел страх. —Резать надо... 》

Тут я сдался и чуть не заплакал. И моление тьме за окном послал: все что угодно, только не ущемленную грыжу.

А усталость напевала:

《Ложись ты спать, злосчастный эскулап[①]. Выспишься, а утром будет видно. Успокойся, юный неврастеник. Гляди—тьма за окнами покойна, спят стынущие поля, нет никакой грыжи. А утром будет видно. Освоишься... Спи... Брось атлас... Все равно ни пса сейчас не разберешь. Грыжевое кольцо... 》

Как он влетел, я даже не сообразил. Помнится, болт на двери загремел, Аксинья что-то пискнула. Да еще за окнами проскрипела телега.

Он без шапки, в расстегнутом полушубке, со свалявшейся бородкой, с безумными глазами.

Он перекрестился, и повалился на колени, и бухнул лбом в пол. Это мне.

《Я пропал》,—тоскливо подумал я.

—Что вы, что вы, что вы! —забормотал я и потянул за серый рукав.

Лицо его перекосило, и он, захлебываясь, стал бормотать в ответ прыгающие слова:

—Господин доктор... господин... единственная, единственная... Единственная! —выкрикнул он вдруг по-юношески звонко, так, что дрогнул ламповый абажур. —Ах ты, господи... Ах... —Он в тоске заломил руки и опять забухал лбом в половицы, как будто хотел разбить его. —За что? За что

---

① Эскулап—греческий бог врачевания. Так иронически называют врачей, давая понять, что они не боги.

наказанье?.. Чем прогневали?

—Что? Что случилось?! —выкрикнул я, чувствуя, что у меня холодеет лицо.

Он вскочил на ноги, метнулся и прошептал так:

—Господин доктор... что хотите... денег дам... Деньги берите, какие хотите. Какие хотите. Продукты будем доставлять... Только чтоб не померла. Только чтоб не померла. Калекой останется—пущай. Пущай! —кричал он в потолок.—хватит прокормить, хватит.

Бледное лицо Аксиньи висело в черном квадрате двери. Тоска обвилась вокруг моего сердца.

—Что?.. Что? Говорите! —выкрикнул я болезненно.

Он стих и шепотом, как будто по секрету, сказал мне, и глаза его стали бездонны:

—В мялку попала...

—В мялку... в мялку?..—переспросил я. —Что это такое?

—Лен, лен мяли... господин доктор...—шепотом пояснила Аксинья,—мялка-то... лен мнут...

《Вот начало. Вот. О, зачем я приехал!》—в ужасе подумал я.

—Кто?

—Дочка моя,—ответил он шепотом, а потом крикнул:—Помогите! —И вновь повалился, и стриженные его в скобку волосы метнулись на его глаза.

Лампа-молния с покривившимся жестяным абажуром горела жарко, двумя рогами. На операционном столе, на белой, свежепахнущей клеенке я ее увидел, и грыжа померкла у меня в памяти.

Светлые, чуть рыжеватые волосы свешивались со стола сбившимся засохшим колтуном. Коса была гигантская, и конец ее касался пола.

Ситцевая юбка была изорвана, и кровь на ней разного цвета—

пятно бурое, пятно жирное, алое. Свет《молнии》показался мне желтым и живым, а ее лицо бумажным, белым, нос заострен.

На белом лице у нее, как гипсовая, неподвижная, потухала действительно редкостная красота. Не всегда, не часто встретишь такое лицо.

В операционной секунд десять было полное молчание, но за закрытыми дверями слышно было, как глухо выкрикивал кто-то и бухал, все бухал головой.

《Обезумел,—думал я,—а сиделки[1], значит, его отпаивают[2]... Почему такая красавица? Хотя у него правильные черты лица... Видно, мать была красивая... Он вдовец...》

—Он вдовец? —машинально шепнул я.

—Вдовец,—тихо ответила Пелагея Ивановна.

Тут Демьян Лукич резким, как бы злобным движением от края до верху разорвал юбку и сразу ее обнажил. Я глянул, и то, что увидал, превысило мои ожидания. Левой ноги, собственно, не было. Начиная от раздробленного колена, лежала кровавая рвань, красные мятые мышцы и остро во все стороны торчали белые раздавленные кости. Правая была переломлена в голени так, что обе кости концами выскочили наружу, пробив кожу. От этого ступня ее безжизненно, как бы отдельно, лежала, повернувшись набок.

—Да,—тихо молвил фельдшер и ничего больше не прибавил.

Тут я вышел из оцепенения и взялся за ее пульс. В холодной руке его не было. Лишь после нескольких секунд нашел я чуть заметную редкую волну. Она прошла... потом была пауза, во время которой я успел глянуть на синеющие крылья носа и белые

---

① Сиделка—работница младшего или среднего медицинского персонала, находящаяся при тяжелом больном.

② Отпаивать—дать пить успокоительные лекарства.

губы... Хотел уже сказать: конец... по счастью, удержался... Опять прошла ниточкой волна.

《Вот как потухает изорванный человек,—подумал я,—тут уж ничего не сделаешь...》

Но вдруг сурово сказал, не узнавая своего голоса:

—Камфары.

Тут Анна Николаевна склонилась к моему уху и шепнула:

—Зачем, доктор? Не мучайте. Зачем еще колоть? Сейчас отойдет... Не спасете.

Я злобно и мрачно оглянулся на нее и сказал:

—Попрошу камфары...

Так, что Анна Николаевна с вспыхнувшим, обиженным лицом сейчас же бросилась к столику и сломала ампулу.

Фельдшер тоже, видимо, не одобрял камфары. Тем не менее он ловко и быстро взялся за шприц, и желтое масло ушло под кожу плеча.

《Умирай. Умирай скорее,—подумал я,—умирай. А то что же я буду делать с тобой?》

—Сейчас помрет,—как бы угадав мою мысль, шепнул фельдшер. Он покосился на простыню, но, видимо, раздумал: жаль было кровавить простыню. Однако через несколько секунд ее пришлось прикрыть. Она лежала, как труп, но она не умерла. В голове моей вдруг стало светло, как под стеклянным потолком нашего далекого анатомического театра[1].

—Камфары еще,—хрипло сказал я.

И опять покорно фельдшер впрыснул масло.

《Неужели же не умрет?..—отчаянно подумал я.—Неужели

---

① Анатомический театр—в медицинских учебных заведениях существуют специальные помещения, где, изучая анатомию человека, студенты разрезают трупы умерших.

придется...》

Все светлело в мозгу, и вдруг без всяких учебников. Без советов, без помощи я сообразил— уверенность, что сообразил, была железной,—что сейчас мне придется в первый раз в жизни на угасающем человеке делать ампутацию. И человек этот умрет под ножом. Ах, под ножом умрет. Ведь у нее же нет крови! За десять верст вытекло все через раздробленные ноги, и неизвестно даже, чувствует ли она что-нибудь сейчас, слышит ли. Она молчит. Ах, почему она не умирает? Что скажет мне безумный отец?

—Готовьте ампутацию,—сказал я фельдшеру чужим голосом.

Акушерка посмотрела на меня дико, но у фельдшера мелькнула искра сочувствия в глазах, и он заметался у инструментов. Под руками у него взревел примус...

Прошло четверть часа. С суеверным ужасом я вглядывался в угасший глаз, приподымая холодное веко. Ничего не постигаю. Как может жить полутруп? Капли пота неудержимо бежали у меня по лбу из-под белого колпака, и марлей Пелагея Ивановна вытирала соленый пот. В остатках крови в жилах у девушки теперь плавал и кофеин. Нужно было его впрыскивать или нет? На бедрах Анна Николаевна, чуть-чуть касаясь, гладила бугры, набухшие от физиологического раствора. А девушка жила.

Я взял нож, стараясь подражать (раз в жизни в университете я видел ампутацию) кому-то... я умолял теперь судьбу, чтобы уж в ближайшие полчаса она не померла...《Пусть умрет в палате, когда я окончу операцию...》

За меня работал только мой здравый смысл, подхлестнутый необычайностью обстановки. Я кругообразно и ловко, как опытный мясник, острейшим ножом полоснул бедро, и кожа разошлась, не дав ни одной росинки крови.《Сосуды начнут кровить, что я буду делать?》—думал я и, как волк, косился на груду торсионных пинцетов. Я срезал громадный кус женского мяса и один из сосудов—он был в виде беловатой трубочки,—но ни капли крови не выступило из него. Я зажал его торсионным пинцетом и двинулся дальше. Я натыкал эти торсионные пинцеты всюду, где предполагал сосуды... 《Arteria[1]... Arteria... как, черт, ее?》 В операционной стало похоже на клинику. Торсионные пинцеты висели гроздьями. Их марлей оттянули кверху вместе с мясом, и я стал мелкозубой ослепительной пилой пилить круглую кость. 《Почему не умирает?.. Это удивительно.. ох, как живуч человек!》

И кость отпала. В руках у Демьяна Лукича осталось то, что было девичьей ногой. Лохмы мяса, кости! Все это отбросили в сторону, и на столе оказалась девушка, как будто укороченная на треть, с оттянутой в сторону культей[2]. 《Еще, еще немножко... не умирай,—вдохновенно думал я,—потерпи до палаты, дай мне выскочить благополучно из этого ужасного случая моей жизни》.

Потом вязали лигатурами[3], потом, щелкая колленом, я стал редкими швами зашивать кожу... но остановился, осененный, сообразил... оставил сток... вложил марлевый тампон.... Пот застилал мне глаза, и мне казалось, будто я в бане...

Отдулся[4]. Тяжело посмотрел на культю, на восковое лицо. Спросил:

—Жива?

—Жива... —как беззвучное эхо, отозвались сразу и фельдшер и Анна Николаевна.

—Еще минуточку проживет,—одними губами, без звука в ухо сказал мне фельдшер. Потом запнулся и деликатно посоветовал:—

---

① Arteria —(латинский язык)артерия.

② Культя—остаток ампутированной руки или ноги.

③ Лигатура—нить для перевязки кровеносных сосудов при операции.

④ Отдуться—отдышаться, восстановить ровное и спокойное дыхание после перебоев дыхания.

Вторую ногу, может, и не трогать, доктор. Марлей знаете ли, замотаем... а то не дотянет до палаты... А? Все лучше, если не в операционной скончается.

—Гипс давайте,—сипло отозвался я, толкаемый неизвестной силой.

Весь пол был заляпан белыми пятнами, все мы были в поту. Полутруп лежал недвижно. Правая нога была забинтована гипсом, и зияло на голени вдохновенно оставленное мною окно на месте перелома.

—Живет...—удивленно хрипнул фельдшер.

Затем ее стали подымать, и под простыней был виден гигантский провал-треть ее тела мы оставили в операционной.

Затем колыхались тени в коридоре, шмыгали сиделки. И я видел, как по стене прокралась растрепанная мужская фигура и издала сухой вопль. Но его удалили. И стихло.

В операционной я мыл окровавленные по локоть руки.

—Вы, доктор, вероятно, много делали ампутаций? —вдруг спросила Анна Николаевна. —Очень, очень хорошо... Не хуже Леопольда...

В ее устах слово《Леопольд》неизменно звучало, как《Дуайен》[1].

Я исподлобья взглянул на лица. И у всех-и у Демьяна Лукича и у Пелагеи Ивановны—заметил в глазах уважение и удивление.

—Кхм... я... Я только два раз делал, видите ли...

Зачем я солгал? Теперь мне это непонятно.

В больнице стихло. Совсем.

—Когда умрет, обязательно пришлите за мной,—вполголоса приказал я фельдшеру, и он почему-то вместо《хорошо》ответил

---

① Дуайен—глава дипломатического корпуса.

почтительно:

—Слушаю-с...

Через несколько минут я был у зеленой лампы в кабинете докторской квартиры. Дом молчал.

Бледное лицо отражалось в чернейшем стекле.

《Нет, я не похож на Дмитрия Самозванца, и я, видите ли, постарел как-то... Складка над переносицей... Сейчас постучат... скажут:《Умерла》...》

《Да, пойду и погляжу в последний раз... сейчас раздастся стук...》

В дверь постучали. Это было через два с полоВиной месяца. В окне сиял один из первых зимних дней.

Вошел он, я его разглядел только тогда. Да, действительно черты лица правильные. Лет сорока пяти. Глаза искрятся.

Затем шелест... На двух костылях впрыгнула очаровательной красоты одноногая девушка в широчайшей юбке, обшитой по подолу красной каймой.

Она поглядела на меня, и щеки ее замело розовой краской.

—В Москве... в Москве...—И я стал писать адрес.—Там устроят протез, искусственную ногу.

—Руку поцелуй,—вдруг неожиданно сказал отец.

Я до того растерялся, что вместо губ поцеловал ее в нос.

Тогда она, обвисая на костылях, развернула сверток, и выпало длинное снежно-белое полотенце с безыскусственным красным вышитым петухом. Так вот что она прятала под подушку на осмотрах. То-то, я помню, нитки лежали на столике.

—Не возьму,—сурово сказал я и даже головой замотал. Но у нее стало такое лицо, такие глаза, что я взял...

И много лет оно висело у меня в спальне в Мурьеве, потом странствовало со мной. Наконец обветшало, стерлось, продырявилось и исчезло, как стираются и исчезают воспоминания.

Краткий анализ произведения

Рассказ《Полотенце с петухом》относится к циклу ранних рассказов молодого Булгакова《Записки юного врача》. Цикл рассказов автобиографичен. Писатель окончил медицинское высшее учебное заведение и уехал работать в российскую глушь — лечить бедных крестьян. А лечить надо было от всех болезней, так как врач был один на всю округу.

Герой рассказа без всякого профессионального опыта, ни разу не оперировавший, оказывается в сложнейшей ситуации — делать ампутацию ноги у умирающей крестьянской девушки, пострадавшей от несчастного случая. Врач — юноша страшно боялся, что ему сразу же придется лечить сложную болезнь (а ему уже казалось, что он все забыл, чему учился), вдруг встал перед серьезным выбором: или делать сложную операцию, или дать человеку умереть. Вот тут—то и проявилось подлинное призвание врача: в решающий момент он не поддается страху, панике, а — откуда только берется в нем решительность и твердость — делает операцию вполне профессионально, хоть и первый раз в жизни, и спасает жизнь девушки.

Рассказ этот смешной в тех местах, где юный врач сначала повествует о своей езде по разбитым деревенским дорогам, в холоде и под дождем, а потом предается панике перед воображаемыми "трудными ситуациями" в его практике, и драматичный там, где рассказывается о том, как привезли в больницу умирающую девушку. В некотором моменте повествование достигает такого высокого напряжения, что невозможно оторваться от чтения, и грустно сопереживаешь всему происходящему. Уже в этих первых рассказах Булгаков проявил себя мастером настоящей "большой" прозы, продолжателем традиций Чехова и Толстого (особенно в умении раскрыть сложную человеческую психологию).

Вопросы и задания

1. Какая психология и какие чувства охватывают новоиспеченного врача в начале работы ?
2. Какие должностные и человеческие качества проявляет юный врач во время спасения смертельно раненной девушки ?

Литература

В. Новиков, Михаил Булгаков—художник, М. , 1996.

Михаил Александрович Шолохов
(1905-1984)

РОДИНКА

1

На столе гильзы патронные, пахнущие сгоревшим порохом, баранья кость, полевая карта, сводка, уздечка наборная с душком лошадиного пота, краюха хлеба. Все это на столе, а на лавке тесаной, заплесневевшей от сырой стены, спиной плотно к подоконнику прижавшись, Николка Кошевой, командир эскадрона сидит. Карандаш в пальцах его иззябших, недвижимых. Рядом с давнишними плакатами, распластанными на столе,—анкета, наполовину заполненная. Шершавый лист скупо рассказывает:

Кошевой Николай. Командир эскадрона. Землероб. Член РКСМ[①].

Против графы《возраст》карандаш медленно выводит: *18 лет*.

Плечист Николка, не по летам выглядит. Старят его глаза в морщинках лучистых и спина, по-стариковски сутулая.

—Мальчишка ведь, пацаненок[②], куга[③] зеленая,—говорят шутя в эскадроне,—а подыщи другого, кто бы сумел почти без урона ликвидировать две банды и полгода водить экскадрон в бои и схватки не хуже любого старого командира!

Стыдится Николка своих восемнадцати годов. Всегда против ненавистной графы《возраст》карандаш ползет, замедляя бег, а Николкины скулы полыхают досадным румянцем. Казак Николкин отец, а по отцу и он—казак. Помнит, будто в полусне, когда ему было лет пять-шесть, сажал его отец на коня своего служивского.

—За гриву держись, сынок! —кричал он, а мать из дверей стряпки улыбалась Николке, бледнея, и глазами широко раскрытыми глядела на ножонки, окарачившие острую хребтину коня, и на отца, державшего повод.

Давно это было. Пропал в германскую войну Николкин отец, как в воду канул. Ни слуху о нем, ни духу. Мать померла. От отца Николка унаследовал любовь к лошадям, неизмеримую отвагу и родинку, такую же, как у отца, величиной с голубиное яйцо, на левой ноге, выше щиколотки. До пятнадцати лет мыкался по работникам, а потом шинель длинную выпросил и с проходившим

---

① РКСМ—(сокращ.) Российский Коммунистический Союз Молодежи (1918-1924).

② Пацаненок—(уменш. и ласк. от слова пацан) мальчишка.

③ Куга—травянистое растение, растущее обычно в сырых местах.

через станицу красным полком ушел на Врангеля[①]. Летом нынешним купался Николка в Дону с военкомом. Тот, заикаясь и кривя контуженную голову, сказал, хлопая Николку по сутулой и черной от загара спине:

—Ты того... того... ты счастлив... счастливый! Ну да, счастливый! Родинка—это, говорят, счастье.

Николка ощерил зубы кипенные[②], нырнул и, отфыркиваясь, крикнул из воды:

—Брешешь ты, чудак! Я с мальства сирота, в работниках всю жизнь гибнул, а он—счастье!..

И поплыл на желтую косу, обнимавшую Дон.

2

Хата, где квартирует Николка, стоит на яру[③] над Доном. Из окон видно зеленое расплескавшееся Обдонье и вороненую сталь воды. По ночам в бурю волны стучатся под яром, ставни тоскуют, захлебываясь, и чудится Николке, что вода вкрадчиво ползет в щели пола и, прибывая, трясет хату.

Хотел он на другую квартиру перейти, да так и не перешел, остался до осени. Утром морозным на крыльцо вышел Николка, хрупкую тишину ломая перезвоном подкованных сапог. Спустился в вишневый садик и лег на траву, заплаканную, седую от росы. Слышно, как в сарае уговаривает хозяйка корову стоять спокойно, телок мычит требовательно и басовито, а о стенки цибарки вызванивают струи молока.

Во дворе скрипнула калитка, собака забрехала[④]. Голос

---

① Врангель—Врангель П. Н. (1879-1928), один из главных руководителей Белой армии в гражданской войне. С 1920 года эмигрант.

② Кипенный—белоснежный.

③ Яр—горка, небольшой холм.

④ Забрехать—залаять.

взводного:

—Командир дома?

Приподнялся на локтях Николка.

—Вот он я! Ну, чего там еще?

—Нарочный[1] приехал из станицы. Говорит, банда пробилась из Сальского округа, совхоз Грушинский заняла...

—Веди его сюда.

Тянет нарочный к конюшне лошадь, потом горячим облитую. Посреди двора упала та на передние ноги, потом—на бок, захрипела отрывисто и коротко и издохла, глядя стекленеющими глазами на цепную собаку, захлебнувшуюся злобным лаем. Потому издохла, что на пакете, привезенном нарочным, стояло три креста и с пакетом этим скакал сорок верст, не передыхая, нарочный.

Прочитал Николка, что председатель просит его выступить с эскадроном на подмогу, и в горницу пошел, шашку цепляя, думал устало:《Учиться бы поехать куда-нибудь, а тут банда... Военком стыдит: мол, слова правильно не напишешь, а еще эскадронный... Я-то при чем, что не успел приходскую школу окончить? Чудак он... А тут банда... Опять кровь, а я уж уморился так жить... Опостылело все...》

Вышел на крыльцо, заряжая на ходу карабин, а мысли, как лошади по утоптанному шляху[2], мчались:《В город бы уехать... Учиться б...》

Мимо издохшей лошади шел в конюшню, глянул на черную ленту крови, точившуюся из пыльных ноздрей, и отвернулся.

3

По кочковатому летнику[3], по колеям, ветрами облизанным,

① Нарочный—тот, кто послан куда-л. со срочным поручением.

② Шлях—(обл.) наезжанная дорога, тракт.

③ Летник—(нар. разг.) дорога, которой пользуются только летом.

мышастый придорожник кучерявится, лебеда и пышатки[1] густо и махровито лопушатся. По летнику сено когда-то возили к гумнам, застывшим в степи янтарными брызгами, а торный[2] шлях улегся бугром у столбов телеграфных. Бегут столбы в муть осеннюю, белесую, через лога и балки перешагивают, а мимо столбов шляхом глянцевитым ведет атаман банду —полсотни казаков донских и кубанских, властью Советской недовольных. Трое суток, как набедившийся[3] волк от овечьей отары, уходят дорогами и целиною бездорожно, а за ним вназирку—отряд Николки Кошевого.

Отъявленный народ в банде, служивский, бывалый, а все же крепко призадумывается атаман: на стременах привстает, степь глазами излапывает, версты считает до голубенькой каемки лесов, протянутой по ту сторону Дона.

Так и уходят по-волчьи, а за ними эскадрон Николки Кошевого следы топчет.

Днями летними, погожими в степях донских, под небом густым и прозрачным звоном серебряным вызванивает и колышется хлебный колос. Это перед покосом, когда у ядреной пшеницы-гарновки ус чернеет на колосе, будто у семнадцатилетнего парня, а жито[4] дует вверх и норовит человека перерасти.

Бородатые станичники на суглинке, по песчаным буграм, возле левад засевают клинышками жито. Сроду не родится оно, издавна десятина не дает больше тридцати мер, а сеют потому, что из жита самогон гонят, яснее слезы девичьей; потому, что исстари так заведено, деды и прадеды пили, а на гербе казаков области Войска Донского, должно, недаром изображен был пьяный казак,

---

① Пышатки—сорт травы.

② Торный—проторенный, наезженный, протоптанный.

③ Набедившийся—наделавший бед.

④ Жито—(нар. разг.) название ржи, ячменя.

телешом [1] сидящий на бочке винной. Хмелем густым и ярым бродят по осени хутора и станицы, нетрезво качаются красноверхие папахи над плетнями из краснотала.

По тому самому и атаман дня не бывает трезвым, потому-то все кучера и пулеметчики пьяно кособочатся на рессорных тачанках.

Семь лет не видал атаман родных куреней[2]. Плен германский, потом Врангель, в солнце расплавленный Константинополь, лагерь в колючей проволоке, турецкая фелюга со смолистым соленым крылом, камыши кубанские, султанистые, и—банда.

Вот она, атаманова жизнь, коли назад через плечо оглянуться. Зачерствела душа у него, как летом в жарынь черствеют следы раздвоенных бычачьих копыт возле музги[3] степной. Боль, чудная и непонятная, точит изнутри, тошнотой наливает мускулы, и чувствует атаман: не забыть ее и не залить лихоманку[4] никаким самогоном. А пьет—дня трезвым не бывает потому, что пахуче и сладко цветет жито в степях донских, опрокинутых под солнцем жадной черноземной утробой, и смуглощекие жалмерки[5] по хуторам и станицам такой самогон вываривают, что с водой родниковой текучей не различить.

4

Зарею стукнули первые заморозки. Серебряной проседью брызнуло на разлапистые листья кувшинок, а на мельничном колесе поутру заприметил Лукич тонкие разноцветные, как слюда,

---

① Телешом—голый,с голым телом.

② Курень—жилище казака.

③ Музга—озерко, болотце.

④ Лихоманка—болезнь,боль.

⑤ Жалмерка—солдатка,жена солдата,который находится в походе.

льдинки.

С утра прихворнул Лукич: покалывало в поясницу, от боли глухой ноги сделались чугунными, к земле липли. Шаркал по мельнице, с трудом передвигая несуразное, от костей отстающее тело. Из просорушки[1] шмыгнул мышиный выводок[2]; поглядел кверху глазами слезливо—мокрыми: под потолком с перекладины голубь сыпал скороговоркой дробное и деловитое бормотание. Ноздрями, словно из суглинка вылепленными, втянул дед вязкий душок водяной плесени и запах перемолотого жита, прислушался, как нехорошо, захлебываясь, сосала и облизывала сваи вода, и бороду мочалистую помял задумчиво.

На пчельнике прилег отдохнуть Лукич. Под тулупом спал наискось, распахнувши рот, в углах губ бороду слюнявил слюной, клейкой и теплой. Сумерки густо измазали дедову хатенку, в молочных лоскутьях тумана застряла мельница...

А когда проснулся—из лесу выехало двое конных. Один из них крикнул деду, шагавшему по пчельнику:

—Иди сюда, дед!

Глянул Лукич подозрительно, остановился. Много перевидал он за смутные года таких вот вооруженных людей, бравших не спрошаючи корм и муку, и всех их огулом[3], не различая, крепко недолюбливал.

—Живей ходи, старый хрен[4]!

Промеж ульев долбленых двинулся Лукич, тихонько губами вылинявшими беззвучно зашамкал, стал поодаль от гостей, наблюдая искоса.

---

① Просорушка—машина для переработки проса в пшено.

② Выводок—детеныши, выведенные одной самкой.

③ Огулом—вместе.

④ Старый хрен—(прост. бран.) о старом человеке.

—Мы—красные, дедок... Ты нас не бойся,—миролюбиво просипел атаман. —Мы за бандой гоняемся, от своих отбились... Может, видел вчера отряд тут проходил?

—Были какие-то.

—Куда они пошли, дедушка?

—А холера[1] их ведает!

—У тебя на мельнице никто из них не остался?

—Нетути[2],—сказал Лукич коротко и повернулся спиной.

—Погоди, старик. —Атаман с седла соскочил, качнулся на дуговатых ногах пьяно и, крепко дохнув самогоном, сказал:—Мы, дед, коммунистов ликвидируем... Так-то!.. А кто мы есть, не твоего ума дело! —Споткнулся, повод роняя из рук. —Твое дело зерна на семьдесят коней приготовить и молчать... Чтобы в два счета!.. Понял? Где у тебя зерно?

—Нетути,—сказал Лукич, поглядывая в сторону.

—А в этом амбаре что?

—Хлам, стало быть, разный... Нетути зерна!

—А ну, пойдем!

Ухватил старика за шиворот и коленом потянул к амбару кособокому, в землю вросшему. Двери распахнул. В закромах пшеница и чернобылый ячмень.

—Это тебе что, не зерно, старая сволочуга?

—Зерно, кормилец... Отмол это... Год я его по зернушку собирал, а ты конями потравить норовишь...

—По-твоему, нехай наши кони с голоду дохнут? Ты что же это—за красных стоишь, смерть выпрашиваешь?

—Помилуй, жалкенький мой! За что ты меня? —Шапчонку сдернул Лукич, на колени жмякнулся, руки волосатые атамановы

---

[1] Холера—(бранн.) о том, кто или что вызывает гнев, раздражение.

[2] Нетути—(прост.) нет.

хватал, целуя...

—Говори: красные тебе любы?

—Прости, болезный!.. Извиняй на слове глупом. Ой, прости, не казни ты меня,—голосил старик, ноги атамановы обнимая.

—Божись, что ты не за красных стоишь... Да ты не крестись, а землю ешь!

Ртом беззубым жует песок из пригоршней дед и слезами его подмачивает.

—Ну, теперь верю. Вставай. Старый!

И смеется атаман, глядя, как не встанет на занемевшие ноги старик. А из закромов тянут наехавшие конные ячмень и пшеницу, под ноги лошадям сыплют и двор устилают золотистым зерном.

5

Заря в тумане, в мокрети мглистой.

Миновал Лукич часового и не дорогой, а стежкой[1] лесной, одному ему ведомой, затрусил к хутору через буераки, через лес, насторожившийся в предутренней чуткой дреме.

До ветряка[2] дотюпал, хотел через прогон завернуть в улочку, но перед глазами сразу вспухли неясные очертания всадников.

—Кто идет? —окрик тревожный в тишине.

—Я это...—шамкнул Лукич, а сам весь обмяк, затрясся.

—Кто такой? Что—пропуск? По каким делам шляешься?

—Мельник я... с водянки тутошней. По надобностям в хутор иду.

—Каки-таки надобности? А ну, пойдем к командиру! Вперед или ...—крикнул один, наезжая лошадью.

---

① Стежка—дорожка, тропинка.

② Ветряк—ветряная мельница.

На шее почуял Лукич парные лошадиные губы и, прихрамывая, засеменил в хутор.

На площади у хатенки, черепицей крытой, остановились. Провожатый, кряхтя, слез с седла, лошадь привязал к забору и, громыхая шашкой, взошел на крыльцо.

—За мной иди!..

В окнах огонек маячит. Вошли.

Лукич чихнул от табачного дыма, шапку снял и торопливо перекрестился на передний угол.

—Старика вот задержали. В хутор правился.

Николка со стола приподнял лохматую голову, в пуху и перьях, спросил сонно, но строго:

—Куда шел?

Лукич вперед шагнул и радостью поперхнулся.

—Родимый, свои это, а я думал—опять супостаники[1] энти... Заробел дюже и спросить побоялся... Мельник я. Как шли вы через Митрохин лес и ко мне заезжали, еще молоком я тебя, касатик[2], поил... Аль запамятовал?..

—Ну, что скажешь?

—А то скажу, любезный мой: вчерась затемно наехали ко мне банды эти самые и зерно начисто стравили[3] коням!.. Смывались[4] надо мною... Старший ихний говорит: присягай нам, в одну душу, и землю заставил есть.

—А сейчас они где?

—Тамотко[5] и есть. Водки с собой навезли, лакают, нечистые, в моей горнице, а я сюда прибег доложить вашей милости, может,

---

① Супостаник—супостат, негодяй, злодей.

② Касатик—(нар.) ласковое обращение к мужчине, юноше, мальчику.

③ Стравить—скормить.

④ Смываться—издеваться.

⑤ Тамотко—(прост.) там.

хоть вы на них какую управу сыщете.

—Скажи, чтоб седлали!..—С лавки привстал, улыбаясь деду, Николка и шинель потянул за рукав устало.

6

Рассвело.

Николка, от ночей бессонных зелененький, подскакал к пулеметной двуколке[①].

—Как пойдем в атаку-лупи по правому флангу. Нам надо крыло ихнее заломить!

И поскакал к развернутому эскадрону.

За кучей чахлых дубков на шляху показались конные—по четыре в ряд, тачанки[②] в середине.

—Намётом! —крикнул Николвка и, чуя за спиной нарастающий грохот копыт, вытянул своего жеребца плетью.

У опушки отчаянно застучал пулемет, а те, на шляху, быстро: как на учении, лавой рассыпались.

Из бурелома[③] на бугор выскочил волк, репьями увешанный. Прислушался, угнув голову вперед. Невдалеке барабанили выстрелы, и тягучей волной колыхался разноголосый вой.

Тук! —падал в ольшанике выстрел, а где-то за бугром, за пахотой эхо скороговоркой бормотало: так!

И опять часто: тук, тук, тук!.. а за бугром отвечало: так! Так! Так!..

Постоял волк и не спеша, вперевалку, потянул в лог, в заросли пожелтевшей нескошенной куги...

—Держись!.. Тачанок не кидать!.. К перелеску.. К

---

① Двуколка—двухколесная повозка.

② Тачанка—рессорная четырехколесная повозка с пулеметом.

③ Бурелом—участок леса, поваленного ветром и бурями.

перелеску, в кровину мать! —кричал атаман, привстав на стременах.

А возле тачанок уж суетились кучера и пулеметчики, обрубая постромки, и цепь, изломанная беспрестанным огнем пулеметов, уже захлестнулась в неудержимом бегстве.

Повернул атаман коня, а на него, раскрылатившись, скачет один и шашкой помахивает. По биноклю, метавшемуся на груди, по бурке① догадался атаман, что не простой красноармеец скачет, и поводья натянул. Издалека увидел молодое безусое лицо, злобой перекошенное, и сузившиеся от ветра глаза. Конь под атаманом заплясал, приседая на задние ноги, а он, дергая из-за пояса зацепившийся за кушак маузер②, крикнул:

—Щенок белогубый!.. Махай, махай, я тебе намахаю!..

Атаман выстрелил в нараставшую черную бурку. Лошадь, проскакав саженей восемь, упала, а Николка бурку сбросил, стреляя, перебегал к атаману ближе, ближе...

За перелеском кто-то взвыл по-звериному и осекся. Солнце закрылось тучей, и на степь, на шлях, на лес, ветрами и осенью отерханный③, упали плывущие тени.

《Неук, сосун, горяч, через это и смерть его тут налапает④》,—обрывками думал атаман и, выждав, когда у того кончилась обойма, поводья пустил и налетел коршуном.

С седла перевесившись, шашкой махнул, на миг ощутил, как обмякло под ударом тело и послушно сползло наземь. Соскочил атаман, бинокль с убитого сдернул, глянул на ноги, дрожавшие мелким ознобом, оглянулся и присел сапоги снять хромовые с

① Бурка—накидка из овечьей или козьей шерсти.

② Маузер—род оружия, вроде пистолета.

③ Отерханный—оборванный, вытертый.

④ Налапает—(здесь) схватит.

мертвяка. Ногой упираясь в хрустящее колено, снял один сапог быстро и ловко. Под другим, видно, чулок закатился: не скидается. Дернул, злобно выругавшись, с чулком сорвал сапог и на ноге, повыше щиколотки, родинку увидел с голубиное яйцо. Медленно, словно боясь разбудить, вверх лицом повернул холодеющую голову, руки измазал в крови, выползавшей изо рта широким бугристым валом, всмотрелся и только тогда плечи угловатые обнял неловко и сказал глухо:

—Сынок!.. Николушка1.. Родной!.. Кровинушка моя...

Чернея, крикнул:

—Да скажи же хоть слово! Как же это, а?

Упал, заглядывая в меркнущие глаза; веки, кровью залитые, приподымая, тряс безвольное, податливое тело... Но накрепко закусил Николка посинелый кончик языка, будто боялся проговориться о чем-то неизмеримо большом и важном.

К груди прижимая, поцеловал атаман стынущие руки сына и, стиснув зубами запотевшую сталь маузера, выстрелил себе в рот...

* * *

А вечером, когда за перелеском замаячили конные, ветер донес голоса, лошадиное фырканье и звон стремян, с лохматой головы атамана нехотя сорвался коршун-стервятник. Сорвался и растаял в сереньком, по-осеннему бесцветном небе.

(1924)

Краткий анализ произведения

《Родинка》—один из ранних рассказов сборника 《Донские рассказы》 Шолохова. Донские рассказы, которые критика называла 《степным цветком》,—это увиденное, услышанное и пережитое писателем во время гражданской войны. Писатель проводит своих героев через испытания огнем и кровью, показывает людей и семьи, трагически задетые временем. В повествовании писателя слышится его голос, полный глубокого сочувствия судьбам своих героев.

Рассказ《Родинка》представляет собой пролог донского цикла. Это рассказ о семейной трагедии. Сюжетно-композиционным лейтмотивом рассказа является противоборство между белым《отцом》и красным《сыном》.

У молодого казака Николая Кошевого отроду на левой ноге родинка. В гражданской войне онкомандует красным эскадроном и выступает против антисоветской казачьей банды, атаманом которой является его родной отец. В одномиз боев атаман убивает красноармейца. Стаскивая с него сапоги, он видит большую родинку на его левой ноге и узнает в нем своего родного сына. После этого атаман достает маузер и застреливается. Страницы рассказа густо окрашены кровью и смертью. Отец убивает родного сына, всуровой классовой борьбеискривляется и уродуется человечность,ожесточаются и звереют люди.

Вопросы и задания

1. Перескажите содержание рассказа.
2. О чем говорит трагичная гибель казака Николая Кошевого?

Литература

1. В. Петелин, Михаил Шолохов:Страницы жизни и творчества. М. ,1986.
2. Ф. Бирюков, Художественные открытия Михаила Шолохова. М. ,1980.

Василий Макарович Шукшин
(1929-1974)

СОЛНЦЕ, СТАРИК И ДЕВУШКА

Дни горели белым огнем. Земля была горячая, деревья тоже были горячие. Сухая трава шуршала под ногами.

Только вечерами наступала прохлада.

И тогда на берег стремительной реки Катуни выходил древний старик, садился всегда на одно место—у коряги—и смотрел на солнце.

Солнце садилось за горы. Вечером оно было огромное, красное.

Старик сидел неподвижно. Руки лежали на коленях—коричневые, сухие, в ужасных морщинах. Лицо тоже морщинистое, глаза влажные, тусклые. Шея тонкая, голова маленькая, седая. Под синей ситцевой рубахой торчат острые лопатки.

Однажды старик, когда он сидел так, услышал сзади себя

голос:

—Здравствуйте, дедушка!

Старик кивнул головой.

С ним рядом села девушка с плоским чемоданчиком в руках.

—Отдыхаете?

Старик опять кивнул головой. Сказал:

—Отдыхаю.

На девушку не посмотрел.

—Можно я вас буду писать? —спросила девушка.

—Как это? —не понял старик.

—Рисовать вас.

Старик некоторое время молчал, смотрел на солнце, моргал красноватыми веками без ресниц.

—Я ж некрасивый теперь,—сказал он.

—Почему? —Девушка несколько растерялась.—Нет, вы красивый, дедушка.

—Вдобавок хворый.

Девушка долго смотрела на старика. Потом погладила мягкой ладошкой его сухую коричневую руку и сказала:

—Вы очень красивый, дедушка. Правда.

Старик слабо усмехнулся.

—Рисуй, раз такое дело.

Девушка раскрыла свой чемодан.

Старик покашлял в ладонь.

—Городская, наверно? —спросил он.

—Городская.

—Платют, видно, за это?

—Когда как вообще-то. Хорошо сделаю, заплатят.

—Надо стараться.

—Я стараюсь.

Замолчали.

Старик все смотрел на солнце.

Девушка рисовала, всматриваясь в лицо старика сбоку.

—Вы здешний, дедушка?

—Здешный.

—И родились здесь?

—Здесь, здесь.

—Вам сколько сейчас?

—Годков-то? Восемьдесят.

—Ого!

—Много,—согласился старик и опять слабо усмехнулся. —А тебе?

—Двадцать пять.

Опять помолчали.

—Солнце-то какое! —негромко воскликнул старик.

—Какое? —не поняла девушка.

—Большое.

—А-а... Да. Вообще красиво здесь.

—А вода вона, вишь, какая... У того берега-то...

—Да, да.

—Ровно крови подбавили.

—Да. —девушка посмотрела на тот берег. —Да.

Солнце коснулось вершин Алтая и стало медленно погружаться в далекий синий мир. И чем глубже оно уходило, тем отчетливее рисовались горы. Они как будто придвинулись. А в долине—между рекой и горами—тихо угасал красноватый сумрак. И надвигалась от гор задумчивая мягкая тень. Потом солнце совсем скрылось за острым хребтом Бубурхана, и тотчас оттуда вылетел в зеленоватое небо стремительный веер ярко-рыжих лучей. Он держался недолго—тоже тихо угас. А в небе в той стороне пошла полыхать заря.

—Ушло солнышко,—вздохнул старик.

Девушка сложила листы в ящик.

Некоторое время сидели просто так—слушали, как лопочут у берега маленькие торопливые волны.

В долине большими клочьями пополз туман.

В лесочке, неподалеку, робко вскрикнула какая-то ночная птица. Ей громко откликнулись с берега, с той стороны.

—Хорошо,—сказал негромко старик.

А девушка думала о том, как она вернется скоро в далекий милый город, привезет много рисунков. Будет портрет и этого старика. А ее друг, талантливый, настоящий художник, непременно будет сердиться: «Опять морщины!.. А для чего? Всем известно, что в Сибири суровый климат и люди там много работают. А что дальше? Что?..»

Девушка знала, что она не бог весть как даровита. Но ведь думает она о том, какую трудную жизнь прожил этот старик. Вон у него какие руки... Опять морщины!

«Надо работать, работать, работать...»

—Вы завтра придете сюда, дедушка? —спросила она старика.

—Приду,—откликнулся тот.

Девушка поднялась и пошла в деревню.

Старик посидел еще немного и тоже пошел.

Он пришел домой. Сел в своем уголочке, возле печки, и тихо сидел—ждал, когда придет с работы сын и сядут ужинать.

Сын приходил всегда усталый, всем недовольный. Невестка тоже всегда чем-то была недовольна. Внуки выросли и уехали в город. Без них в доме было тоскливо.

Садились ужинать.

Старику крошили в молоко хлеб, он хлебал, сидя с краешку стола. Осторожно звякал ложкой о тарелку—старался не шуметь. Молчали.

Потом укладывались спать.

Старик лез на печку, а сын с невесткой уходили в горницу. Молчали. А о чем говорить? Все слова давно сказаны.

На другой вечер старик и девушка опять сидели на берегу, у коряги. Девушка торопливо рисовала, а старик смотрел на солнце и рассказывал:

—Жили мы всегда справно, грех жаловаться. Я плотничал, работы всегда хватало. И сыны у меня все плотники. Побили их на войне много—четырех. Два осталось. Ну вот с одним-то я теперь и живу, со Степаном. А Ванька в городе живет, в Бийске. Прорабом на новостройке. Пишет: ничего, справно живут. Приезжали сюда, гостили. Внуков у меня много. Любят меня. По городам все теперь...

Девушка рисовала руки старика, торопилась, нервничала, часто стирала.

—Трудно было жить? —невпопад спрашивала она.

—Чего ж трудно? —удивлялся старик. —Я ж тебе рассказываю: хорошо жили.

—Сыновей жалко?

—А как же? —опять удивлялся старик,—четырех таких положить—шутка нешто ?

Девушка не понимала: то ли ей жаль старика, то ли она больше удивлена его странным спокойствием и умиротворенностью.

А солнце опять садилось за горы. Опять тихо горела заря.

—Ненастье завтра будет,—сказал старик.

Девушка посмотрела на ясное небо.

—Почему?

—Ломает меня[1] всего.

—А небо совсем чистое.

---

[1] Ломает—болит всё тело.

Старик промолчал.

—Вы придете завтра, дедушка?

—Не знаю,—не сразу откликнулся старик.—Ломает чего-то всего.

—Дедушка, как у вас называется вот такой камень?—девушка вынула из кармана жакета белый, с золотистым отливом камешек.

—Какой?—спросил старик, продолжая смотреть на горы.

Девушка протянула ему камень. Старик, не поворачиваясь, подставил ладонь.

—Такой?—спросил он, мельком глянув на камешек, и повертел его в сухих скрюченных пальцах.—Кремешок это. Это в войну, когда серянок не было, огонь из него добывали.

Девушку поразила странная догадка: ей показалось, что старик слепой. Она не нашлась сразу, о чем говорить, молчала, смотрела сбоку на старика. А он смотрел туда, где село солнце. Спокойно, задумчиво смотрел.

—На... камешек-то,—сказал он и протянул девушке камень.—Они еще не такие бывают. Бывают: весь белый, аж просвечивает, а снутри какие-то пятнушки. А бывают: яичко и яичко—не отличишь. Бывают: на сорочье яичко похож—с крапинками по бокам, а бывают, как у скворцов,—синенькие, тоже с рябинкой с такой.

Девушка все смотрела на старика. Не решалась спросить: правда ли, что он слепой.

—Вы где живете, дедушка?

—А тут не шибко далеко. Это Ивана Колокольникова дом,—старик показал дом на берегу,—дальше-Бедаревы, потом Волокитины, потом Зиновьевы, а там уж, в переулочке,—наш. Заходи, если чего надо. Внуки-то были, дак у нас шибко весело было.

—Спасибо.

—Я пошел. Ломает меня.

Старик поднялся и пошел тропинкой в гору.

Девушка смотрела вслед ему до тех пор, пока он не свернул в переулок. Ни разу старик не споткнулся, ни разу не замешкался. Шел медленно и смотрел под ноги.

《Нет, не слепой,—поняла девушка. —Просто слабое зрение》.

На другой день старик не пришел на берег. Девушка сидела одна, думала о старике. Что-то было в его жизни, такой простой, такой обычной, что-то непростое, что-то большое, значительное. 《Солнце—оно тоже просто встает и просто заходит,—думала девушка. —А разве это просто!》 И она пристально посмотрела на свои рисунки. Ей было грустно.

Не пришел старик и на третий день и на четвертый.

Девушка пошла искать его дом.

Нашла.

В ограде большого пятистенного дома под железной крышей, в углу, под навесом, рослый мужик лет пятидесяти обстругивал на верстаке сосновую доску.

—Здравствуйте,—сказала девушка.

Мужик выпрямился, посмотрел на девушку, провел большим пальцем по вспотевшему лбу, кивнул.

—Здорово.

—Скажите, пожалуйста, здесь живет дедушка. . .

Мужик внимательно и как-то странно посмотрел на девушку. Та замолчала.

—Жил,—сказал мужик. —Вот домовину[①] ему делаю.

Девушка приоткрыла рот.

—Он умер, да?

---

① Домовина—гроб.

—Помер. —Мужик опять склонился к доске, шаркнул пару раз рубанком, потом посмотрел на девушку. —А тебе чего надо было?

—Так... я рисовала его.

—А-а. —Мужик резко зашаркал рубанком.

—Скажите, он слепой был? —спросила девушка после долгого молчания.

—Слепой.

—И давно?

—Лет десять уж. А что?

—Так...

Девушка пошла из ограды.

На улице прислонилась к плетню и заплакала. Ей было жалко дедушку. И жалко было, что она никак не сумела рассказать о нем. Но она чувствовала сейчас какой-то более глубокий смысл и тайну человеческой жизни и подвига и, сама об этом не догадываясь, становилась намного взрослей.

(1960)

Краткий анализ произведения

Одна из главных тем рассказов Шукшина—тема подлинных и мнимых ценностей. Основой этих ценностей для писателя является труд, труд на пользу обществу, на пользу людям новых поколений. Образ старика из рассказа 《Солнце, старик и девушка》—именно один из таких трудолюбов. В тяжелейших условиях проходит вся его трудовая жизнь. Старик делал все, что он мог и что надо было делать. Он плотничал всю жизнь, во время войны отдал четверых сыновей родине, болел, слепым жил десять лет. Он перенес все трудности жизни, ни на что не жалуясь. Природу он любит и знает как свои пять пальцев. Суровые условия жизни не сломили старика, не лишили его оптимизма. И смерть его не пугает, потому что уход из жизни воспринимается им как естественная закономерность. Мыслями девушки писатель утверждает вечную истину жизни: в обычном, простом кроется непростое, значительное, великое. В конце рассказа девушка, узнав о смерти дедушки, плачет. Слезами девушки Шукшин выразил упрек людям и обществу, которые не смогли по-человечески позаботиться о тех, кто дарил много, кто спас детей и родину в годы войны .

Вопросы и задания

1. Какое символическое значение имеет название рассказа ?
2. В чем видит писатель величие и ценность человеческой жизни?

Литература

В. Карпова, Талантливая жизнь, М. , Советский писатель, 1986.

Валентин Григорьевич Распутин
(1937-)

ЖИВИ И ПОМНИ

(Фрагмент)

2

...Настену в Атамановку судьба занесла с верхней Ангары. В голодном тридцать третьем году, похоронив в родной деревне близ Иркутска мать и спасаясь от смерти сама, шестнадцатилетняя Настена собрала свою малую, на восьмом году, сестренку Катьку и стала спускаться с ней вниз по реке, где, по слухам, люди бедствовали меньше. Отца у них убили еще раньше, в первый смутный колхозный год, и убили, говорят, случайно, целя в другого, а кто целил—не нашли. Так девчонки остались одни. Все лето Настена и Катька шли от деревни к деревне, где подрабатывая на ужин, где обходясь подаянием, которое давали ради маленькой и хорошенькой Катьки. Без нее Настена, наверно, пропала бы. Сама она походила на тень: длинная, тощая, с несуразно торчащими руками, ногами и головой, с застывшей болью на лице. Только Катька, для которой Настена осталась вместо матери, заставляла ее шевелиться, предлагать себя в работницы, просить кусок хлеба.

К осени сестры кое-как добрались до деревни Рютина, где, Настена помнила, жила тетка по отцу. Та поворчала, поворчала, но девчонок приняла. Настена, отдышавшись, пошла в колхоз, Катьку отправили в школу. К этому времени стало полегче: принесли свое огороды, поспели хлеба. Голод, когда есть чем лечить его, лечить нетрудно, и уже к зиме Настена мало-помалу взялась поправляться. А на следующий год ухнул такой урожай, что не отъесться было бы стыдно. Постепенно у Настены разгладились ранние морщины на лице, налилось тело, на щеках заиграл румянец, осмелели глаза. Из недавнего чучела вышла невеста хоть куда[1]. Там, в Рютиной, и встретил ее спустя два года Андрей Гуськов, чужой, но расторопный и бравый парень, сплавлявший на плотах горючее, которое брали в цистернах неподалеку от этой деревни. Сговорились они быстро: Настену подстегнуло еще и то, что надоело ей жить у тетки в работницах, гнуть спину на чужую семью. Доставив в МТС бочки с горючим, Андрей тут же, не мешкая, прикатил на пароходе обратно и увез Настену в свою Атамановку.

Настена кинулась в замужество, как в воду,—без лишних раздумий: все равно придется выходить, без этого мало кто обходится—чего ж тянуть? И что ждет ее в новой семье и в чужой деревне, она представляла плохо. А получилось так, что из работниц она попала в работницы, только двор другой, хозяйство покрупней да спрос построже. Гуськовы держали двух коров, овец, свиней, птицу, жили в большом доме втроем, Настена

---

① Хоть куда—(разг.)всем хороша.

пришла четвертой. И вся эта тягость сразу свалилась на ее плечи. Семеновна давно уже ждала невестку, чтобы сделать себе наконец послабление, и, дождавшись, расхворалась, у нее стали сильно отекать ноги, ходила она тяжело, переваливаясь с боку на бок, как утка. Но хозяйкой оставалась она, всю жизнь Семновна крутила это колесо, и сейчас другие руки, взявшиеся за него, казались ей и неловкими и ленивыми потому лишь, что это были не ее руки. Характер у нее выказался не сладкий: то она принималась ворчать, не терпя ни возражений, ни оправданий, то в злости надувалась и не хотела сказать ни слова—надо было иметь каменное, как у Настены, терпение, чтобы не схватиться с ней и не разругаться. Настена обычно отмалчивалась, она научилась этому еще в то кусочное лето, когда обходила с Катькой ангарские деревни и когда каждый, кому не лень, мог ни за что ни про что ее облаять. Конечно, будь она из местных, из атамановских, живи тут же ее родня, которая при случае могла заступиться, не дать в обиду, то и отношение к ней было бы другое, но она, сирота казанская①, неизвестно откуда взялась, принесла с собой приданого одно платьишко на плечах, так что и справу ей, чтобы показаться на люди, пришлось гоношить② здесь,—вот так осело на душе у Семеновны, вот что в ненастную пору подливало ей масла в огонь.

Впрочем, с годами Семеновна свыклась с Настеной и ворчала все меньше и меньше, признав, что невестка ей попалась и покладистая, и работящая. Настена успевала ходить в колхоз и почти одна везла на себе хозяйство. Мужики знали только заготовить дров и припасти сена. Ну и если бы крыша над головой упала, тоже подняли бы, а скажем, принести с Ангары воды или почистить в стайке считалось неприличным для мужика, зазорным

① Казанская сирота—(разг. ирон.)о том, кто прикидывается несчастным, жалким.

② Гоношить—суетиться. Здесь:собирать по кусочкам.

занятием. Семеновна на своих ходулях[1] далеко достать не могла, всюду вертелась Настена, без которой уже нельзя было обойтись, и это поневоле смиряло свекровь. Одно она не хотела ей простить-то, что у Настены не было ребятишек. Попрекать не попрекала, помня, что для любой бабы это самое больное место, но на сердце держала, тем более что и Андрей у них с Михеичем остался единственным, за первого, второго и третьего, потому что две девчонки до него не выжили.

Бездетность-то и заставляла Настену терпеть все. С детства слышала она, что полая, без ребятишек, баба—уже и не баба, а только полбабы. Настена и не подозревала в себе этой порчи и пошла замуж легко, заранее зная бабью судьбу, радуясь самой большой перемене в своей жизни и немножко, задним числом, как это обычно бывает, жалея, что походила в девках мало[2]. Андрей был с ней ласковым, называл кровиночкой, они на первых порах и не думали о ребятишках, просто жили друг возле друга, наслаждаясь своей близостью, и только ребенок мог бы этому счастью даже помешать. Но затем как-то исподволь, исподтишка, оттого лишь, что появилась опасность нарушения извечного порядка семейной маеты, возникла откуда-то тревога: то, чего вначале избегали и боялись, теперь начали караулить—будет или не будет? Шли месяцы, ничего не менялось, и тогда ожидание переросло в нетерпение, потом—в страх. За какой-то год Андрей полностью переменился к Настене, стал занозистым, грубым, ни с того ни с сего мог обругать, а еще позже научился хвататься за кулаки. Настена терпела: в обычае русской бабы устраивать свою жизнь лишь однажды и терпеть все, что ей выпадет. К тому же виноватой в своей доле Настена считала себя. Лишь однажды,

---

① На ходулях—здесь: на больших ногах.

② Походила в девках мало—(разг.) мало побывала девушкой, вышла замуж рано.

когда Андрей, попрекая ее, сказал что-то совсем уж невыносимое, она с обиды ответила, что неизвестно еще, кто из них причина—она или он, других мужиков она не пробовала. Он избил ее до полусмерти.

Правда, последний год перед войной они прожили легче, как бы начиная заново свыкаться друг с другом, хорошо теперь уже зная, что друг от друга можно ждать, и прибиваясь к старинному правилу: сошлись—надо жить. Ласки от Андрея Настена по-прежнему видела немного, но и дурить он стал заметно меньше. Настена и этому была рада: они еще молодые, со временем все наладится. И если бы не война, может, так бы оно и вышло, да началась война, покорежила и не такие надежды.

Андрея взяли в первые же дни. Настена поголосила, поголосила и смирилась. Не она одна, у других, оставшихся с ребятишками, беда похлестче. Кажется, впервые за все годы замужества ее успокоила и обнадежила своя бездетность. Зря она обижалась на судьбу, судьба ей выпала разумная, далеко вперед разглядевшая лихо, которое сейчас свалилось на людей, и заранее устроившая так, чтобы перемочь ей это лихо одной. Потом в добрую пору, пойдут и дети, еще не поздно. Лишь бы вернулся Андрей. Этим она и жила, пока тянулась война, этим и дышала в то страшное время, когда никто не знал, что будет завтра.

Андрей долго воевал удачно, но летом сорок четвертого года вдруг пропал. Лишь через два месяца пришло от него из Новосибирска, из госпиталя, письмо, в котором он сообщал, что ранен и что после поправки на несколько дней должны отпустить домой. Это обещание и удержало Настену от поездки в Новосибирск, хоть поначалу она и собралась к мужику. Если отпустят, лучше увидеться дома—так они и рассчитывали. Но Андрей ошибся: поздней осенью он коротко и обиженно написал, что нет, ничего не выйдет, из госпиталя его выписывают, но отправляют обратно на фронт.

И снова пропал.

Перед рождеством в Атамановку нагрянули председатель сельсовета из Карды Коновалов и конопатый участковый милиционер по фамилии Бурдак, которого за глаза звали Бардаком[1]. От Ангары они повернули жеребца прямо к избе Гуськовых. Настены дома не было.

—Какие имеете известия от сына? —строго, как на допросе, спросил Бурдак у Михеича.

Ему показали последние письма Андрея. Бурдак прочитал их, дал прочитать Коновалову и спрятал к себе в карман.

—Больше он о себе ничего не сообщал?

—Нет. —Растерявшийся Михеич наконец пришел в себя. —А че такое с им? Где он?

—Вот это мы и хотим выяснить—где он? Потерялся где—то ваш Андрей Гуськов. Даст о себе знать—сообщите нам. Понятно?

—Понятно.

Ничего не было понятно Михеичу. Ни ему, ни Семеновне, ни Настене.

А в крещенские морозы из тайника под половицей в гуськовской бане исчез топор.

3

—Молчи, Настена. Это я. молчи.

Сильные, жесткие руки схватили ее за плечи и прижали к лавке. От боли и страха Настена застонала. Голос был хриплый, ржавый, но нутро в нем осталось прежнее, и Настена узнала его.

—Ты, Андрей?! Господи! Откуда ты взялся?!

—Оттуда. Молчи. Ты кому говорила, что я здесь—

---

[1] Бардак—здесь: в значении страшный беспорядок.

—Никому. Я сама не знала.

Лица его в темноте она не могла рассмотреть, лишь что-то большое и лохматое смутно чернело перед ней в слабом мерцании, которое источало в углах задернутое оконце. Дышал он шумно и часто, натягивая грудь, словно после тяжелого бега. Настена почувствовала, что и она тоже задыхается,—настолько неожиданно, как Настена ни подозревала ее, свалилась эта встреча, настолько воровской и жуткой с первых же минут и с первых же слов она оказалась.

Он убрал наконец руки и чуть отступил назад. Все еще неверным, срывающимся голосом спросил:

—Искали меня?

—Милиционер недавно приезжал и с ним Коновалов из Карды. С отцом разговаривал.

—Отец, мать догадываются про меня.

—Нет. Отец думал, топор кто чужой взял.

—А ты, значит, догадалась?

Она не успела ответить.

—Хлеб ты приносила?

—Я.

Он помолчал.

—Ну вот и встретились, Настена. Встретились, говорю,—с вызовом повторил он, будто ждал и не дождался, что она скажет,—Не верится, что рядом с родной бабой нахожусь. Не надо бы мне ни перед кем тут показываться, да одному не перезимовать. Хлебушком ты меня заманила.—Он опять больно сдавил ее плечо.—Ты хоть понимаешь, с чем я сюда заявился? Понимаешь или нет?

—Понимаю.

—Ну и что?

—Не знаю.—Настена бессильно покачала головой.—Не знаю,

Андрей, не спрашивай.

—Не спрашивай...—Дыхание у него опять поднялось и запрыгало.—Вот что я тебе сразу скажу, Настена. Ни одна собака не должна знать, что я здесь. Скажешь кому—убью. Убью—мне терять нечего. Так и запомни. Откуда хошь достану. У меня теперь рука на это твердая, не сорвется.

—Господи! О чем ты говоришь?!

—Я тебя не хочу пугать, но запомни, что сказал. Повторять не буду. Мне сейчас податься больше некуда, придется околачиваться здесь, возле тебя. Я к тебе и шел. Не к отцу, не к матери—к тебе. И никто: ни мать, ни отец—не должен обо мне знать... Не было меня и нету. Пропал без вести. Убили где по дороге, сожгли, выбросили. Я теперь в твоих руках, больше ни в чьих. Но если ты не хочешь этим делом руки марать[1]—скажи сразу.

—Что ты меня пытаешь?! —простонала она.—Чужая я тебе, что ли? Не жена, что ли?

Настена с трудом помнила себя. Все, что она сейчас говорила, все, что видела и слышала, происходило в каком-то глубоком и глухом оцепенении, когда обмирают и немеют все чувства и когда человек существует словно бы не своей, словно бы подключенной со стороны, аварийной жизнью. В таких случаях страх, боль, удивление, озарение наступают позже, а до тех пор, пока человек придет в себя, в нем несет охранную службу трезвый, прочный и почти бесчувственный механизм. Настена отвечала и слабой, отстранившейся своей памятью сама же не понимала, как может она обходиться этими случайными и пресными, ничего не выражающими словами,—после трех с половиной лет разлуки, когда любой день грозил быть последним, и после того, что,

---

[1] Марать руки—здесь: делать что-н. предосудительное или недостойное.

оборвав этот срок, свалилось на них теперь?! Она не понимала, почему сидит без движения, когда надо было бы, наверно, что то делать—хоть обнять на первый раз и приветить мужа, встречу с которым голубила чуть не каждую ночь. Надо бы... но она продолжала сидеть как во сне, когда видишь себя лишь со стороны и не можешь собой распорядиться, а только ждешь, что будет дальше. Да и вся эта встреча—в бане среди ночи, отчаянной украдкой, не имея возможности взглянуть друг другу в лицо, а только, как слепым, угадывать друг друга, с горьким и почти бессознательным шепотом, с настороженностью и страхом,—вся эта встреча выходила чересчур неправдашней, бессильной, пригрезившейся в дурном забытьи, которое канет прочь с первым же светом. Не может быть, чтобы она осталась на завтра, на послезавтра, навсегда, потянула за собой и другие, столь же мучительные и несчастные встречи.

Тяжелой, подрагивающей рукой он погладил Настену по голове. Это было первое, похожее на ласку, прикосновение—Настена вздрогнула и сжалась, по-прежнему не зная, что делать и что говорить. Он убрал руку, спросил:

—Как вы тут хоть жили?

—Тебя ждали,—сказала она.

—Дождались. Дождали-ись. Герой с войны пришел, принимай, жена, хвастай, зови гостей.

Продолжать этот разговор было не к чему. Так много всего свалилось на них одним махом, такой клубок неясного, нерешенного, запутанного громоздился перед ними, что подступаться к нему, откуда ни возьми, было страшно. Они долго молчали, потом Настена, вспомнив, предложила:

—Может, помоешься?

—Надо помыться,—торопливо и даже как будто обрадованно согласился он.—Ты же для меня баню топила, я знаю. Скажи, для меня?

—Для тебя.

—Я уж и не помню, когда мылся.

Он отошел к каменке, булькнул там в чане водой.

—Остыла, поди, совсем? —зачем-то спросила она.

—Сойдет.

Настена слышала, как он нашарил по памяти деревянный костыль[1] у двери и повесил на него полушубок, как стянул у порожка валенки и стал раздеваться. Чуть различимая корявая фигура приблизилась к Настене.

—Ну что, Настена, один я не справлюсь. Подымайся, спину потереть надо.

Он повалил ее на пол. От бороды его, которой он тыкался Настене в лицо, почему-то пахло овчиной, и она все время невольно отворачивала лицо на сторону. Все произошло так быстро, что Настена не успела опомниться, как, взъерошенная и очумелая, снова сидела на лавке у занавешенного оконца, а на другой лавке, осторожно пофыркивая, плескался этот полузнакомый человек, ставший опять ее мужем. И ничего—ни утешения и ни горечи—она не ощутила, одно только слабое и далекое удивление да неясный, неизвестно к чему относящийся стыд.

Он помылся и стал одеваться.

—Надо было хоть белье тебе принести,—сказала Настена, все время заставляя себя не казаться чужой, подталкивая себя к разговору.

—Черт с ним, с бельем,—отозвался он. —Я тебе счас скажу, что перво-наперво понадобится. Завтра отдохни, выспись, а послезавтра переправь-ка сюда мою《тулку》, пока меня зверь не

---

① Костыль—толстый длинный гвоздь с загнутым под прямым углом верхним концом.

загрыз. Живая она?

—Живая.

—Ее обязательно. Спички там, соль, какую-нибудь посудину для варева. Сама сообразишь, что надо. Провиант к патронам у отца поскреби, да только так, чтоб не заметил.

—А что я ему скажу про ружье?

—Не знаю. Что хошь говори. Как-нибудь вывернешься... Запомни еще раз: никто про меня не должен даже догадываться. Никто. Не было меня и нет. Ты одна в курсе... Придется тебе пока подкармливать меня хоть немножко. Принесешь ружье—мясо я добуду, а хлеб не подстрелишь. Послезавтра приду так же, попозже. Рано не ходи, смотри, чтоб не уследили. Теперь ходи и оглядывайся, ходи и оглядывайся.

Он говорил спокойно, ровно, голос его в тепле заметно отмяк, и все же в нем слышалось и нетерпение, и постороннее тревожное усилие.

—Погрелся, помылся, даже подфартило с родной бабой поластиться. Пора собираться.

—Куда ты пойдешь? —спросила Настена.

Он хмыкнул:

—Куда... Куда-нибудь. К родному брату, к серому волку. Не забудешь, значит, послезавтра?

—Не забуду.

—И подожди меня здесь, а там уговоримся, как дальше. Ну, я поехал. Ты немножко помешкай, сразу не вылазь.

Он зашуршал полушубком и примолк.

—Ты хоть сколько рада, что я живой пришел? —неожиданно спросил он с порога.

—Рада я.

—Не забыла, значит, кто такой я тебе есть?

—Нет.

—Кто?

—Муж.

—Вот: муж,—с нажимом подтвердил он и вышел.

Мало что понимая, она вдруг спохватилась: а муж ли? Не оборотень ли это с ней был? В темноте разве разберешь? А они, говорят, могут так прикинуться, что и среди бела дня не отличишь от настоящего. Не умея правильно класть крест, она как попало перекрестилась и зашептала подвернувшиеся на память, оставшиеся с детства слова давно забытой молитвы. И замерла от предательской мысли: а разве не лучше, если бы это и вправду был только оборотень?

7

—Возвернись я туда, я бы там и остался. Это точно. Сколько держался, воевал и воевал, не прятался, не хитрил, а тут нашло. Нашло-наехало так—не продохнуть. Зря это не бывает. Зря не зря—теперь уж дело сделано, переделывать поздно.

Он лежал с закрытыми глазами—так легче было говорить—и говорил с той рвущейся, прыгающей злостью, какая бывает, когда ее не к кому обратить.

—Но как, как ты насмелился? —вырвалось у Настены. —Это ж непросто. Как у тебя духу хватило?

—Не знаю,—не сразу ответил он, и Настена почувствовала, что он не прикидывается, не выдумывает. —Невмоготу стало. Дышать нечем было —до того захотелось увидеть вас. Оттуда, с фронта, конечно, не побежал бы. Тут показалось вроде рядом. А где ж рядом? Ехал, ехал... до части скорей доехать. Я ж не с целью побежал. Потом вижу: куда ж ворочаться? На смерть. Лучше здесь помереть. Что теперь говорить! Свинья грязи найдет.

—Война кончится,—может, простят,—неуверенно сказала Настена.

—Нет, за это не прощают. За это, если бы можно было расстреливать, а после сызнова поднимать, расстреливали бы по три раза. Чтоб другим неповадно было①. Моя судьба известная, и нечего теперь о ней хлопотать. Я шел и думал: приду, погляжу на Настену, попрошу прощенья, что сломал ей жизнь, что гнул без нужды да изголялся, когда можно было жить. И правда—чего не жилось? Молодые, здоровые, всем, как нарочно, друг под друга подогнанные. Живи да радуйся. Нет, надо было каприз показывать, власть держать. Вот дурость-то. И сам же понимал, что дурость, не совсем ведь остолоп②, понятье какое-то есть, а остановиться не мог. Казалось как: успеем, наживемся, налюбимся—век большой. Вот и успели. Думаю, приду, покажусь Настене на глаза, покаюсь, чтоб извергом в памяти не остался, погляжу со сторонки на отца, на мать, и головой в сугроб. Зверушки постараются: приберут, почистят. А уж чтоб вот так с тобой быть—и не надеялся, не смел. Это-то за что мне привалило? За одно за это, если б жить не вспохват③, я должен тебя на руках носить.

—Ну что ты, что ты,—начала Настена, но он перебил ее:

—Погоди. Начал, так докончу, потом, может, не придется. Мне теперь про себя оставлять ни к чему, не пригодится. Что есть, то и выкладывай. Вот. Пришел, думал, ненадолго, думал, до прощенья да до прощанья, а сейчас уж охота до лета дотянуть. Посмотреть напоследок, какое лето. Охота, и все—хоть убей. А тут ты сегодня обогрела—впору скулить от радости.—Он поперхнулся, сглатывая комок в горле, и помолчал.—Мне от тебя

① Чтоб неповадно было—(разг.) чтобы отучить, чтобы не было привычки к чему-н. (плохому).

② Остолоп—(бранн.) дурак, болван.

③ Вспохват—от слова вспохватиться, выражает внезапность, неожиданность обнаружения чего-л.

много не надо, Настена. Ты и так сколько сделала. Потерпи еще эти месяцы, потаись, а там, придет пора, я сгину. Но потерпи. Немало ты от меня вынесла, вынеси еще и это.

Настена подумала, что надо бы вскинуться, обидеться, но двигаться почему-то не хотелось, слова не отделялись из одной общей тяжести, и она промолчала. Он помедлил, подождав, и продолжал:

—На людях нам больше не жить. Ни дня, когда захочешь, когда жалко меня станет, приходи. А я молиться буду, чтоб пришла. На люди мне показываться нельзя, даже перед смертным часом нельзя. Уж что-что, а это я постараюсь довести до конца. Я не хочу, чтоб в тебя, в отца, в мать потом пальцем тыкали, чтоб гадали, как я прятался, следы мои нюхали. Чтоб больше того придумывали, косточки мои перемывали. Не хочу.—Он приподнялся и сел на нарах, лицо его заострилось и побледнело.— И ты—слышишь, Настена? —и ты никогда никому, ни сейчас, ни после, никогда не выдашь, что я приходил. Никому. Или я и мертвый тебе язык вырву.

—Ты что, Андрей?! Ты что?! —испугалась Настена и тоже приподнялась, теперь они сидели рядом, касаясь локтями друг друга, и она слышала его тяжелое, гудящее, как в полости, дыхание.

—Я тебя не пугаю. Тебя ли пугать, Настена?! Ты для меня весь свет в окошке. Но помни, всегда помни, живой я буду или неживой, где для меня горячо и где холодно. Потом, когда все это кончится, ты еще поправишь свою жизнь. Должна поправить, у тебя время есть. И может статься, когда-нибудь тебе будет так хорошо, что захочется за свое счастье выпростать себя до конца, сказать все, что в тебе есть. Это не трогай. Ты единственный человек, как знает про меня правду, остальные пускай думают что хотят. Ты им не помощница.

—Чем же я, Андрей, заслужила, что ты так со мной разговариваешь? —спросила Настена. Она растерялась и не знала, что говорить, этот чисто бабий расхожий вопрос, в котором не столько обиды, сколько мольбы, сорвался у нее сам собой и прозвучал жалобно, но Андрей, казалось, даже обрадовался ему, чтоб под его смирением успокоиться совсем.

—Ничем не заслужила. Не сердись, не надо. Я знаю, ты поймешь. Поймешь все, как есть. В другой раз я бы, наверно, не стал такое говорить, а теперь приходится. Я теперь и сам не соображаю, что делаю, зачем делаю. Будто не я живу, а кто-то чужой в мою шкуру влез и мной помыкает. Я бы повернул вправо, а он нет-тянет влево! Ну ничего, уж немножко осталось.

—Ты как-то страшно все время говоришь...

—Не бойся. Я не тебя пугаю—себя. Да оно и себя тоже ни к чему пугать: страшней не будет. Это я при тебе слабину дал. Зато все, что надо, сказал, обо всем предупредил. Легче стало. Теперь ты говори.

—Что мне говорить...

—Как там мать—ходит?

—Последний год с печки почти не слазит. Только когда стряпня. К квашне меня не подпускает—сама. Так и не научусь, поди, никогда хлебы печь.

—Отец все в конюховке?

—Ага. Если бы не он, давно бы всех коней порешили. Он один только и смотрит. Тоже сдал. Кряхтит все, устает сильно. А тут еще я его позавчера оглоушила[①].

—Что такое?

---

① Оглоушить—поразить, ошеломить.

—Подписка была на заем[1]. Я сдуру и бухнула: две тыщи. Куда как проста: не пожалела, чего нет. А он сном-слыхом не чуял—ну и обрадовался, конечно, похвалил меня.

Настена виновато хохотнула и взглянула на Андрея. — Стариков пока не бросай, —сказал он и опять затмился, задумался. —Мать, поди, долго и не протянет. Надо как-то скараулить их, поглядеть.

—А как же, Андрей, дальше-то? —несмело, замирая сама от своего вопроса, спросила Настена. —Они ведь ждут, надеются: вот-вот ты скажешься, напишешь, где ты есть. Кончится война—что им потом думать? У них вся надежа на тебя.

—Надежа, надежа...—он вскочил и заходил по зимовейке.[2]—Нет у них никакой надежи. Все. Нет. Я только что об этом толковал. А насчет того, где я, я тебе вот что скажу. В нашем госпитале капитан лежал. Подлечили его, документы в руки—и так же в часть. На другой день те документы в почтовом ящике подброшенные обнаружились. А капитана поминай как звали. Где он? Да сам господь бог не знает, где он. Или позарились на форму, на деньги, на паек да прихлопнули. Или сам замел следы. Был—и сплыл[3]. С кого спрашивать? Что там капитан—тыщи людей не могут найти. Кто в воздухе, кто в земле, кто мается по белу свету, кто прячется, кто не помнит себя—все перемешалось всмятку, концов не сыскать. Вот и я тоже: то ли есть, то ли нет. Как хочешь, так и думай. Моим старикам ждать

---

① Заем— во время и после Великой Отечественной войны государство занимало у населения деньги для ведения войны и восстановления послевоенного хозяйства, вычитая заем из зарплаты и взамен выдавая облигации, по которым впоследствии обязывалось расплатить.

② Зимовейка—временное место, где зимуют (проводят зиму).

③ Было да сплыло —(погов.)о том, что исчезло безвозвратно.

уж немного осталось. Там[1] встретимся, поговорим. Может, там войны нет. А здесь хоть у слабого, хоть у сильного одна надежда—сам ты, больше никто.

Настена не решалась возражать, и он, помолчав, заговорил спокойней:

—Еще неизвестно, что лучше: точно знать—твой сын или твой мужик убитый лежит, или не знать ничего. Для жены, наверно, надо знать—чтоб устраивать свою судьбу. Тут дело понятное: сам не выжил, дай ей пожить. Не мешай. А для матери? Сколько их согласится не знать, жить с завязанными глазами. Она и похоронку[2] получит—не хочет верить. Ей и место укажут, где зарыт, товарищ, который зарывал, напишет—все ей мало. Так пусть и моим старикам хоть никакой, хоть мертвый огонек, да маячит. Раз уж я другого не могу им показать.—Он повернулся к Настене и, отрубая, сказал:—Ладно, хватит об этом. Слезай, будем чай пить. Скоро тебе ехать. Поедешь или, может, останешься?

—Как же я останусь?

—Еще-то приедешь?

—Приеду, Андрей, приеду. А то прибегу. Дорогу теперь знаю.

—Неохота будет, не ходи, тут неволить себя нельзя. А я выдюжу, мне этого дня надолго хватит.

Настена вспомнила:

—Ой, я ведь тебе провианту привезла. Чуть обратно с ним не уехала.—она легко соскочила с нар и выгребла из кучи в углу два холщовых мешочка—с порохом и дробью.—Половину отсыпь, а половину я отцу увезу, это он заказывал.

---

① Там—на том свете, после смерти.

② Похоронка—официальное сообщение о гибели близкого человека на фронте.

—Мне и половины за глаза достанет,—обрадованно засуетился над мешочками Андрей. —Теперь живу. Теперь мне и сам черт не страшен. Вот одарила ты меня. Всем одарила. Ну, Настена, золотая ты моя баба! —Он сграбастал ее и приподнял, она завизжала, отбрыкиваясь, но он тут же осторожно опустил ее и с жесткой тоской самому себе сказал:—С этой бабой в миру бы жить, а не по норам прятаться.

—Ну тебя! —не слыша, разволновалась Настена.-Прямо сердце зашлось—до чего напугал! Я уж отвыкла, чтоб так хватали.

—Прибегай, я приучу.

—Да я-то бы каждый день прибегала.

—За чем же дело?

Пора было подбирать концы этого долгого, на весь день, и все же урывистого свидания. Смеркалось, из углов сильнее потянуло гнилью, ближе и опасней нависла прогнувшаяся в потолке доска, ненадежно, скользко, тревожно стало вокруг. Разговор остыл.

Они наспех попили чаю. Андрей заставил Настену поесть, и она без удовольствия пожевала сала с хлебом. Она уже оделась, когда он молча протянул ей что-то круглое и блестящее, со светящимися, как глазки, точками. Настена тихонько ахнула:

—Ой, что за чудовина такая?

—Возьми, Настена. Часы. Я сам их с немецкого офицера снял. С живого—не с мертвого. Мне они больше ни к чему, а тебе пригодятся. Будешь продавать, не продешеви: это хорошие часы, в Швейцарии делали. Меньше чем за две тыщи не соглашайся.

—Господи, да их в руки брать боязно.

—Бери. Больше дать тебе нечего.

Он проводил ее до дороги через Ангару, обнял в кошевке, замер на минуту и, стеганув Карьку, спрыгнул в снег. И долго-долго, пока видно было удалявшееся темное пятно, стоял неподвижно, с неподвижным же лицом и остановившейся, оборванной мыслью: вот так...

10

...

Они тогда виделись, но, как всегда в бане, ощупью. У Настены после этих встреч оставалось неприятное и брезгливое чувство своей неразборчивости и нечистоплотности; ей по-прежнему мерещились подмена, обман, и хоть она понимала, что никакой подмены нет, привыкнуть и успокоиться все же не могла: прислушивалась к голосу Андрея—его ли? Искала и, конечно, когда ищешь, находила в его повадках то, что раньше не замечала,—пугала и запутывала себя почем зря. Но особенно неприятно было ложиться на холодный и скользкий, пахнущий прелым прогорклым листом, высокий полок[1], куда приходилось забираться на четвереньках. Настене казалось, что она сразу же вся там покрывается противной звериной шерстью и что при желании она может по-звериному же и завыть.

Здесь другое дело. Здесь они могли смотреть друг другу в глаза, по его лицу она догадывалась, о чем он думает, здесь их близость оправдывалась прежней семейной жизнью, а то, что эта близость происходила в столь чужой и неказистой обстановке, добавляло Настене тревожного, незнакомого, но и желанного волнения, переходящего за черту обычного в таких случаях—рабочего чувства.

Обида за их горькое положение мужа и жены, которым приходится встречаться тайком и нечасто, искала у Настены

---

[1] Полок—когда топят русскую баню, на полке жарче всего, туда ложится тот, кто моется и парится, его стегают венником, вымоченным в кипятке,—лучше отходит грязь с тела, так открываются на коже поры.

возмещения в самих встречах; Настена хотела бы, чтобы каждая из них вмешала в себя годы жизни и наполнялась особым смыслом, особой силой и лаской. Как того добиться, она, понятно, не представляла; терзаясь, мучаясь, боясь завтрашнего дня, она мечтала о чем-то большом, доступном ей и все-таки неясном, надеясь лишь, что приди оно, оно бы в ней не обманулось.

Однажды, кажется, что-то похожее случилось, но когда в какое из свиданий, она не знала, и это ее тоже мучило: как можно было такое пропустить? Уж не бесчувственная ли, не деревянная ли она? Правда, Настена не была до конца уверена, что оно действительно произошло, но слишком многое показывало, что да, произошло—еще и потому она была сегодня взбудораженной и растерянной.

Она поднялась из-за стола и, припадая на гудящие, налитые усталостью ноги, перебралась на нары и легла. Теперь ему можно было сказать, с чем она пришла.

—Андрей, знаешь что?

—Что?

Но она передумала:

—Ладно, потом.

Настена решила подождать, когда он придет к ней. Он все еще оставался за столом; Настена заметила, что Андрей ест медленно,—сказывалась, видимо, его привычка в последнее время никуда не торопиться. Наконец он поднялся, но, вспотев от еды, полез охлаждаться в дверь. Настену окатило хватким морозным ветром, и она закричала:

—Закрывай скорей.

—Закрыл, закрыл. Вроде послабже дует.

—Ага, послабже.

Он подошел и присел к ней.

—Все еще не согрелась, что ли?

—Я согрелась, а как вспомню, что скоро обратно бежать, всю прямо дрожью обдает. Сюда-то до смерти пристала.

—Побудь подольше, отдохни. Одна ты не пойдешь, я тебя доведу.

—Как же подольше-то, Андрей? Я и так сорвалась, никому ни слова, ни полсловечка. Меня уж теперь, поди, потеряли. Прибегу середь ночи—кому это понравится? Я и без того приповадилась① по ночам шастать②. Вот, думают, невестка...—Представив, как она будет стучать в запертую дверь, Настена закрыла глаза.

—Отец ни о чем таком не спрашивал?

—Нет пока. Молчит. И как он по сю пору не хватился ружья, не пойму. Скоро одно к одному сойдется.

—Ты хоть придумала, что говорить, когда хватится?

—Придумать-то придумала...—Настена поморщилась.

—И что придумала?

—А зачем я тебе стану свои враки передавать? Не хочу. Я уж как-нибудь сама.

Он неловко погладил ее по голове:

—Тяжело тебе, Настена?

—Да нет.—Она открыла глаза и улыбнулась. Лицо ее, опаленное ветром, в тепле разгорелось и пылало чистой малиновой краснотой, улыбка на нем вышла слабой.—Вот за тебя сердце болит.—Она не хотела и не стала говорить всего, что чувствовала.—А сама я что? Я дюжая, сколько надо, смогу. Без тебя-то, думаешь, легче, что ли, было? Каждый божий день обмирать, живой ты сегодня или нет. Тут я хоть знаю, что живой.

—Может, нам пока не видаться, чтоб ты отдохнула

① Приповадиться—приобрести привычку делать что-л. (обычно нежелательное).

② Шастать—беспрестанно бегать куда-либо—то туда, то обратно.

маленько? У меня все есть, я проживу.

—Ты почему такой-то? Отдохнула, говорит. А ты спроси, хочу я отдыхать? Скоро и так Ангара раскиснет, потом покуда пройдет, покуда установится—наотдыхаемся, успеем. Если и тебя еще не видать—что мне тогда остается? Ничегошеньки ты не знаешь.—Настена чуть помолчала, вдохнула глубоко и, решившись, медленно и осторожно, с натянутым, отстраненным вниманием к своим словам, произнесла:—Забеременела, кажется, я, Андрей.

—Что?! —У него вышло не《что》, а с охом:—Что-ох! —Он не усидел, вскочил.—Ты это правду... правду говоришь?

—Точно еще не знаю. Но никогда так не бывало. Кажется, правду.—Она отвечала по-прежнему медленно и осторожно, словно стараясь оттянуть тот миг, когда выяснится, как он к этому относится.

—Что ж ты молчала? —Неуверенно начал он, и, пока говорил эти первые попавшиеся слова, его проняло, весь смысл случившегося дошел до Андрея и окатил его с головы до ног своим жаром.—Нас-те-на! —негромко и истово взмолился он и, обессилев, сел, схватил Настену за руку.—Вот это да! Черт возьми! Это что ж теперь такое?! Ты понимаешь? Ты понимаешь, Настена? Вот оно, вот... Я знаю... теперь я знаю, Настена: не зря я сюда шел, не зря. Вот она, судьба... Это она толкнула меня, она распорядилась. Как знал, как знал—ты понимаешь? Как чувствовал. А еще, дурак, боялся. Да ради этого ...—Он не вскрикивал, он выдыхал слова запаленным сухим голосом, кашляя и смеясь одновременно, глаза его разгорелись и смотрели куда-то далеко, словно пронзая стены; обращаясь к Настене, он, казалось, и не видел, не замечал ее—он говорил для себя и убеждал себя.—Это ж все—никакого оправдания не надо. Это больше всякого оправдания. Пускай теперь что угодно, хоть завтра в землю, но если это правда, если он после меня останется... Это ж кровь моя дальше пошла. Не кончилась, не пересохла, не зачахла. А я-то думал, я-то думал: на мне конец, все, последний, погубил родову. А он станет жить, он дальше ниточку потянет. Вот ведь как вышло-то, а! Как вышло-то! Настена! Богородица ты моя! — Он кинулся на нары и припал к Настене, обнял ее, что-то еще щепча и поводя большой лохматой головой.

Настена, обрадованная поначалу его радостью, слушала затем уже с обидой и тревогой: что ж он о себе только? А она? Какое же для нее-то оставлено место? Где оно?

17

Все уже спустили лодки на воду, плавали помаленьку, а Михаеич, как нарочно, не торопился. Его шитик, даже и не заваренный еще, перевернутый вверх днищем, одиноко валялся на берегу. Настена извелась вся, но подгонять свекра не решалась: нельзя было показывать, что ей зачем-то нужна лодка. Но и терпеть, находиться в бездействии, не зная, как там Андрей, отсиживаться, когда открылась дорожка к мужику, она больше не могла. Ей казалось, что теперь, раз кончилась война, вот-вот должно что-то решиться в его судьбе, а значит, и в ее судьбе тоже,—поэтому надо, не медля, повидать мужика, понять, что настроен он делать, куда кинуться. За эти долгие, как годы, недели, пока они не встречались, Настена не один раз готова была на крыльях лететь к нему, чтобы успокоить его и успокоиться самой; ей мерещилось, что сейчас, когда во всю свою красоту раскрывается лето, когда вышла из земли трава и оплывают зеленью леса, а Ангара, выпроставшись ото льда, завораживает, затягивает своим движением и синью, что сейчас, когда человеческая душа, как в никакое другое время, отзывчива и ответна, Андрей может не выдержать и что-нибудь с собой сотворить. И сны ей снились тревожные, неразборчивые. Не под разгад[1]: то будто кто-то щекочет ее, кто-то неизвестный, невидимый, и она, заливаясь от смеха и ерзая на бегу, мчится со всех ног в постель, чтобы спрятаться под одеяло; то она разговаривает с коровой Майкой, и корова умно и дельно ей отвечает; то самое себя, маленькую еще, жившую под Иркутском, она, взрослая и замужняя, учит плавать в Ангаре; то что-нибудь еще. Настена просыпалась от этих снов с бьющимся, прыгающим сердцем, подолгу лежала неподвижно, боясь пошевелиться и все думая и думая об Андрее, любя его горькой и заботливой любовью. Она любила его жалея и жалела любя -эти два чувства неразрывно сошлись в ней в одно. И ничего с собой Настена поделать не могла. Она осуждала Андрея, особенно сейчас, когда кончилась война и когда казалось, что и он бы остался жив-невредим, как все те, кто выжил, но, осуждая его временами до злости, до ненависти и отчаяния, она в отчаянии же и отступала: да ведь она жена ему. А раз так, надо или полностью отказываться от него, петухом вскочив на забор: я не я и вина не моя, или идти вместе с ним до конца хоть на плаху[2]. Недаром сказано: кому на ком жениться, тот в того и родится. Ему в тысячу раз тяжелей, он под худой, под позорной смертью ходит, да еще надумал никому, ни единому глазу не выдать себя, чтоб не оставить по себе злую славу. Виноват—кто говорит, что не виноват! —но где теперь взять ту силу, чтоб вернуть его на место, с которого он прыгнул не туда, куда полагалось прыгать. Он бы что угодно отдал за эту силу, да где она?

Нет, надо скорей повидать Андрея, узнать, что у него на уме.

Живот у Настны раздался, и когда она перед ночью оголяла

---

① Не под разгад—не для того, чтобы гадать по снам.

② На плаху—на казнь.

его, горка была хорошо заметна. Тихонько и нежно поглаживая ее, Настена замирала, потом, чуть отдохнув на этой первой ступени, замирала еще больше, неслышно отнимаясь и возносясь куда-то, в какое-то чудесно самовидное одиночество, где в тишине и пустоте, забыв обо всем на свете, она видела и ощущала каждую свою каплю. И плод, то, что превращалось постепенно в ребенка, она тоже видела; ее чувство, прикасаясь к нему, рисовало ей все—и как он лежит, и с какой ленивой и непрерывной требовательностью тянет из нее материнские соки. Это был, как хотел Андрей, мальчонка, и он немного пугал Настену: если б девочка, была бы надежда, что пойдут еще дети, родные по отцу и матери братья и сестры, а мальчонка мог остаться единственным. Но размышляла она об этом уже после, возвращаясь из своего чуткого и обморочного проникновения в себя, когда она внимала себе словно бы со стороны и, возвращаясь, со слабой понятливостью осознавала, где она есть и что с ней происходит. Она боялась того дня, когда откроется беременность, но, боясь, и хотела, чтоб он скорей наступил—тогда не придется затягиваться, прятать живот, не придется оглядываться, следить, не видит ли кто, что она не одна, что она носит в себе ребенка. Да и ожидание этого дня измучило Настену. При ее полноте не заметят еще, может, с месяц, а потом сразу ахнут. Все чаще Настене представлялось, что ее с силой затягивает в какую-то узкую горловину и будет затягивать до тех пор, пока можно дышать, а затем, придавленную, задыхающуюся, полуживую, в последний момент куда-то вынесет. Вот заглянуть в эту новую жизнь ей не удавалось, для нее она была так же темна, так же сокрыта, как замогильный покой.

22

...

Но и это было вчера, а сегодня, после ночи, когда Настене не дали увидаться с Андреем, она совсем потерялась; усталость перешла в желанное, мстительное отчаяние. Ничего ей больше не хотелось, ни на что не надеялось, в душе засела пустая, противная тяжесть. То, что вчера еще представлялось возможным, просветным, сегодня опустилось стеной. За ночь она не сомкнула глаз, голова болела—и не болела уже, а истягивалась непрерывной мукой; что-то давило и зарывало внутри—там, где ребенок, и она не знала, должно так быть или она успела покалечить ребенка. 《Ишь что вознамерилась,—угрюмо кляла она себя и теряла мысль. —Так тебе и надо》.

Делать она ничего не делала, ни за что не бралась, мыкалась и мыкалась с опущенными руками из угла в угол, из избы на улицу и обратно, будто что-то искала, чего-то ждала—и не находила, не могла дождаться. Ловила Лидку, обнимала, ласкала ее и надоела той. Лидка стала прятаться от нее.

—Тронулась ты, че ли? —прикрикнула на нее Надька. —Где ночью блудила-то[①]?

Настена не удивилась и не испугалась: и верно, блудила—почему не спросить?

—К мужику своему хотела пробраться, да раздумала. —ответила она. Когда говоришь правду, легче не верят. А ей легче говорить ее. Надоело обманывать. Все надоело.

—Тронулась,—решила Надька. —Ну и черт с тобой, если ты человечьих слов не понимаешь. Рожай ты скорей и не изводи себя. Ребенка же родишь—не щененка.

Спасибо Надьке, хоть она не гонит. А больше Настене и держаться некого. Только что ей жаловаться на людей? Сама от них ушла. Той же Надьке, которая к ней с открытой душой, она врет, будто клятому врагу. Надька простоватая, верит, но когда-

---

① Блудить—для женщины—тайно встречаться с чужим мужчиной(не мужем).

нибудь и она увидит, что ее водят за нос[1], и не поблагодарит. Заплуталась, некуда идти.

Перед обедом, пробравшись заулком, пришел Михеич и вызвал опять Настену в ограду. Он торопился и заговорил сразу, глядя в упор на Настену без капли тепла и жалости и точно отрубая слова:

—Слушай, дева. Если он здесь, пускай скорей уходит или ишо че, покуль не словили. Мужики, кажись, чего-то задумали. Тут у их Иннокентий Иванович комиссарит. Нестор седни[2] в Карду поехал. Неспроста это...

Настена молчала. Повернувшись уже уходить, Михеич добавил все тем же сухим, каленым голосом:

—Проклял бы я тебя, дева, что не дала мне с им свидеться, да на твою голову и так достанет хулы. А грех этот на тебе, никуда тебе от его не деться.—И выбилась все-таки горькая горечь, признал Михеич:—И он тоже гусь: с отцом испугался поговорить. А-а, ну вас...

И, махнув рукой, но полез обратно через заплот[3], смешно, уродливо задирая хромую ногу.

А Настена замерла и долго еще оставалась без движения посреди ограды, пытаясь достать, сработать какое-то важное и нужное решение и не дотягиваясь до него, раз за разом прокручиваясь невнятной мыслью впустую. Все—выгорело, а пепел не молотят. Да и что теперь придумаешь? Поздно.

Она уже ничему не верила—ни тому, что был Михеич, ни тому, что ночью кто-то выслеживал ее на Ангаре. Ей чудилось, что она выдумала все это с больной головы и забыла, что

---

① Водить за нос—(разг.)здесь: обманывать, вводить в заблуждение.

② Седни—(простор. разгов.)сегодня.

③ Заплот—загородка.

выдумала. Она любила раньше от скуки представлять, будто с ней случаются всякие забавные истории, и заигрывалась порой до того, что с трудом отличала правду от неправды. Так, наверное, и тут. Голова действительно разламывалась. Настена готова была содрать с себя кожу. Она старалась поменьше думать и шевелиться—не о чем ей думать, некуда шевелиться. Хватит.

Вечером Надька принесла новое известие: приехал Бурдак, милиционер. Настена молча усомнилась: может, приехал, а может, и нет. Точно никто не знает. Верь им, они наговорят. А хоть и приехал—что страшного? Мало ли зачем понадобилось ему в Атамановку? Рыбки, к примеру, половить или подогнать своей властью тех, кто не вносит налогопоставки. Атамановка его участок, он тут волен околачиваться каждый день. Приехал и приехал—что такого?

Она легла рано и тут же, несмотря на возню Надькиных ребятишек, уснула легким и скорбным сном. Точно в загаданное мгновение будто кто подтолкнул ее—она очнулась. Чувствовала она себя отдохнувшей и бодрой, в голове установился покой. Настена не знала, сколько прошло ночи—ходики[1] на заборке[2], обвиснув гирькой, молчали,—но почему-то верила, что не опоздала, что ее не успели опередить. Оделась не таясь и так же не таясь вышла, плотно притворив за собой дверь. Когда не скрываешься, не прячешься, получается удачней, а удача на этот раз была ей необходима позарез.

Только сейчас Настена заметила, что за день худо-бедно прояснило и теперь на небе мигали, пробиваясь, звездочки. Ночь была тихая, потемистая, но в ровном бедном свете виделось все же достаточно хорошо, а на Ангаре, в длинном просторном коридоре,

---

① Ходики—так называли примитивные часы с маятником и двумя гирьками.

② На заборке—на перегородке, разделяющей комнату.

и того лучше. Настена сняла с берега лодку, оттолкнула и сразу взялась за лопашны[1]. Надо успеть, надо предупредить мужика. Надо попрощаться. Навсегда, до других ли времен—неизвестно.

Стыдно... почему так истошно стыдно и перед Андреем. И перед людьми, и перед собой? Где набрала она вины для такого стыда?

До чего легко, способно[2] жить в счастливые дни и до чего горько, окаянно в дни несчастные! Почему не дано человеку запасать впрок одно, чтобы смягчать затем тяжесть другого? Почему между тем и другим всегда пропасть? Где ты был, человек, какими игрушками ты играл, когда назначали тебе судьбу? Зачем ты с ней согласился? Зачем ты, не задумавшись, дал отсекать себе крылья именно тогда, когда они больше всего необходимы, когда требуется не ползком, а лётом убегать от беды?

Настена гребла и с покорным, смирившимся чувством соглашалась с тем, что происходило: так, видно, надо, это она и заслужила... Доверь непутевому человеку после одной его жизни вторую, все равно не научится жить. До чего тихо, спокойно в небе. А вчерашней ночью было жутко, боязно, когда глаза совсем ничего не различают в темноте, мерещится, что вот-вот что-то случится. Правду ли говорят, что звезды со своей вышины видят под собой задолго вперед? Где они ее, Настену, разглядели за этой ночью, что они чуют? Слабенькие сегодня звездочки—куда им задолго?

Она гребла, смутившись непривычными и непосильными праздными мыслями, удивляясь, что душа тщится отвечать им.

На душе от чего-то было тоже празднично и грустно, как от протяжной старинной песни, когда слушаешь и теряешься, чьи это

---

① Лопашны—весла.

② Способно—удобно.

голоса—тех, кто живет сейчас, или кто жил сто, двести лет назад. Смолкает хор, вступает второй... И подтягивает третий...

Нет, сладко жить; страшно жить; стыдно жить.

И вдруг посреди этих мыслей ее застигли другие, совсем не песенные голоса. Она удивленно обернулась и увидела на берегу фигуры людей.

—Вон она, вон! —кричал Нестор. По воде хорошо слышно было и что говорили и кто говорил. Нестор матюгнулся липким, хлестким словом, и Настена догадалась, что слово это послано ей. —Помела, поперед хотела проскочить. Не выйдет, голуба, не выйдет. Догоним.

—Вторую лодку сталкивай,—это уже голос Иннокентия Ивановича. —Скорей. Скорей. —чего телишься[①]!

—Доста-а-нем!

С испугу Настена кинулась было грести во весь дух. Но тут же опустила весла. Куда? Зачем? Она и без того отплыла достаточно, дальше грести ни к чему.

Устала она. Знал бы кто, как она устала и как хочется отдохнуть! Не бояться, не стыдиться, не ждать со страхом завтрашнего дня, на веки вечные сделаться вольной, не помня ни себя, ни других, не помня ни капли из того, что пришлось испытать. Вот оно наконец желанное, заработанное мучениями счастье,—почему она не верила в него раньше? Чего она искала, чего добивалась? Напрасно, все напрасно.

Стыдно... всякий ли понимает, как стыдно жить, когда другой на твоем месте сумел бы прожить лучше? Как можно смотреть после этого людям в глаза?.. Но и стыд исчезнет, и стыд забудется, освободит ее...

---

① Телиться—рожать теленна. Здесь: в переносном смысле—делать что-либо медленно.

Она встала в рост и посмотрела в сторону Андреевского. Но оно, Андреевское, задалено было темью...

Лодки приближались. Сейчас. Сейчас уже будет поздно.

Она шагнула в корму и заглянула в воду. Далеко-далеко изнутри шло мерцание, как из жуткой красивой сказки,—в нем струилось и трепетало небо. Сколько людей решилось пойти туда и скольким еще решаться!

Поперек Ангары проплыла широкая тень: двигалась ночь. В уши набирался плеск—чистый, ласковый и подталкивающий, в нем звенели десятки, сотни, тысячи колокольчиков... И сзывали те колокольчики кого-то на праздник. Казалось Настене, что ее морит сон. Опершись коленями в борт, она наклоняла его все ниже и ниже, пристально, всем зрением, которое было отпущено ей на многие годы вперед, вглядываясь в глубь, и увидела: у самого дна вспыхнула спичка.

—Настена, не смей! Насте-е-о-на! —услышала еще она отчаянный крик Максима Вологжина—последнее, что довелось ей услышать, и осторожно перевалилась в воду.

Плеснула Ангара, закачался шитик[①], в слабом ночном свете потянулись на стороны круги. Но рванулась Ангара сильней и смяла, закрыла их—и не осталось на том месте даже выбоинки, о которую бы спотыкалось течение.

Только на четвертый день прибило Настену к берегу недалеко от Карды. Сообщили в Атамановку, но Михеич лежал при смерти, и за Настеной отправили Мишку-батрака. Он и доставил Настену обратно в лодке, а доставив, по-хозяйски вознамерился похоронить ее на кладбище утопленников. Бабы не дали. И предали Настену земле среди своих, только чуть с краешку, у покосившейся изгороди.

---

① Шитик—лодка.

После похорон собрались бабы у Надьки на немудреные поминки и всплакнули: жалко было Настену.

(1974)

Краткий анализ произведения

Повесть《Живи и помни》—не просто история об одном дезертире, она о проблеме личного выбора человека: спасать свою жизнь или жертвовать ей ради своего народа.

В повести рассказывается о людях, слабых душой, неспособных в тяжелых жизненных обстоятельствах (в данном случае на войне) выполнить до конца свой гражданский долг. Дезертировать с фронта в дни Великой Отечественной войны СССР с гитлеровской Германией для русского человека означало предать свой народ, который прилагал все силы, отдавал жизни миллионов своих сыновей для спасения своей родины от фашизма.

Таким человеком является одно из главных действующих лиц повести Распутина Андрей Гуськов. Он сознает, что поступил плохо, бежав из госпиталя домой без разрешения. Он понимает, что подставляет свою жену Настену под позор и удар, признавшись ей и пользуясь ее помощью. Но он больше всего хочет жить—не взирая ни на что—больше всего трясется над своей шкурой. Он надеется, что сможет замести следы, скрыться от земляков, а потом, после войны продолжать жить, как ни в чем не бывало. Но так почти никогда не бывает в жизни. Распутин в своей повести шаг за шагом, все углубляется в клубок сложных взаимоотношений Андрея с его женой Настеной, которые все запутываются и не распутываются.

Настена не так уж сильно любила своего мужа до войны, много раз обижалась им, хоть и ждала его с фронта, но скорее по чувству долга верной жены. Эта добрая, чистая, верная и порядочная женщина оказывается связанной неразрывными нитями с мужем—дезертиром, и в конце концов привязывается к нему всей душой, то есть становится без вины виноватой.

Человек, преступивший свой долг, виноватый перед другими, неизбежно губит этих других и несет себе наказание. Наказания бывают разного рода: от раскрытия предательства до мук собственной совести. И то и другое выпадает на долю Андрея Гуськова. Его мучает совесть, его находят односельчане, его жена Настена кончает жизнь самоубийством и тем самым губит жизнь будущего ребенка. Таков нравственный смысл повести《Живи и помни》.

Вопросы и задания

1. Какова основная проблематика повести《Живи и помни》?
2. Охарактеризуйте образ Настены и Андрея Гуськова.

Литература

1. С. Семенова, Валентин Распутин. М. ,1987.
2. Н. Тендитник, Валентин Распутин:Очерк жизни и творчества. Иркутск, 1987.

Татьяна Никитична Толстая
(1951-   )

Толстая—внучка советского писателя Алексея Толстого. Она родилась в Ленинграде в семье профессора физики. Окончив филологический факультет Ленинградского университета, она много лет работала редактором в издательстве. К литературной деятельности она приступила в конце 70-х годов. Первый опубликованный рассказ относится к 1983 году. Позднее она печаталась в《Новом мире》и других крупных журналах. В 1987 году в Москве вышел в свет ее первый сборник рассказов《На золотом крыльце сидели ...》. С 1991 года большую часть своего времени она проводит в США, преподает современную русскую литературу в одном из американских колледжей. Она активно сотрудничает с《Книжным ревю Нью-Йорка》и другими американскими журналами. Ее произведения переведены на многие европейские языки и пользуются популярностью не только в России, но и за границей. В 2000 году опубликован ее единственный роман《Кысь》.

Татьяна Толстая является одним из ярких авторов нового литературного поколения, представительницей《другой прозы》, отличной от стереотипов социалистического реализма. Она поражает читателей не столько содержанием произведений, сколько изысканной сложностью и самобытностью поэтики. Ее интересует повседневность современной жизни в России, и в ней писательница ищет нравственные, философские и эстетические возможности жизни. В центре ее повествования всегда стоит единичная человеческая судьба, которая изобилует житейскими деталями. Однако несмотря на кажущуюся внешнюю реалистичность, проза Т. Толстой, в сущности, метафорична. Она в своем творчестве нередко прибегает к художественным условностям постмодернизма, ее рассказы ироничны, пародийны, сказочны. Эта творческая манера помогает ей ярче обрисовать кошмарный, антикультурный хаос современного общества.

СОНЯ

Жил человек—и нет его. Только имя осталось— Соня. 《Помните, Соня говорила...》《Платье, похожее как у Сони...》《Сморкаешься, сморкаешься без конца, как Соня...》 Потом умерли и те, кто так говорил, в голове остался только след голоса, бестелесного, как бы исходящего из черной пасти телефонной трубки. Или вдруг раскроется, словно в воздухе, светлой живой фотографией солнечная комната—смех вокруг накрытого стола, и будто гиацинты[1] в стеклянной вазочке на скатерти, тоже изогнувшиеся в кудрявых розовых улыбках. Смотри скорей, пока не погасло! Кто это тут? Есть и среди них тот, кто тебе нужен? Но светлая комната дрожит и меркнет, и уже просвечивают марлей спины сидящих, и со страшной скоростью, распадаясь, уносится вдаль их смех—догони-ка.

---

① Гиацинт—луковичное декоративное растение с продолговатыми листьями и душистыми цветками.

Нет, постойте, дайте вас рассмотреть! Сидите, как сидели, и назовитесь по порядку! Но напрасны попытки ухватить воспоминания грубыми телесными руками. Веселая смеющая фигура оборачивается большой, грубо раскрашенной тряпичной куклой, валится со стула, если не подоткнешь ее сбоку; на бессмысленном лбу—потеки клея от мочального парика, а голубые стеклянистые глазки соединены внутри пустого черепа железной дужкой со свинцовым шариком противовеса. Вот чертова перечница! А ведь притворялась живой и любимой! А смеющаяся компания порхнула прочь и, поправ тугие законы пространства и времени, щебечет себе вновь в каком-то недоступном закоулке мира, вовеки нетленная, нарядно бессмертная, и, может быть, покажется вновь на одном из поворотов пути—в самый неподходящий момент, и, конечно, без предупреждения.

Ну раз вы такие—живите как хотите. Гоняться за вами—все равно что ловить бабочек, размахивая лопатой. Но хотелось бы подробнее узнать про Соню.

Ясно одно—Соня была дура. Это ее качество никто никогда не оспаривал, да теперь уж и некому. Приглашенная в первый раз на обед,—в далеком, желтоватой дымкой подернутом тридцатом году,—истуканом сидела в торце длинного накрахмаленного стола[1], перед конусом салфетки, свернутой как было принято—домиком. Стыло бульонное озерцо. Лежала праздная ложка. Достоинство всех английских королев, вместе взятых, заморозило Сонины лошадиные черты.

—А вы, Соня,—сказали ей (должно быть, добавили и отчество, но теперь оно уже безнадежно утрачено), —а вы, Соня, что же не кушаете ?

—Перцу дожидаюсь,—строго отвечала она ледяной верхней

[1] Накрахмаленной стол—стол с накрахмаленной скатертью.

губой.

Впрочем, по прошествии некоторого времени, когда уже выяснились и Сонина незаменимость на кухне в предпраздничной суете, и швейные достоинства, и ее готовность погулять с чужими детьми и даже посторожить их сон, если все шумной компанией отправляются на какое-нибудь неотложное увеселение,—по прошествии некоторого времени кристалл Сониной глупости засверкал иными гранями, восхитительными в своей непредсказуемости. Чуткий инструмент, Сонина душа улавливала, очевидно, тональность настроения общества, пригревшего ее вчера, но, зазевавшись, не успевала перестроиться на сегодня. Так, если на поминках Соня бодро вскрикивала: 《Пей до дна!》—то ясно было, что в ней еще живы недавние именины, а на свадьбе от Сониных тостов веяло вчерашней кутьей[1] с гробовыми мармеладками.

《Я вас видела в филармонии с какой-то красивой дамой: интересно, кто это?》—спрашивала Соня у растерянного мужа, перегнувшись через его помертвевшую жену. В такие моменты насмешник Лев Адольфович, вытянув губы трубочкой, высоко подняв лохматые брови, мотал головой, блестел мелкими очками: 《Если человек мертв, то это надолго, если он глуп, то это навсегда!》 Что же, так оно и есть, время только подтвердило его слова.

Сестра Льва Адольфовича, Ада, женщина острая, худая, по-змеиному элегантная, тоже попавшая однажды в неловкое положение из-за Сониного идиотизма, мечтала ее наказать. Ну, конечно, слегка—так, чтобы и самим посмеяться, и дурочке доставить небольшое развлечение. И они шептались в углу—Лев и Ада,—выдумывая что поостроумнее.

Стало быть, Соня шила... А как она сама одевалась?

---

① Кутья—поминальное кушанье из варёного риса с изюмом или мёдом.

Безобразно, друзья мои, безобразно! Что-то синее, полосатое, до такой степени к ней не идущее! Ну вообразите себе: голова как у лошади Пржевальского[1] (подметил Лев Адольфович), под челюстью огромный висячий бант блузки торчит из твердых створок костюма, и рукава всегда слишком длинные. Грудь впалая, ноги такие толстые—будто от другого человеческого комплекта, и косолапые ступни. Обувь набок снашивала. Ну, грудь, ноги—это не одежда... Тоже одежда, милая моя, это тоже считается как одежда! При таких данных надо особенно соображать, что можно носить, чего нельзя!.. Брошка у нее была—эмалевый голубок. Носила его на лацкане[2] жакета, не расставалась. И когда переодевалась в другое платье—тоже обязательно прицепляла этого голубка.

Соня хорошо готовила. Торты накручивала великолепные. Потом вот эту, знаете, требуху[3], почки, вымя, мозги—их так легко испортить, а у нее выходило—пальчики оближешь[4]. Так что это всегда поручалось ей. Вкусно, и давало повод для шуток. Лев Адольфович, вытягивая губы, кричал через стол: 《Сонечка, ваше вымя меня сегодня просто потрясает!》—и она радостно кивала в ответ. А Ада сладким голоском говорила: 《А я вот в восторге от ваших бараньих мозгов!》—《Это телячьи》, —не понимала Соня, улыбаясь. И все радовались: ну не прелесть ли?!

Она любила детей, это ясно, и можно было поехать в отпуск, хоть в Кисловодск, и оставить на нее детей и квартиру—поживите пока у нас. Соня, ладно? —и, вернувшись, найти все в отменном

---

① Пржевальский—российский путешественник XIX века, исследователь центральной Азии, почётный член Петерб. АН (1878), собрал ценные коллекции животных, впервые описал дикую лошадь.

② Лацкан—отворот на грудной части пальто, пиджака.

③ Требуха—внутренности убитого животного.

④ Пальчики оближешь—очень вкусно.

порядке: и пыль вытерта, и дети румяные, сытые, гуляли каждый день и даже ходили на экскурсию в музей, где Соня служила каким-то там научным хранителем, что ли; скучная жизнь у этих музейных хранителей, все они старые девы. Дети успевали привязаться к ней и огорчались, когда ее приходилось перебрасывать в другую семью. Но ведь нельзя же быть эгоистами и пользоваться Соней в одиночку: другим она тоже могла быть нужна. В общем, управлялись, устанавливали какую-то разумную очередь.

Ну что о ней еще можно сказать? Да это, пожалуй, и все! Кто сейчас помнит какие-то детали? Да за пятьдесят лет никого почти в живых не осталось, что вы! И столько было действительно интересных, по-настоящему содержательных людей, оставивших концертные записи, книги, монографии по искусству. Какие судьбы! О каждом можно говорить без конца. Тот же Лев Адольфович, негодяй, в сущности, но умнейший человек и в чем-то миляга. Можно было бы порасспрашивать Аду Адольфовну, но ведь ей, кажется, под девяносто, и—сами понимаете... Какой-то там случай был с ней во время блокады. Кстати, связанный с Соней. Нет, я плохо помню. Какой-то стакан, какие-то письма, какая-то шутка.

Сколько было Соне лет? В сорок первом году—там ее следы обрываются—ей должно было исполниться сорок. Да, кажется, так. Дальше уже просто подсчитать, когда она родилась и все такое, но какое это может иметь значение, если неизвестно, кто были ее родители, какой она была в детстве, где жила, что делала и с кем дружила до того дня, когда вышла на свет из неопределенности и села дожидаться перцу в солнечной, нарядной столовой.

Впрочем, надо думать, что она была романтична и по-своему возвышенная. В конце концов, эти ее банты, и эмалевый голубок, и чужие, всегда сентиментальные стихи, не вовремя срывавшиеся с губ, как бы выплюнутые длинной верхней губой, приоткрывавшей длинные, костяного цвета зубы, и любовь к детям,—причем к любым,—все это характеризует ее вполне однозначно. Романтическое существо. Было ли у нее счастье? О да! Это—да! Уж что-что, а счастье у нее было.

И вот надо же—жизнь устраивает такие штуки! —счастьем этим она была обязана всецело этой змее Аде Адольфовне. (Жаль, что вы ее не знали в молодости. Интересная женщина.)

Они собрались большой компанией—Ада, Лев, еще Валериан, Сережа, кажется, и Котик, и кто-то еще,—и разработали уморительный план (поскольку идея была Адина, Лев называл его 《адским планчиком》), отлично им удавшийся. Год шел что-нибудь такое тридцать третий. Ада была в своей лучшей форме, хотя уже и не девочка, —фигурка прелестная, лицо смугло с темно-розовым румянцем, в теннис она первая, на байдарке[1] первая. Все ей смотрели в рот. Аде было даже неудобно, что у нее столько поклонников, а у Сони—ни одного. (Ой, умора! У Сони—поклонники?!) И она предложила придумать для бедняжки загадочного воздыхателя[2] безумно влюбленного, но по каким-то причинам никак не могущего с ней встретиться лично. Отличная идея! Фантом был немедленно создан, наречен Николаем, обременен женой и тремя детьми, поселен для переписки в квартире Адиного отца—тут раздались был голоса протеста: а если Соня узнает, если сунется по этому адресу? —но аргумент был отвергнут как несостоятельный: во-первых, Соня дура, в том-то вся и штука; ну а во-вторых, должна же у нее быть совесть—у Николая семья, неужели она ее возьмется разрушить? Вот, он же ей ясно

---

① Байдарка—легкая узкая спортивная лодка.

② Воздыхатель—поклонник.

пишет,—Николай то есть,—дорогая, ваш незабываемый облик навеки отпечатался в моем израненном сердце (не надо《израненном》, а то она поймет буквально, что инвалид), но никогда, никогда нам не суждено быть рядом, так как долг перед детьми... ну и так далее, но чувство,—пишет далее Николай,—нет, лучше: истинное чувство—оно согреет его холодные члены (《То есть как это, Адочка?》—《Не мешайте, дураки!》) путеводной звездой и всякой там пышной розой. Такое вот письмо. Пусть он видел ее, допустим, в филармонии, любовался ее тонким профилем (тут Валериан просто свалился с дивана от хохота) и вот хочет, чтобы возникла такая возвышенная переписка. Он с трудом узнал ее адрес. Умоляет прислать фотографию. А почему он не может явиться на свидание, тут-то дети не помешают? А у него чувство долга. Но оно ему почему-то ничуть не мешает переписываться? Ну тогда пусть он парализован. До пояса. Отсюда и хладные члены. Слушайте, не дурите! Надо будет—парализуем его попозже. Ада брызгала на почтовую бумагу《Шипром》[1], Котик извлек из детского гербария[2] засушенную незабудку, розовую от старости, совал в конверт. Жить было весело!

Переписка была бурной с обеих сторон. Соня, дура, клюнула сразу. Влюбилась так, что только оттаскивай. Пришлось слегка сдержать ее пыл: Николай писал примерно одно письмо в месяц, притормаживая Соню с ее разбушевавшимся купидоном[3]. Николай изощрялся в стихах: Валериану пришлось попотеть. Там были просто перлы, кто понимает,—Николай сравнивал Соню с лилеей, лианой и газелью, себя—с соловьем и джейраном, причем

---

① Шипр—модный в то время мужской одеколон.

② Гербарий—коллекция засушенных растений.

③ Купидон—в античной мифологии: бог любви, изображающийся в виде крылатого мальчика.

одновременно. Ада писала прозаический текст и осуществляла общее руководство, останавливая своих резвившихся приятелей, дававших советы Валериану: 《Ты напиши ей, что она—гну[1]. В смысле антилопа[2]. Моя божественная гну, я без тебя иду ко дну!》 Нет, Ада была на высоте: трепетала Николаевой нежностью и разверзала глубины его одинокого мятущегося духа, настаивала на необходимости сохранять платоническую чистоту отношений и в то же время подпускала намек на разрушительную страсть, время для проявления коей еще почему-то не приспело. Конечно, по вечерам Николай и Соня должны были в назначенный час поднять взоры к одной и той же звезде. Без этого уж никак. Если участники эпистолярного романа в эту минуту находились поблизости, они старались помешать Соне раздвинуть занавески и украдкой бросить взгляд в звездную высь, звали ее в коридор: 《Соня, подите сюда на минутку... Соня, вот какое дело...》, наслаждаясь ее смятением: заветный миг надвигался, а Николаев взор рисковал проболтаться попусту в окрестностях какого-нибудь там Сириуса[3] или как его—в общем, смотреть надо было в сторону Пулкова[4].

Потом затея стала надоедать: сколько же можно, тем более что из томной Сони ровным счетом ничего нельзя было вытянуть, никаких секретов; в наперсницы к себе она никогда не допускала и вообще делала вид, что ничего не происходит,—надо же, какая скрытная оказалась, а в письмах горела неугасимым пламенем высокого чувства, обещала Николаю вечную верность и сообщала о себе все—превсе: и что ей снится и какая пичужка где-то там прощебетала. Высылала в конвертах вагоны сухих цветов, и на

---

① Гну—слово французского происхождения, крупное парнокопытное животное.

② Антилоп—парнокопытное животное.

③ Сириус—самая яркая на небе звезда.

④ Пулков—холмы на юге от С.-Петербурга, где находится главная астрономическая обсерватория РАН.

один из Николаевых дней рождения послала ему, отцепив от своего ужасного жакета, свое единственное украшение: белого эмалевого голубка. 《Соня, а где же ваш голубок?》—《Улетел》, —говорила она, обнажая костяные лошадиные зубы, и по глазам ее ничего нельзя было прочесть. Ада все собиралась умертвить, наконец, обременявшего ее Николая, но, получив голубка, слегка содрогнулась и отложила убийство до лучших времен. В письме, приложенном к голубку, Соня клялась непременно отдать за Николая свою жизнь или пойти за ним, если надо, на край света.

Весь мыслимый урожай смеха был уже собран, проклятый Николай каторжным ядром путался под ногами, но бросить Соню одну, на дороге, без голубка, без возлюбленного, было бы бесчеловечно. А годы шли; Валериан, Котик и, кажется, Сережа по разным причинам отпали от участия в игре, и Ада мужественно, угрюмо, одна несла свое эпистолярное бремя, с ненавистью выпекая, как автомат, ежемесячные горячие почтовые поцелуи. Она уже сама стала немного Николаем и порой в зеркале при вечернем освещении ей мерещились усы на ее смугло-розовом личике. И две женщины на двух концах Ленинграда, одна со злобой, другая с любовью, строчили друг другу письма о том, кого никогда не существовало.

Когда началась война, ни та ни другая не успели эвакуироваться. Ада копала рвы, думая о сыне, увезенном с детским садом. Было не до любви. Она съела все, что было можно, сварила кожаные туфли, пила горячий бульон из обоев — там все-таки было немного клейстера. Настал декабрь, кончилось все. Ада отвезла на саночках в братскую могилу своего папу, потом Льва Адольфовича, затопила печурку Диккенсом и негнущимися пальцами написала Соне прощальное Николаево письмо. Она писала, что все ложь, что она всех ненавидит, что Соня—старая дура и лошадь, что ничего не было и что будьте вы все прокляты.

Ни Аде, ни Николаю дальше жить не хотелось. Она отперла двери большой отцовской квартиры, чтобы похоронной команде легче было войти, и легла на диван, навалив на себя пальто папы и брата.

Неясно, что там было дальше. Во-первых, это мало кого интересовало, во-вторых, Ада Адольфовна не очень-то разговорчива, ну и, кроме того, как уже говорилось, время! Время все съело. Добавим к этому, что читать в чужой душе трудно: темно, и дано не всякому. Смутные домыслы, попытки догадок—не больше.

Вряд ли, я полагаю, Соня получила Николаеву могильную весть. Сквозь тот черный декабрь письма не проходили или же шли месяцами. Будем думать, что она, возведя полуслепые от голода глаза к вечерней звезде над разбитым Пулковом, в этот день не почувствовала магнетического взгляда своего возлюбленного и поняла, что час его пробил. Любящее сердце—уж говорите, что хотите—чувствует такие вещи, его не обманешь. И, догадавшись, что пора, готовая испепелить себя ради спасения своего единственного, Соня взяла все, что у нее было—баночку довоенного томатного сока, сбереженного для такого вот смертного случая,—и побрела через весь Ленинград в квартиру умирающего Николая. Сока там было ровно на одну жизнь.

Николай лежал под горой пальто, в ушанке, с черным страшным лицом, с запекшимися губами, но гладко побритый. Соня опустилась на колени, прижалась глазами к его отекшей руке со сбитыми ногтями и немножко поплакала. Потом она напоила его соком с ложечки, подбросила книг в печку, благословила свою счастливую судьбу и ушла с ведром за водой, чтобы больше никогда не вернуться. Бомбили в тот день сильно.

Вот, собственно, и все, что можно сказать о Соне. Жил человек—и нет его. Одно имя осталось.

—Ада Адольфовна, отдайте мне Сонины письма!

Ада Адольфовна выезжает из спальни в столовую, поворачивая руками большие колеса инвалидного кресла. Сморщенное личико ее мелко трясется. Черное платье прикрывает до пят безжизненные ноги. Большая камея[1] приколота у горла, на камее кто-то кого-то убивает: щиты, копья, враг изящно упал.

—Письма?

—Письма, письма, отдайте мне Сонины письма!

—Не слышу!

—Слово《отдайте》она всегда плохо слышит,—раздраженно шипит жена внука, косясь на камею.

—Не пора ли обедать? —шамкает Ада Адольфовна.

Какие большие темные буфеты, какое тяжелое столовое серебро в них, и вазы, и всякие запасы: чай, варенья, крупы, макароны. Из других комнат тоже виднеются буфеты, буфеты, гардеробы, шкафы—с бельем, с книгами, со всякими вещами. Где она хранит пачку Сониных писем, ветхий пакетик, перехваченный бечевкой, потрескивающий от сухих цветов, желтоватых и прозрачных, как стрекозиные крылья? Не помнит или не хочет говорить? Да и что толку—приставать к трясущейся парализованной старухе! Мало ли у нее самой было в жизни трудных дней? Скорее всего она бросила эту пачку в огонь, встав на распухшие колени в ту ледяную зиму, во вспыхивающем кругу минутного света, и может быть, робко занявшись вначале, затем быстро чернея с углов, и, наконец, взвившись столбом гудящего пламени, письма согрели, хоть на краткий миг, ее скрюченные, окоченевшие пальцы. Пусть так. Вот только белого голубка, я думаю, она должна была оттуда вынуть. Ведь голубков огонь не берет.

(1983)

---

[1] Камея—брошь с камнем, украшенным с рельефной художественнрй резьбой.

Краткий анализ произведения

На первый взгляд рассказ《Соня》очень язвителен. Кажется , что писательница просто унижает свою героиню, называя ее "дурой", подчеркивая смешные и даже отталкивающие черты ее внешности (лошадиное лицо, безгрудная фигура с непропорцианально толстыми ногами, безвкусная одежда), ее рассеянность, которую называет идиотизмом, ее кажущуюся бестактность. Компания, сложившаяся вокруг Сони, постоянно ее высмеивает и даже жестоко разыгрывает. Выглядит это так, что Соня—некрасивая дура, почти идиотка, а ее "друзья"—тонкие, умные, хорошо одетые, пользующиеся успехом и умеющие красиво пожить. Они представляют яркий контраст.

А что же в итоге текста ? Ада Адольфовна , бывшая в молодости "интересной женщиной" с толпой поклонников, главная придумщица розыгрышей Сони, теперь, к концу жизни , становится злой старухой, восседающей в инвалидном кресле, живет среди коллекции темных буфетов, набитых всяким добром. А остальные "друзья" куда-то сгинули.

А где же Соня? И кто она в самом деле, настоящая, а не показанная глазами окружающих ее недобрых друзей ? Хотя сейчас ее уже давно нет на свете, а ведь именно она в этой легкомысленной обывательской компании была человеком с божественной душой: и добрым, и отзывчивым, и заботливым, и способным. Соня всегда была готова быть хранительницей покоя и защитницей детей. Она была доверчивой и наивной, именно она умела по-настоящему сильно любить. Она была романтична "не от мира сего".

Эмалевый голубок, брошка, которую всегда носила Соня, над которым так издевалась ее компания—это метафора голубино- чистой души героини. "Голубков огонь не берет"—эти последние слова рассказа проясняют истинное отношение писательницы к Соне.

Вопросы и задания

1. Чем характеризуется героиня рассказа Соня, чьими устами автор называет ее дурой ?
2. Каковы в рассказе метафоры и в чем их аллегорическое значение?

Литература

Н. Лейдерман, М. Липовецкий, Современная русская литература, новый учебник по литературе в трех книгах, Книга 3-я, УРСС, М. , 2001.

Людмила Стефановна Петрушевская (1938-)

Петрушевская—известный современный прозаик и драматург. Она родилась в Москве, окончила факультет журналистики МГУ в 1961 году, много лет работала редактором на телевидении. С середины 60-х годов XX века она начала писать фельетоны и рассказы, а драматургические произведения—в 70-е гоы. Вышли в свет несколько книг рассказов и два сборника пьес. Самыми знаменитыми произведениями Петрушевской являются пьесы 《Любовь》(1974), 《Три девушки в голубом》(1980), сборник рассказов 《Бессмертная любовь》(1988), повести 《Свой круг》(1988), 《Время ночь》(1992). Как и Толстая, Петрушевская является представительницей 《другой прозы》, ее творчество занимает особое место в контексте современной русской литературы постмодерна.

Прозаические произведения Петрушевской изобилуют массой бытовых деталей, но предметом заботы и внимания писательницы является не быт городского жителя, а его духовное состояние, сознание и психика. Главные персонажи ее творчества—очень простые люди, далекие как от проблемы высокой духовности, так и от героизма трудовых будней. Писательница озабочена отсутствием взаимонепонимания между современными людьми. Она считает, что духовная несвобода человека ⅩⅩ века является основной причиной его дегуманизации.

Одной из отличительных черт творчества Петрушевской является отсутствие в ее прозе авторского голоса, она никогда не предлагает своих рецептов для решения той или другой проблемы.

УСТРОИТЬ ЖИЗНЬ

Жила молодая вдова, хотя и не очень молодая, тридцати трех лет и далее, и ее посещал один разведенный человек все эти годы, он был каким-то знакомым ее мужа и приходил всегда с намерением переночевать—он жил за городом, вот в чем дело.

Вдова, однако, не разрешала ему оставаться, то ли негде, то ли что, отнекивалась[1].

Он же жаловался на боли в коленях, на позднее время.

Он всегда приносил с собой бутылку вина. Выпивал ее один, вдова тем временем укладывала ребенка спать, нарезала какой-то простой салат, что было под рукой, то ли варила яйца, короче, хлопотала, но не очень.

Он говорил длинные речи, блестя очками, дикий какой-то был человек, оригинальный, знал два языка, но работал по охране учреждения, то ли следил за отоплением, но все ночами.

Денег у него не было никаких, а был порядок: он ехал занимал у кого-нибудь малую сумму денег, затем, легкий и свободный, покупал свою бутылку и, будучи уже с бутылкой, здраво рассуждал, что везде он желанный гость, а тем более у вдовы друга, у которой свободная квартира.

Так он и делал, и по-деловому ехал откуда ни возьмись со

---

[1] Отнекиваться—отказываться.

своей бутылкой и со своими здравыми мыслями о своей теперь ценности, в особенности для этой одинокой, для вдовы.

Вдова же дверь ему открывала, памятуя, что это был мужнин друг, и муж всегда считал, что вот Саня хороший человек. Но в том-то и дело, что при жизни этого мужа Саня как-то редко появлялся на горизонте, в основном только на круглых мероприятиях типа свадеб, куда уже всех пускают, а на дни рождения и всякие праздники типа Нового года его уже точно не звали, не говоря о случайных посиделках и застольях①, самом лучшем, что бывало в их жизни—разговоры до утра и так далее, взаимная помощь, общее лето в деревне, за чем потом шла дружба детей и детские праздники: бытие со своими радостями.

Во все эти дела Саня допускаем не был, ибо, несмотря на свой светлый разум математика и знание языков, он напивался по каждому случаю до безобразия и просто начинал громко орать всякую чушь, произносил громовые бессмысленные монологи, безостановочно кричал или пел песню Окуджавы②《А что я сказал медсестре Марии》, где, как известно, были слова《ты знаешь, Мария, офицерские дочки на нас, на солдат, не глядят》, и он это свое кредо выгоняемого пропевал бурно, хотя и без мелодии, кричал как ишак, пока мальчики не брались за дело и действительно не выпроваживали его вниз по лестнице.

Он, видимо, и сам не знал, что с этим поделать, так как сквозь выпадение памяти③ что-то, видимо, светило, какие-то жуткие воспоминания, и в дальнейшем этот Саня как бы исчез из поля зрения, на ком-то женился, привез жену из Сибири, сестру

---

① Посиделки и застолья—дружественные встречи, вечеринки.

② Окуджава—русский бард-поэт, писатель.

③ Выпадение памяти—частичная потеря памяти.

друга по студенческому общежитию, что ли, и она приехала под его крыло, молодая провинциальная барышня, тут же дали квартиру, правда в далеком научном городке, но все же под Москвой.

Родил ребенка, начал вроде бы новую жизнь как младший научный сотрудник, хозяин себе и своей семье, и все меньше о нем было слышно в столице, как вдруг—бац! Звонит.

Звонит тем и этим, назойливо хочет поговорить, ладно, а потом или занимает деньги, или уже с бутылкой является в семейный дом, в теплое гнездо, где дети, бабки и кровати,—с бутылкой, как агрессор, но агрессор потому, что не хотят.

Если бы его хотели, звали, усаживали, уговаривали, он бы успокоился и, может быть, сказал бы что-нибудь путное, даже бы помолчал, даже бы заплакал над собой, поскольку было ясно, что жена его теперь тоже гонит, кончилось его очарование высокого, стройного, очкастого жителя столицы и интеллигента, кончился его английский и немецкий, его университетское образование и университетский круг знакомых—она, простая периферийная молодая женщина с простой профессией учительницы, видимо, прозрела, поняла весь ужас своего положения, простые бабы очень быстро все понимают, и она тоже начала гнать его.

И все надежды на поговорку типа «мой дом—моя крепость» рухнули, а ведь именно только это одно и остается человеку, дом и семья, дом и дети, дом свой, койка своя, ребенок свой!

Ребенок свой, и ничей другой, он слушает, разинувши мокрый ротик, он покорно ест и ложится спать в кроватку, которую ты ему сделал, он обнимает перед сном, прижавшись, как птичка, как рыбка, и любит именно своего папу.

Но тут жена присутствует, как тигр, и не позволяет пьяному

отцу любить ребенка, вот закавыка[1], разлучает, орет, видимо, известную песню—денег не вносишь и т. д. Научилась у тещи орать, объясняет Саня, теща открыла ей путь—дорожку.

Вот тебе и жизнь.

И неудивительно, что Саня уезжал, и уезжал вон из своего городка, а куда—в столицу, и тут повторялась уже известная история с тем, что его и здесь никто не принимал.

Хорошо, он вообще увольняется с работы, уходит от жены, все, полный конец, уехал из городка и нашел себе работу в Москве, в теплом месте, дежурным при котельной.

Вот там и началась его та жизнь, к которой он был приспособлен и для которой, видимо, и был рожден, хотя и родился в приличной семье строгих уставов и всегда был отличником в детстве.

Но разум и душа, заметим,—две разные вещи, и можно быть полным дураком, но с основательной, крепкой душой—и пожалуйста, все тебя будут уважать, и даже можешь стать главой нашего государства, как уже бывало.

Можно же родиться буквально гением, но с безосновательной, ветреной и пустяковой душой, и пропадешь буквально ни за грош[2], как это тоже уже неоднократно случалось с нашими гениями пера, кисти и гитары.

И вот Саня как раз был каким-то гением чего-то, но на работе его не приняли, не поняли, с работой он вечно лез не туда и не в те сроки, не по тем планам, не в масть[3] руководителю, высовывался, ничего не понимая в раскладе[4], а потом и вообще махнул рукой, и

---

① Закавыка—неожиданное препятствие, затруднение.

② Пропасть ни за грош—нравственно опуститься, исчезнуть.

③ Не в масть—не подходит, не годится.

④ В раскладе—в рабочих взаимоотношениях.

исчезло его второе (после семьи) возможное спасение—завлечь когонибудь своей работой, дать понять хоть кому-нибудь о своей роли в этом мире, о пользе, о своем даре.

Нет, рухнуло и пропало, никто не увлекся, не помог, никому оказались не нужны его труды, у каждого было свое собственное маленькое дело, не нашлось сподвижника. Какой сподвижник у враля[1] и крикуна может быть, спросим, а он-то кричал, возможно, и по делу, как в том случае с песней Окуджавы, намекал аккуратно, не в лоб[2]: офицерские дочки на солдат не глядят.

А без сподвижника самый даже гений-пустяк.

У всех был хоть один, да сторонник, у всех гениев, хоть брат, хоть мать, свой ангел—хранитель, хоть друг, кто верил, или любовница или вообще посторонняя старуха, которая пожалеет и пустит ночевать, но Саню не жалел никто.

И Саня нашел себя в обществе таких же нестройных, некрепких душ, работников по котельным, подвалам и больницам, слесарей, ремонтников и ночных дежурных.

Время их было темное, невидимое, не заметное никому, ночью все люди спят, а нелюди ходят, бродят, бегают насчет бутылки, собираются, пьют, кричат свои пустяковые слова, дерутся, даже умирают-там, внизу.

У всех у них все когда-то было и сгинуло, осталось только это—бутылка и друзья, и Саня тоже, бывало, не спит с ними, а потом почистится, помоется под краном—и встал аккуратный, в очках, чисто выбритый, все они там в подвалах считают своим долгом бриться, бороды презирают, да с бородой никто и на работу в подвал не возьмет, видимо, считают, что раз не может бриться,

---

① Враль—болтун, лгун.

② Не в лоб—непрямо, неоткрыто.

то и вентиль, глядишь, не закрутит[1], и трубу не заткнет: может, наследие Петра Первого, недоверие к бороде посреди механики и циферблатов.

Тогда он поступает следующим образом: звонит теперь уже в дверь.

Вдова открывает, а за ней маячат ее мать и ребенок.

Что же, дверь открыта, и Саня с порога провозглашает, что приехал на такси и нет ли такой-то суммы, точно до копейки.

Молодая вдова жмется[2], у нее и у самой ничего нет, с какой стати к ним да на такси, думает она, что за спешка, но старушка мать с готовностью начинает шарить по карманам, и хоть требуемой суммы не нашлось (Сане нужно ровно столько-то с финальным числом сорок семь), но он все же деньги получил и чинно-благородно откланивается[3] и бодро идет к лифту.

Далее возникает новое видение: Саня является через пятнадцать минут с бутылкой и тортом.

Вдова вся холодеет—Саня теперь остался на целый вечер, но зато старушка мать довольна и даже приятно возбуждена видом мужчины с тортом и бутылкой, какие-то у нее шевелятся радужные подозрения.

Старушка мама здесь не живет, у нее своя конура[4], и—о совпадение—у нее тоже какая-то легкая душа, легкая, неустойчивая, крики и слезы по пустякам, добра и отходчива мгновенно, все отдаст и подарит, святая, явка в любое время к кому угодно, душа странницы.

Это только внешне она старушка-бабушка, а внутри там сидит

---

① Вентиль не закрутит—человек бесполезный, никудышный.

② Жаться—колебаться, стесняться.

③ Откланиваться—торжественно проститься при уходе.

④ Конура—тесное, темное, неуютное жильё.

вечный бродяжка, сумы переметные[1], все мое ношу с собой, все квитанции по уплате за газ—воду, к тому же глухая, глубинная тоска и одиночество, жажда света и тепла и ездит к дочери, как соберется.

А та в смятении, поскольку с годами старушка становится явно беспризорной, говорливой, с прокурорскими интонациями, что все ее бросили, с требованиями и проклятиями, а на самом деле ее надо покормить, обуть-одеть, помыть, обогреть, спать уложить, старый ребенок и полнейшая сиротка.

И жизнь уйдет только на это.

Итак, один дом, одна кухня, одна хозяйка с ребенком и две эти сироты, которые сидят и возбужденно ждут угощения.

Бабушка сияет, ее тоже не больно звали на праздники, она сама являлась, так сложилось—а праздники для нее, как для всех одиноких, это смысл жизни.

Далее: бутылка раскупорена умелыми руками Сани, яйца сварены, капуста нарезана, картошечка кипит в кастрюле, двое беглецов сверкают очками, только у Сани это близорукость, и у него крошечные за семью слоями стекла воспаленные глазки, а бабушка горит огромными очами, как филин[2], очки плюс четыре[3].

В фокусе у них стол под лампой, бедное хозяйство, которое им кажется королевским. Тут же свет, тепло, посуда, их обслуживают, к ним относятся как к дорогим гостям, и уже

---

① Сумы переметные—две сумки, связанные веревкой и перекинутые через плечо, одна на грудь, другая на спину. Обычно носят бродяги, странники.

② Филин—хищная птица с большими круглыми глазами, видит только ночью, а днем слепая.

③ Очки плюс четыре—очки с положительными линзами обозначают знаком (＋), применяют при дальнозоркости.

бабушка заводит, как ей кажется, серьезный и даже судьбоносный разговор с Саней о том, не будет ли волноваться жена.

И оказывается, что Саня уже подал на развод!

На самом-то деле подала его жена, добилась суда и даже уплатила со своей стороны, но Сане не это важно.

Он начинает скрежетать[1] что-то о роли женщины, что-то наболевшее, что надо расстреливать, когда в дом водят при ребенке, в то время как родной отец прописан и его уже не пускают.

Так что он даже уже и разведен.

А что? —явно мыслит бабушка, ей всегда нравились именно те дочкины знакомые, ни к селу ни к городу, которые хорошо, по-пустяковому вежливо обращались именно к ней. По старинке именно и прежде всего к мамаше—а так и принято у них, с уважением к старым, а также брить бороду, носить какой-нибудь галстук, несколько простейших правил, пока не розлито[2],—у дочки и такие случались гости, приведет какая-нибудь ее подруга друга, а у того руки трясутся и единственное и в хозяйстве сваренное всмятку яйцо дрожит в руке, когда другая рука целится ложечкой, одно неосторожное движение—и летит все это хозяйство прямо на брюки, на застежку, белок с желтком, дочка никого не гонит и всех угощает, тоже возмутительный был случай, одно яйцо в доме и то пролили!

Однако Саня наливает всем поровну, и пока бабушка по-девичьи пригубливает, а хозяйка разрывается между почитать на ночь дочке, постирать ей бельишко на завтра и звонит телефон, тут—хоп! В буылке уже на дне и уже Саня громовым голосом

---

① Скрежетать—здесь говорить неприятным, скрипучим голосом.

② Розлито—(шутл. ирон.) от глагола разлить, употребляется людьми пьющим, розлить—это значит в стакане налита именно водка.

излагает бабушке свои последние приобретения в смысле информации—он эрудит, любит странные факты, он же гений, он страшно много читает и хочет теперь составить программу для составления кроссвордов, он знает, сколько платят за кроссворд, он страшно нуждается, но нужен и нужен компьютер, и есть планы: устроиться на ночную работу в вычислительный центр, там полно компьютеров.

Ура! —считает бабушка, и в ее сознании брезжит, что она сейчас устроит жизнь своей одинокой дочери, а ребенок кричит из комнаты, чтобы продолжали читать, и в результате бабушка возникает в прихожей, где дочь поникла над телефонной трубкой, и старушка восклицает, как ей кажется, по-матерински верно:

—Закругляйся[1], ты что, полчаса тут болтаешь, все ждут еды. Охилела[2] совсем. Ребенок плачет, ты что.

А дочь не слышит, что говорит ей тот, который ей дорог, у них длинный, с замиранием сердец диалог по производственным проблемам, по чьей-то диссертации, не тема важна, а тон.

—Ты что,—возглашает бабушка,—на меня тут шипишь, пора есть! Картошка готова! Надо есть! Почитай ребенку, ему пора спать. Поздно уже, кончай болтать. Он уйдет.

С ударением на《он》.

Завершается это тем, что Саня сидит и, наоборот, никак не хочет уходить, и《пусть он переночует!》—громко шепчет бабушка, которой тоже не хочется тащиться домой в стариковскую холодную конурку, и для Сани сооружена раскладушка на кухне, а бабушку ждет тахта, а хозяйка поспит на надувном матрасе, но Саня все разглагольствует и поглаживает больные колени и не хочет

---

① Закругляться—заканчиваться.

② Охилеть—(груб.)с ума сойти.

спать, ведь ночь—это его царство.

Тем не менее все уложены, погашен свет, как ручей журчит холодильник, по потолку веером расходятся редкие лучи от снегоуборочных машин, блаженно спят изгнанники и бродяги, похрапывает дочка, у нее явно начинается простуда, опять сидеть с больным ребенком и не ходить на работу, надо оставлять дома бабушку, думает на полу хозяйка, это будет фейерверк[1] на две недели, упреки, плач и примирения, а что делать?

А тем двум чудится, что все в порядке, они в теплом доме, им наконец нашлась мать и можно начать жить сначала, и все будет как у людей, чистота, семья, праздники, сплошные праздники, пироги на столе, кто-то все решит; и так будет, ни страха, ни одиночества, а хозяйка на полу слушает похрапывания ребенка и тоже думает о будущем, и слезы текут по вискам.

(1995)

Краткий анализ произведения

В рассказе Петрушевской перед читателями предстает несколько портретов русских людей определенного социального типа, тонко подмеченных и талантливо обрисованных.

Молодая вдова, ее мать, друг ее умершего мужа Саня—все они не устроены в жизни, не сумели укрепиться в ней. Это люди слабые, не способные пробиться, улучшить свой быт, получить работу, соответствующую их духовным потребностям (Саня), и завести полноценных друзей. Они одиноки, несчастны, во многом потому , что у них нет крепкой жизненной хватки. Все эти черты очень характерны для части русской интеллигенции 70-80-х годов XX века.

---

① Фейерверк—обилие чего-либо шумного, громкого, неспокойного.

Особенно типичен Саня, талантливый, но безвольный, не умеющий ладить с коллегами. У него безосновательная ветреная и пустая душа. Постепенно откатывается он на дно жизни—до положения пьяницы и чернорабочего. Это человек, который не нужен окружающим и тяжел для них. Также тяжела для дочери и мать — старушка. У нее на душе “вечный бродяжка”, она не привыкает любить свой дом и заботиться о нем, не имеет в жизни никакого дела. Она пытается самоутвердиться посредством устройства жизни детей, но только недоцинивает и не понимает , что важнее для них.

Одна только молодая вдова—женщина добрая, христиански терпимая к ближнему. Она образованна, имеет работу,растит дочь. Она способна любить всех людей и одного единственного, и еще надеется устроить свою жизнь.

Рассказ очень грустен, писательница жалеет несчастных маленьких одиноких людей , но не осуждает их.

Вопросы и задания

1. Назовите действующих лиц и место действия.
2. Чем характеризуется героиня рассказа и каковы его основные темы?
3. Чем отличается время повествования рассказа?

Литература

Русские писатели XX век Библиографический словарь, гл. редактор П. А. Николаев, М. , научное издательство Большая российская энциклопедия, Рандеву-ам, 2000.

Комедия и драма

Николай Васильевич Гоголь
(1809-1852)

На зеркало неча пенять[1]
коли рожа крива.
Народная пословица.

РЕВИЗОР

Комедия в пяти действиях

ДЕЙСТВУЮЩИЕ ЛИЦА

Антон Антонович Сквозник-Дмухановский, городничий[2].

Анна Андреевна, жена его.

Марья Антоновна, дочь его.

---

① Неча—нечего; пенять—обвинять.

② Городничий—градоначальник в России до середины XIX века.

Лука Лукич Хлопов, смотритель училищ[1].

Жена его.

Аммос Федорович Ляпкин—Тяпкин, судья.

Артемий Филиппович Земляника, попечитель богоугодных заведений[2].

Иван Кузьмич Шпекин, почтмейстер.

Петр Иванович Добчинский
Петр Иванович Бобчинский } городские помещики.

Иван Александрович Хлестаков, чиновник из Петербурга.

Осип, слуга его (...)

Степан Иванович Коробкин, отставной чиновник, почетное лицо в городе.

Свистунов (...), полицейский

Держиморда, полицейский

Абдулин, купец.

Февронья Петровна Пошлепкина, слесарша.

Жена унтер-офицера.

Мишка, слуга городничего.

Слуга трактирный.

Гости и гостьи, купцы. Мещане, просители.

ДЕЙСТВИЕ ПЕРВОЕ

Комната в доме городничего.

ЯВЛЕНИЕ I

Городничий, попечитель богоугодных заведений, смотритель

---

① Смотритель училищ—так назывался чиновник, ведавший делами образования.

② Попечитель богоугодных заведений—чиновник, отвечающий за порядок в богадельнях, где предоставляется приют для бедных стариков, а также за больницы для бедняков.

училищ, судья, частный пристав, лекарь, два квартальных.

Городничий. Я пригласил вас, господа, с тем, чтобы сообщить вам пренеприятное известие: к нам едет ревизор.

Аммос Федорович. Как ревизор?

Артемий Филиппович. Как ревизор?

Городничий. Ревизор из Петербурга, инкогнито[①]. И еще с секретным предписаньем.

Аммос Федорович. Вот-те на!

Артемий Филиппович. Вот не было заботы, так подай.

Лука Лукич. Господи боже! Еще и с секретным предписаньем!

Городничий. Я как будто предчувствовал: сегодня мне всю ночь снились какие-то две необыкновенные крысы. Право, этаких я никогда не видывал: черные, неестественной величины! Пришли, понюхали—и пошли прочь. Вот я вам прочту письмо, которое получил я от Андрея Ивановича Чмыхова, которого вы, Артемий Филиппович, знаете. Вот что он пишет: «Любезный друг, кум и благодетель (*бормочет вполголоса, пробегая скоро глазами*)... и уведомить тебя». А! Вот: «Спешу, между прочим, уведомить тебя, что приехал чиновник с предписанием осмотреть всю губернию и особенно наш уезд (*значительно поднимает палец вверх*). Я узнал это от самых достоверных людей, хотя он представляет себя частным лицом[②]. Так как я знаю, что за тобою, как за всяким, водятся грешки, потому что ты человек умный и не любишь пропускать того, что плывет в руки...» (*остановясь*), ну, здесь свои... «то советую тебе взять предосторожность, ибо он может приехать во всякий час, если только уже не приехал и не

① Инкогнито—тайно, скрывая свое имя.

② Частное лицо—здесь: человек, не состоящий на службе.

живет где-нибудь инкогнито... Вчерашнего дни я...》 Ну, тут пошли дела семейные. (...)

Аммос Федорович. Да, обстоятельство такое необыкновенное, просто необыкновенное. Что-нибудь недаром.

Лука Лукич. Зачем же, Антон Антонович, отчего это? Зачем к нам ревизор?

Городничий. Зачем! Так уж, видно, судьба! (*Вздохнув.*) До сих пор, благодарение богу, подбирались к другим городам; Теперь пришла очередь к нашему.

Аммос Федорович. Я думаю, Антон Антонович, что здесь тонкая и большая политическая причина. Это значит вот что: Россия... да... хочет вести войну, и министерия①-то, вот видите, и подослала чиновника, чтобы узнать, нет ли где измены.

Городничий. Эк куда хватили! Еще умный человек! В уездном городе измена! Что он, пограничный, что ли? Да отсюда, хоть три года скачи, ни до какого государства не доедешь.

Аммос Федорович. Нет, я вам скажу, вы не того... вы не... Начальство имеет тонкие виды: даром, что далеко, а оно себе мотает на ус.

Городничий. Мотает или не мотаем, а я вас, господа, предуведомил. Смотрите, по своей части я кое-какие распоряжения сделал, советую и вам. Особенно вам, Артемий Филиппович! Без сомнения, проезжающий чиновник захочет прежде всего осмотреть подведомственные вам богоугодные заведения—и потому вы сделайте так, чтобы все было прилично: колпаки были бы чистые, и больные не походили бы на кузнецов, как обыкновенно они ходят по-домашнему.

Артемий Филиппович. Ну, это еще ничего. Колпаки, пожалуй, можно надеть и чистые.

---

① Министерия—(прост.)министерство.

Городничий. Да, и тоже над каждой кроватью надписать по-латыни или на другом каком языке... (...) Нехорошо, что у вас больные такой крепкий табак курят, что всегда расчихаешься, когда войдешь. Да и лучше, если б их было меньше: тотчас отнесут к дурному смотрению или к неискусству врача.

Артемий Филиппович. О! насчет врачевания мы (...) взяли свои меры: чем ближе к натуре, тем лучше,—лекарств дорогих мы не употребляем. Человек простой: если умрет, то и так умрет; если выздоровеет, то и так выздоровеет (...)

Городничий. Вам тоже посоветовал бы, Аммос Федорович, обратить внимание на присутственные места①. У вас там в передней, куда обыкновенно являются просители, сторожа завели домашних гусей с маленькими гусенками, которые так и шныряют под ногами. Оно, конечно, домашним хозяйством заводиться всякому похвально, и почему ж сторожу и не завесть его? Только, знаете, в таком месте неприлично... Я и прежде хотел вам это заметить, но все как-то позабывал.

Аммос Федорович. А вот я их сегодня же велю всех забрать на кухню. Хотите, приходите обедать.

Городничий. Кроме того, дурно, что у вас высушивается в самом присутствии всякая дрянь и над самым шкапом с бумагами охотничий арапник②. Я знаю, вы любите охоту, но все на время лучше его принять③, а там, как проедет ревизор, пожалуй, опять его можете повесить. Также заседатель ваш... Он, конечно, человек сведущий, но от него такой запах, как будто бы он сейчас вышел из винокуренного завода,—это тоже нехорошо. Я хотел

---

① Присутственные места—предназначенные для служебных занятий в учреждении.

② Арапник—длинная охотничья плеть с короткой рукояткой.

③ Принять—употребляется в смысле “убрать”.

давно об этом сказать вам, но был, не помню, чем-то развлечен. Есть против того средства, если уже это действительно, как он говорит, у него природный запах: можно ему посоветовать есть лук, или чеснок, или что-нибудь другое. (...)

Аммос Федорович. Нет, этого уже невозможно выгнать: он говорит, что в детстве мамка его ушибла, и с тех пор от него отдает немного водкою.

Городничий. Да я так только заметил вам. (...) Насчет же (...) того, что называет в письме Андрей Иванович грешками, я ничего не могу сказать. Да и странно говорить: нет человека, который бы за собою не имел как-нибудь грехов. Это уже так самим богом устроено. (...)

Аммос Федорович. Что же вы полагаете, Антон Антонович, грешками? Грешки грешкам-рознь. Я говорю всем открыто, что беру взятки, но чем взятки? Борзыми[1] щенками. Это совсем иное дело.

Городничий. Ну, щенками или чем другим— всё взятки.

Аммос Федорович. Ну нет, Антон Антонович. А вот, например, если у кого-нибудь шуба стоит пятьсот рублей, да супруге шаль...

Городничий. Ну, а что из того, что вы берете взятки борзыми щенками? Зато вы в бога не веруете; вы в церковь никогда не ходите; а я, по крайней мере, в вере тверд и каждое воскресенье бываю в церкви. А вы... О, я знаю вас: вы если начнете говорить о сотворении мира, просто волосы дыбом поднимаются.

Аммос Федорович. Да ведь сам собою дошел, собственным умом.

Городничий. Ну, в ином случае много ума хуже, чем бы его совсем не было. Впрочем, я так только упомянул об уездном суде;

---

[1] Борзые—порода охотничьих собак.

а по правде сказать, вряд ли кто когда-нибудь заглянет туда: это уж такое завидное место, сам бог ему покровительствует. А вот вам, Лука Лукич, так, как смотрителю учебных заведений, нужно позаботиться особенно насчет учителей. Они люди, конечно, ученые и воспитывались в разных коллегиях[①], но имеют очень странные поступки, натурально неразлучные с ученым званием. Один из них, например, вот этот, что имеет толстое лицо... не вспомню его фамилии, никак не может обойтись без того, чтобы, взошедши на кафедру, не сделать гримасу, вот этак (*делает гримасу*), и потом начнет рукою из-под галстука утюжить[②] свою бороду. Конечно, если он ученику сделает такую рожу, то оно еще ничего: может быть, оно там и нужно так, об этом я не могу судить; но вы посудите сами, если он сделает это посетителю,—это может быть очень худо: господин ревизор или другой кто может принять это на свой счет. Из этого черт знает что может произойти.

Лука Лукич. Что ж мне, право, с ним делать? Я уж несколько раз ему говорил. Вот еще на днях, когда зашел было в класс наш предводитель, он скроил такую рожу, какой я никогда еще не видывал. Он-то ее сделал от доброго сердца, а мне выговор: зачем вольнодумные мысли внушаются юношеству.

Городничий. То же я должен вам заметить и об учителе по исторической части. Он ученая голова—это видно, и сведений нахватал тьму, но только объясняет с таким жаром, что не помнит себя. Я раз слушал его: ну, покамест говорил об ассириянах и вавилонянах—еще ничего, а как добрался до Александра Македонского, то я не могу вам сказать, что с ним сделалось. Я думал, что пожар, ей-богу! Сбежал с кафедры и, что силы есть

---

① Коллегии—здесь: учебные заведения.

② Утюжить—от слова “утюг”. “Утюжить” значит “гладить”.

хвать стулом об пол. Оно, конечно, Александр Македонский герой, но зачем же стулья ломать? От этого убыток казне.

Лука Лукич. Да, он горяч! Я ему это несколько раз уже замечал... Говорит: 《Как хотите, для науки я жизни не пощажу》.

Городничий. Да, таков уже неизъяснимый закон судеб: умный человек—или пьяница, или рожу такую состроит, что хоть святых выноси.

Лука Лукич. Не приведи бог служить по ученой части! Всего боишься: всякий мешается, всякому хочется показать, что он тоже умный человек.

Городничий. Это бы еще ничего,—инкогнито проклятое! Вдруг заглянет: 《А, вы здесь, голубчики! А кто, скажет, здесь судья?》—《Ляпкин-тяпкин》. —《А подать сюда Ляпкина-Тяпкина! А кто попечитель богоугодных заведений!》—《Земляника》. —《А подать сюда Землянику!》 — Вот что худо!

ЯВЛЕНИЕ II

Те же и почтмейстер.

Почтмейстер. Объясните, господа, что, какой чиновник едет?

Городничий. А вы разве не слышали?

Почтмейстер. Слышал от Петра Ивановича Бобчинского. Он только что был у меня в почтовой конторе.

Городничий. Ну, что? Как вы думаете об этом?

Почтмейстер. А что думаю? Война с турками будет.

Аммос Федорович. В одно слово! Я сам то же думал.

Городничий. Да, оба пальцем в небо попали!

Почтмейстер. Право, война с турками. Это все француз гадит.

Городничий. Какая война с турками! Просто нам плохо будет,

а не туркам. Это уже известно: у меня письмо.

Почтмейстер. А если так. То не будет войны с турками.

Городничий. Ну что же, как вы, Иван Кузьмич?

Почтмейстер. Да что я? Как вы, Антон Антонович?

Городничий. Да что я? Страху-то нет, а так, немножко... Купечество да гражданство меня смущает. Говорят, что я им солоно пришелся[1], а я вот ей-богу, если и взял с иного, то, право, без всякой ненависти. Я даже думаю (*берет его под руку и отводит в сторону*), я даже думаю, не было ли на меня какого-нибудь доноса. Зачем же, в самом деле, к нам ревизор? Послушайте, Иван Кузьмич, нельзя ли вам, для общей пользы, всякое письмо, которое прибывает к вам в почтовую контору, входящее и исходящее[2], знаете, этак, немножко распечатать и прочитать: не содержится ли в нем какого-нибудь донесения или просто переписки. Если же нет, то можно опять запечатать; впрочем, можно даже и так отдать письмо, распечатанное.

Почтмейстер. Знаю, знаю... Этому не учите, это я делаю не то, чтоб из предосторожности, а больше из любопытства: смерть люблю узнать, что есть нового на свете. Я вам скажу, что это преинтересное чтение. Иное письмо с наслажденьем прочтешь—так описываются разные пассажи... а назидательность какая... лучше, чем в 《Московских ведомостях》![3]

Городничий. Ну что ж, скажите, ничего не начитывали о каком-нибудь чиновнике из Петербурга?

Почтмейстер. Нет, о петербургском ничего нет, а о костромских и саратовских много говорится. Жаль, однако ж, что

---

① Солоно пришёлся—доставил много неприятностей.

② Входящее и исходящее—то, которое приходит в город и отправляется из него.

③ Московские ведомости—популярная газета того времени, где печатались разные статьи—и на политические, и на бытовые темы.

вы не читаете писем: есть прекрасные места. Вот недавно один поручик пишет к приятелю и описал бал в самом игривом... Очень, очень хорошо: «Жизнь моя, милый друг, течет, говорит, в эмпиреях[1]: барышень много. Музыка играет, штандарт скачет...»—с большим, с большим чувством описал. Я нарочно оставил его у себя. Хотите, прочту?

Городничий. Ну, теперь не до того. Так сделайте милость, Иван Кузьмич: если на случай попадется жалоба или донесение, то без всяких рассуждений задерживайте.

Почтмейстер. С большим удовольствием.

Аммос Федорович. Смотрите, достанется вам когда-нибудь за это.

Почтмейстер. Ах, батюшки!

Городничий. Ничего, ничего. Другое дело, если бы вы из этого публичное что-нибудь сделали, но ведь это дело семейственное.

Аммос Федорович. Да, нехорошее дело заварилось! А я, признаюсь, шел было к вам. Антон Антонович, с тем чтобы попотчевать вас собачонкою. Родная сестра тому кобелю,[2] которого вы знаете. Ведь вы слышали, что Чептович с Варховинским затеяли тяжбу[3], и теперь мне роскошь: травлю[4] зайцев на землях и у того и у другого.

Городничий. Батюшки, не милы мне теперь ваши зайцы: у меня инкогнито проклятое сидит в голове. Так и ждешь, что вот отворится дверь и—шасть...

---

① Эмпиреи—самая высокая часть неба, наполненная огнем и светом, где пребывают небожители, святые.

② Кобель—самец собаки.

③ Тяжба—судебное дело.

④ Травить—охотиться.

ЯВЛЕНИЕ III

Те же, Бобчинский и Добчинский, оба входят запыхавшись.

Бобчинский. Чрезвычайное происшествие!

Добчинский. Неожиданное известие!

В с е. Что, что такое?

Добчинский. Непредвиденное дело: приходим в гостиницу...

Бобчинский (*перебивая*). Приходим с Петром Ивановичем в гостиницу.

Добчинский (*перебивая*). Э, позвольте, Петр Иванович, я расскажу.

Бобчинский. Э, нет, позвольте уж я... Позвольте, позвольте... Вы уж и слога такого не имеете.

Добчинский. А вы собьетесь и не припомните всего.

Бобчинский. Припомню, ей-богу, припомню. Уж не мешайте, пусть я расскажу, не мешайте! Скажите, господа, сделайте милость, чтоб Петр Иванович не мешал.

Городничий. Да говорите, ради бога, что такое? У меня сердце не на месте. Садитесь, господа! Возьмите стулья! Петр Иванович, вот вам стул. Все усаживаются вокруг обоих Петров Ивановичей. Ну, что. Что такое? (...)

Бобчинский. Только что мы в гостиницу, как вдруг молодой человек...

Добчинский (*перебивая*). Недурной наружности в партикулярном платье[①]...

Бобчинский. Недурной наружности, в партикулярном платье, ходит этак по комнате, и в лице этакое рассуждение... физиономия... поступки, и здесь (*вертит рукою около лба*) много,

---

① Партикулярное платье—штатское, не форменное платье.

много всего. Я будто предчувствовал и говорю Петру Ивановичу: 《Здесь что-нибудь неспроста-с》. Да. А Петр-то Иванович уж мигнул пальцем и подозвали трактирщика-с, трактирщика Власа: у него жена три недели назад тому родила, и такой пребойкий мальчик, будет так же, как и отец, содержать трактир. Подозвавши Власа, Петр Иванович и спроси его потихоньку: 《Кто, говорит, этот молодой человек?》—а Влас и отвечает на это: 《Это》,—говорит... Э, не перебивайте, Петр Иванович, пожалуйста, не перебивайте; вы не расскажете, ей-богу, не расскажете: вы пришепетываете; у вас, я знаю, один зуб во рту со свистом... 《Это, говорит, молодой человек, чиновник,—да-с,—едущий из Петербурга, а по фамилии, говорит, Иван Александрович Хлестаков-с, а едет, говорит, в Саратовскую губернию и, говорит, престранно себя аттестует[1]: другую уж неделю живет, из трактира не едет, забирает все на счет и ни копейки не хочет платить》. Как сказал он мне это, а меня так вот свыше и вразумило. 《Э!》—говорю я Петру Ивановичу...

Добчинский. Нет, Петр Иванович, это я сказал: 《Э!》

Бобчинский. Сначала вы сказали, а потом и я сказал. 《Э! —сказали мы с Петром Ивановичем. —А с какой стати сидеть ему здесь, когда дорога ему лежит в Саратовскую губернию?》 Да-с. А вот он-то и есть этот чиновник.

Городничий. Кто, какой чиновник?

Бобчинский. Чиновник-то, о котором изволили получить нотицию,—ревизор.

Городничий(*в страхе*). Что вы, господь с вами! Это не он.

Добчинский. Он! Н денег не платит и не едет. Кому же б быть, как не ему? И подорожная прописана в Саратов.

Бобчинский. Он, он, ей-богу, он... Такой наблюдательный:

---

[1] Аттестует—показывает, ведет себя.

все осмотрел. Увидел, что мы с Петром-то Ивановичем ели семгу,—больше потому, что Петр Иванович насчет своего желудка... Да, так он и в тарелки к нам заглянул. Меня так и проняло страхом.

Городничий. Господи, помилуй нас, грешных! Где же он там живет?

Добчинский. В пятом номере, под лестницей.

Бобчинский. В том самом номере, где прошлого года подрались проезжие офицеры.

Городничий. И давно он здесь?

Добчинский. А недели две уж. (...)

Городничий. Две недели! (В сторону.) Батюшки, сватушки! Выносите[1], святые угодники! В эти недели высечена унтер-офицерская жена! Арестантам не выдавали провизии! На улицах кабак, нечистота!! Позор! (...) Бывали трудные случаи в жизни, сходили[2], еще даже и спасибо получал. Авось бог вынесет и теперь. (*Обращаясь к Бобчинскому.*) Вы говорите, он молодой человек ?

Бобчинский. Молодой, лет двадцати трех или четырех с небольшим.

Городничий. Тем лучше: молодого скорее пронюхаешь. Беда, если старый черт, а молодой весь наверху. Вы, господа, приготовляйтесь по своей части, а я отправлюсь сам или вот хоть с Петром Ивановичем, приватно[3], для прогулки, наведаться, не терпят ли проезжающие неприятностей. (...)

---

① Выносите—здесь: спасите.

② Сходили—здесь: оставались безнаказанными.

③ Приватно—частным образом, неофициально.

ЯВЛЕНИЕ V

Те же, и частный пристав.

Городничий. А, Степан Ильич! Скажите, ради бога: куда вы запропастились? На что это похоже?

Частный пристав. Я был тут сейчас за воротами.

Городничий. Ну, слушайте же, Степан Ильич! Чиновник-то из Петербурга приехал. Как вы там распорядились?

Частный пристав. Да так, как вы приказывали. Квартального Пуговицына я послал с десятскими подчищать тротуар.

Городничий. А Держиморда где?

Частный пристав. Держиморда поехал на пожарной трубе.

Городничий. А Прозоров пьян?

Частный пристав. Пьян.

Городничий. Как же вы это так допустили?

Частный пристав. Да бог его знает. Вчерашнего дня случилась за городом драка,—поехал туда для порядка, а возвратился пьян.

Городничий. Послушайте ж, вы сделайте вот что: квартальный Пуговицын... Он высокого роста, так пусть стоит для благоустройства на мосту. Да разметать наскоро старый забор, что возле сапожника, и поставить соломенную веху, чтоб было похоже на планировку. Оно чем больше ломки, тем больше означает деятельности градоправителя. Ах, боже мой! Я и позабыл, что возле того забора навалено на сорок телег всякого сору. Что это за скверный город! Только где-нибудь поставь какой-нибудь памятник или просто забор—черт их знает откудова и нанесут всякой дряни! (*вздыхает.*) Да если приезжий чиновник будет спрашивать службу: довольны ли? —чтоб говорили: «Всем довольны, ваше благородие»; а который будет недоволен, то ему после дам такого неудовольствия... О, ох, хо, хо, х! Грешен, во многом грешен. (*Берет вместо шляпы футляр.*) Дай только, боже, чтобы сошло с рук поскорее, а там-то я поставлю уж такую свечу, какой еще никто не ставил: на каждую бестию купца наложу доставить по три пуда воску. О боже мой, боже мой! Едем, Петр Иванович! (*Вместо шляпы хочет надеть бумажный футляр.*)

Частный пристав. Антон Антонович, это коробка, а не шляпа.

Городничий(*бросая коробку*).. Коробка так коробка. Черт с ней! Да если спросят, отчего не выстроена церковь при богоугодном заведении, на которую назад тому пять лет была ассигнована сумма, то не позабыть сказать, что начала строиться, но сгорела. Я об этом и рапорт представлял. А то, пожалуй, кто-нибудь, позабывшись, сдуру скажет, что она и не начиналась. Да сказать Держиморде, чтобы не слишком давал воли кулакам своим; Он, для порядка, всем ставит фонари под глазами[①]—и правому и виноватому. Едем, едем, Петр Иванович! (*Уходит и возвращается.*) Да не выпускать солдат на улицу безо всего: эта дрянная гарниза наденет только сверх рубашки мундир, а внизу ничего нет.

Все уходят.

ДЕЙСТВИЕ ВТОРОЕ

Маленькая комната в гостинице. Постель, стол, чемодан, пустая бутылка, сапоги, платяная щетка и прочее.

ЯВЛЕНИЕ I

Осип лежит на барской постели.

---

① Фонари под глазами—синяки от ударов кулаком возле глаза.

Черт побери, есть так хочется, и в животе трескотня такая, как будто бы целый полк затрубил в трубы. Вот не доедем, да и только, домой! Что ты прикажешь делать? Второй месяц пошел, как уже из Питера! Профинтил[1] дорогою денежки, голубчик, теперь сидит и хвост подвернул, и не горячится. А стало бы, и очень бы стало на прогоны[2]; нет, вишь ты, нужно в каждом городе показать себя! (*Дразнит его.*) 《Эй, Осип, ступай посмотри комнату, лучшую, да обед спроси самый лучший: я не могу есть дурного обеда, мне нужен лучший обед》. Добро бы было в самом деле что-нибудь путное, а то ведь елистратишка[3] простой! С проезжающим знакомится, а потом в картишки—вот тебе и доигрался! Эх, надоела такая жизнь! (...) А все он виноват. Что с ним сделаешь? Батюшка пришлет денежки, чем бы их попридержать—и куды! .. Пошел кутить: ездит на извозчике, каждый день ты доставай в кеятр[4] билет, а там через неделю, глядь-и посылает на толкучий[5] продавать новый фрак. Иной раз всё до последней рубашки спустит, так что на нем всего останется сюртучишка да шинелишка... Ей-богу, правда! (...) А отчего? —Оттого, что делом не занимается: вместо того, чтобы в должность[6], а он идет гулять по прешпекту, в картишки играет. Эх, если б узнал это старый барин! Он не посмотрел бы на то, что ты чиновник, а поднявши рубашонку, таких бы засыпал[7] тебе, что дня б четыре ты почесывался. Коли служить, так служи. Вот

---

① Профинтил—промотал, израсходовал на различные удовольствия.

② Стало на прогоны—хватило бы на оплату проезда.

③ Елистратишка—презрительное искажение от слова 《регистратор》; коллежский регистратор—гражданский чин низшего, 14-го класса.

④ Кеятр—театр.

⑤ Толкучий—рынок старых вещей.

⑥ В должность—здесь: на службу.

⑦ Таких бы засыпал—отец подверг бы его телесному наказанию.

теперь трактирщик сказал, что не дам вам есть, пока не заплатите за прежнее; ну, а коли не заплатим? (*Со вздохом*). Ах, боже ты мой, хоть бы какие-нибудь щи! Кажись, так бы теперь весь свет съел. Стучится, верно, это он идет. (*Поспешно схватывается с постели*).

ЯВЛЕНИЕ II

Осип и Хлестаков. (...)

Хлестаков (*громким, но не столь решительным голосом*). Ты ступай туда.

Осип. Куда?

Хлестаков (*вовсе не решительным и не громким, очень близким к просьбе*). Вниз, в буфет... Там скажи....

Осип. Да нет, я и ходить не хочу.

Хлестаков. Как ты смеешь, дурак!

Осип. Да так; Все равно, хоть и пойду, ничего из этого не будет. Хозяин сказал, что больше не даст обедать.

Хлестаков. Как он смеет не дать? Вот еще вздор!

Осип. «Еще, говорит, и к городничему пойду; третью неделю барин денег не плотит. Вы-де с барином, говорит, мошенники, и барин твой—плут. Мы-де, говорит, этаких (...) подлецов видали».

Хлестаков. А ты уж и рад, скотина, сейчас пересказывать мне все это.

Осип. Говорит: «Этак всякий приедет, обживется, задолжается, после и выгнать нельзя. Я, говорит, шутить не буду, я прямо с жалобою, чтоб на съезжую[1] да в тюрьму».

---

① Съезжая—полицейский участок, помещение для арестованных.

Хлестаков. Ну, ну, дурак, полно! Ступай, ступай скажи ему. Такое грубое животное!

Осип. Да лучше я самого хозяина позову к вам.

Хлестаков. На что ж хозяина? Ты поди сам скажи.

Осип. Да, право, сударь...

Хлестаков. Ну, ступай, черт с тобой! Позови хозяина.

Осип уходит.

ЯВЛЕНИЕ VIII

Те же и почтмейстер впопыхах, с распечатанным письмом в руке.

Почтмейстер. Удивительное дело, господа! Чиновник, которого мы приняли за ревизора, был не ревизор.

Все. Как не ревизор?

Почтмейстер. Совсем не ревизор,—я узнал это из письма...

Городничий. Что вы? Что вы? Из какого письма?

Почтмейстер. Да из собственного его письма. Приносят ко мне на почту письмо. Взглянул на адрес—вижу: «В Почтамтскую улицу». Я так и обомлел. «Ну,—думаю себе,—верно, нашел беспорядки по почтовой части и уведомляет начальство». Взял да и распечатал.

Городничий. Как же вы?..

Почтмейстер. Сам не знаю, неестественная сила побудила. (...) В одном ухе так вот и слышу: «Эй, не распечатывай! Пропадешь, как курица»; а в другом словно бес какой шепчет: «Распечатай, распечатай, распечатай!» (...)

Городничий. Да как же вы осмелились распечатать письмо такой уполномоченной особы!

Почтмейстер. В том-то и штука, что он не уполномоченный и

не особа!

Городничий. Что ж он, по-вашему, такое?

Почтмейстер. Ни се ни то, черт знает что такое!

Городничий(*запальчиво*). Как ни се ни то? Как вы смеете назвать его ни тем ни сем, да еще и черт знает чем? (...) Знаете ли, что он женится на моей дочери, что я сам буду вельможа, что я в самую Сибирь законопачу[1]?

Почтмейстер. Эх, Антон Антонович! Что Сибирь? Далеко Сибирь. Вот лучше я вам прочту. Господа! Позвольте прочитать письмо!

Все. Читайте, читайте!

Почтмейстер (*читает*). 《Спешу уведомить тебя, душа Тряпичкин, какие со мной чудеса. На дороге обчистил[2] меня кругом пехотный капитан, так что трактирщик хотел уже было посадить в тюрьму, как вдруг по моей петербургской физиономии и по костюму весь город принял меня за генерал-губернатора. И я теперь живу у городничего, жуирую[3], волочусь напропалую за его женой и дочкой (...) Все мне дают взаймы сколько угодно. Оригиналы[4] страшные. От смеху ты бы умер. Ты, я знаю, пишешь статейки: помести их в свою литературу. Во-первых: городничий—глуп, как сивый мерин...》

Городничий. Не может быть! Там нет этого.

Почтмейстер(*показывает письмо*). Читайте сами.

Городничий(*читает*). 《Как сивый мерин》. Не может быть, вы это сами написали.

Почтмейстер. Как же бы я стал писать?

---

① Законопачу—сошлю навечно.

② Обчистил—здесь: обыграл в карты.

③ Жуировать—развлекаться, вести праздную жизнь.

④ Оригинал—необычный человек, не похожий на других.

Артемий Филиппович. Читайте!

Лука Лукич. Читайте!

Почтмейстер. 《Городничий—глуп, как сивый мерин...》

Городничий. О черт возьми! Нужно еще повторять! Как будто оно там и без того не стоит.

Почтмейстер (*продолжая читать*). Хм... хм... хм... хм... 《сивый мерин》. Почтмейстер тоже добрый человек... (*Оставляя читать*) Ну, тут обо мне тоже он неприлично выразился.

Городничий. Нет, читайте!

Почтмейстер. Да к чему ж?

Городничий. Нет, черт возьми, когда уж читать так читать! Читайте все!

Артемий Филиппович. Позвольте, я прочитаю. (*Надевает очки и читает.*) 《Почтмейстер точь-в-точь департаментский сторож Михеев; должно быть, также, подлец, пьет горькую》.

Почтмейстер (*к зрителям*). Ну, скверный мальчишка, которого надо высечь; больше ничего!

Артемий Филиппович(*продолжая читать*).《Надзиратель над богоугодным заведе... и... и... и...》(*Заикается*).

Коробкин. А что ж вы остановились?

Артемий Филиппович. Да нечеткое перо... впрочем. Видно, что негодяй.

Коробкин. Дайте мне! Вот у меня, я думаю, получше глаза. (*Берет письмо.*)

Артемий Филиппович (*не давая письма*). Нет, это место можно пропустить, а там дальше разборчиво.

Коробкин. Да извольте, уж я знаю.

Артемий Филиппович. Прочитать я и сам прочитаю; Далее, право, все разборчиво.

Почтмейстер. Нет, все читайте! Ведь прежде все читано.

Все. Отдайте, Артемий Филиппович, отдайте письмо! (*Коробкину.*) Читайте!

Артемий Филиппович. Сейчас. (*Отдает письмо.*) Вот, позвольте... (*Закрывает пальцем.*) Вот отсюда читайте.

Почтмейстер. Читайте, читайте! Вздор, все читайте!

Коробкин(*читая*). 《Надзиратель за богоугодным заведением Земляника—совершенная свинья в ермолке①》.

Артемий Филиппович(*к зрителям*). И не остроумно! Свинья в ермолке! Где ж свинья бывает в ермолке?

Коробкин (*продолжая читать*). 《Смотритель училищ протухнул насквозь луком》.

Лука Лукич (*к зрителям*). Ей-богу, и в рот никогда не брал луку.

Аммос Федорович (*в сторону*). Слава богу, хоть по крайней мере обо мне нет!

Коробкин (*читает*). 《Судья...》

Аммос Федорович. Вот тебе на! (*Вслух*). Господа, я думаю, что письмо длинно. Да и черт ли в нем: дрянь этакую читать.

Лука Лукич. Нет!

Почтмейстер. Нет, читайте!

Артемий Филиппович. Нет. Уж читайте!

Коробкин (*продолжает*). 《Судья Ляпкин-Тяпкин в сильнейшей степени моветон②...》(*Останавливается*). Должно быть, французское слово.

Аммос Федорович. А черт его знает, что оно значит! Еще хорошо, если только мошенник, а может быть, и того еще хуже. (...)

Городничий. Вот когда зарезал так зарезал! Убит, убит,

---

① Ермолка—маленькая круглая мужская шапочка без околыша.

② Моветон—человек дурного тона.

совсем убит! Ничего не вижу. Вижу какие-то свиные рыла вместо лиц, а больше ничего... Воротить, воротить его! (*Машет рукою*).

Почтмейстер. Куды воротить! Я, как нарочно, приказал смотрителю дать самую лучшую тройку. (...)

Аммос Федорович. Однако ж, черт возьми, господа! Он у меня взял триста рублей взаймы.

Артемий Филиппович. У меня тоже триста рублей.

Почтмейстер (*вздыхает*). Ох! И у меня триста рублей.

Бобчинский. У нас с Петром Ивановичем шестьдесят пять-с на ассигнации-с, да-с.

Аммос Федорович (*бьет себя по лбу*). Как я—нет, как я, старый дурак? Выжил, глупый баран, из ума!.. Тридцать лет живу на службе; Ни один купец, ни подрядчик не мог провести, мошенников над мошенниками обманывал, пройдох и плутов таких, что весь свет готовы обворовать, поддевал на уду[①]. Трех губернаторов обманул!.. Что губернаторов! (*Махнул рукой.*) Нечего и говорить про губернаторов.

Анна Андреевна. Но это не может быть, Антоша: он обручился с Машенькой...

Городничий (*в сердцах*). Обручился! Кукиш с маслом[②]—вот тебе обручился! Лезет мне в глаза с обрученьем!.. (*В исступлении.*) Вот смотрите, смотрите, весь мир, все христианство, все смотрите, как одурачен городничий! Дурака ему, дурака, старому подлецу! (*Грозит самому себе кулаком.*) Эх ты, толстоносый! Сосульку, тряпку принял за важного человека! Вон он теперь по всей дороге заливает колокольчиком! Разнесет по всему свету историю. Мало того, что пойдешь в посмешище,—

---

① Поддевал на уду—обводил вокруг пальца, обманывал.

② Кукиш с маслом—(образное выражение) обозначает грубый отказ.

найдется щелкопер, бумагомарака[①], в комедию тебя вставит. Вот что обидно! Чина, звания не пощадит, и будут все скалить зубы и бить в ладоши. Чему смеетесь? —Над собою смеетесь!.. Эх вы!.. (*Стучит со злости ногами об пол.*) Я бы всех этих бумагомарак! У, щелкоперы, либералы проклятые! Чертово семя! Узлом бы вас всех завязал, в муку бы стер вас всех да к черту в подкладку! В шапку туды ему!.. (*Сует кулаком и бьет каблуком в пол. После некоторого молчания.*) До сих пор не могу прийти в себя. Вот, подлинно, если бог хочет наказать, так отнимет прежде разум. Ну что было в этом вертопрахе[②] похожего на ревизора? Ничего не было! Вот просто ни на полмизинца не было похожего—и вдруг все: ревизор! ревизор! Ну кто первый выпустил, что он ревизор? Отвечайте!

Артемий Филиппович (*расставляя руки*). Уж как это случилось, хоть убей, не могу объяснить. Точно туман какой-то ошеломил, черт попутал.

Аммос Федорович. Да кто выпустил—вот кто выпустил: эти молодцы! (*Показывает на Добчинского и Бобчинского*).

Бобчинский. Ей-Богу, не я! И не думал...

Добчинский. Я ничего, совсем ничего...

Артемий Филиппович. Конечно, вы.

Лука Лукич. Разумеется. Прибежали как сумасшедшие из трактира: 《Приехал, приехал и денег не плотит...》 Нашли важную птицу!

Городничий. Натурально, вы! Сплетники городские, лгуны проклятые!

Артемий Филиппович. Чтоб вас черт побрал с вашим ревизором

---

① Щелкопер, бумагомарака—бездарный, но много и легко пишущий писатель; писака.

② Вертопрах—легкомысленный, ветреный человек.

и рассказами!

Городничий. Только рыскаете по городу да смущаете всех, трещотки проклятые! Сплетни сеете, сороки короткохвостые!

Аммос Федорович. Пачкуны проклятые!

Лука Лукич. Колпаки[1]!

Артемий Филиппович. Сморчки[2] короткобюхие!

Все обступают их.

Бобчинский. Ей-богу, это не я, это Петр Иванович.

Добчинский. Э, нет, Петр Иванович, вы ведь первые того...

Бобчинский. А вот и нет; Первые-то были вы.

ЯВЛЕНИЕ ПОСЛЕДНЕЕ

Те же и жандарм.

Жандарм. Приехавший по именному повелению из Петербурга чиновник требует вас сей же час к себе. Он остановился в гостинице.

Произнесенные слова поражают, как громом, всех. Звук изумления единодушно излетает из дамских уст; Вся группа, вдруг переменивши положение, остается в окаменении.

НЕМАЯ СЦЕНА.

Городничий посредине в виде столба, с распростертыми руками и закинутою назад головою. По правую сторону его жена и дочь с устремившимся к нему движеньем всего тела; за ними почтмейстер, превратившийся в вопросительный знак, обращенный

---

① Колпак—недалекий человек, простак.

② Сморчок—маленький, невзрачный человек.

к зрителям; за ним Лука Лукич, потерявшийся самым невинным образом; за ним, у самого края сцены, три дамы, гостьи, прислонившиеся одна к другой с самым сатирическим выраженьем лица, относящимся прямо к семейству городничего. По левую сторону городничего: Земляника, наклонивший голову несколько набок, как будто к чему-то прислушивающийся; за ним судья с растопыренными руками, присевший почти до земли и сделавший движенье губами, как бы хотел посвистать или произнести: 《Вот тебе, бабушка, и Юрьев день[①]!》 За ним Коробкин, обратившийся к зрителям с прищуренным глазом и едким намеком на городничего; за ним, у самого края сцены, Бобчинский и Добчинский с устремившимися движениями рук друг к другу, разинутыми ртами и выпученными друг на друга глазами. Прочие гости остаются просто столбами. Почти полторы минуты окаменевшая группа сохраняет такое положение. Занавес опускается.

(1836)

Краткий анализ произведения

Сюжет и конфликт пьесы 《Ревизор》 развиваются и развертываются в одном уездном городе, где свирепствуют беззаконие, взяточничество и всякого рода злоупотребления, характерные для самодержавно-крепостнической России.

Городничий Антон Антонович собирает своих чиновников и сообщает им: в их город едет ревизор из Петербурга, инкогнито. Это известие вызывает переполох у чиновников, которые гонятся только за личной выгодой и доходами. Переполох превращается в панику, когда городничий узнаёт, что в местной гостинице уже

---

① Вот тебе, бабушка, и Юрьев день—пословица означает, что человек ожидал одного, неожиданно получил совсем противоположное, и крайне поражен и разочарован.

вторую неделю живет чиновник из Петербурга, которого он принимает за ревизора.

Мнимый ревизор Хлестаков наводит большой страх на всех. Он, поняв, что его приняли за ревизора, сразу входит в эту роль и начинает принимать взятки и хвастать. Он врет и хвастает бесстыдно, не ставя перед собою никакой осознанной цели. Городничий соглашается на обручение своей дочери с Хлестаковым, мечтает о генеральском чине и переживает момент радости и торжества. Почтмейстер, распечатав письмо Хлестакова в Петербург, узнает, что Хлестаков вовсе не ревизор, а просто ничтожная "столичная штучка". Раздавленный городничий чувствует себя униженным и обманутым. Прибытие настоящего ревизора поражает городничего и всех чиновников, и они не знают, что делать. В продолжение нескольких минут они стоят неподвижно, как вкопанные. Немая финальная сцена пьесы стала развязкой всей комедии. Образ Хлестакова становится литературным типом в русской литературе XIX-ого века. Хлестаковщина стала нарицательным понятием.

В комедии《Ревизор》нет ни "положительного полюса", ни "положительных" персонажей. Гоголь считает, что в том уродливом, душевно покалеченном, провинциальном чиновничьем обществе нет и не может быть ничего положительного. Единственное положительное лицо в комедии—смех. Гоголь пишет по этому поводу: "Мне жаль, что никто не заметил честного лица, бывшего в моей пьесе... Это честное, благородное лицо был—смех". В《Ревизоре》писатель "решился собрать в одну кучу все дурное в России... и за одним разом посмеяться над всем." Гоголь пишет: "... Ревизор этот—наша проснувшаяся совесть, которая заставит нас вдруг и разом взглянуть во все глаза на самих себя... изгоним наших душевных лихоимцев. Есть средство, есть бич, которым можно выгнать их... Смехом, которого так боятся все низкие наши страсти! Смехом, который создан для того, чтобы смеяться над всем, что позорит истинную красоту человека".

Вопросы и задания

1. Какова главная мысль комедии Гоголя《Ревизор》?
2. В чем состоит основной конфликт комедии Гоголя《Ревизор》

Литература

1. Гуковский Г. А. Реализм Гоголя. М. ,1959.
2. Золотусский И. Гоголь ЖЗЛ. М. ,1978.

Александр Николаевич Островский
(1823-1886)

ГРОЗА

Драма в пяти действиях.

(Фрагмент)

ЛИЦА

Савел Прокофьевич Дикой, купец, значительное лицо в городе.

Борис Григорьевич, племянник его, молодой человек, порядочно образованный.

Марфа Игнатьевна Кабанова (Кабаниха), богатая купчиха, вдова.

Тихон Иваныч Кабанов, ее сын.

Катерина, жена его.

Варвара, сестра Тихона.

Кулигин, мещанин, часовщик-самоучка, отыскивающий

перпетуум-мобиле[1].

Ваня Кудряш, молодой человек, конторщик Дикого.

Шапкин, мещанин.

Феклуша, странница.

Глаша, девка в доме Кабановой.

Барыня с двумя лакеями, старуха 70-ти лет, полусумасшедшая.

Городские жители обоего пола.

Действие происходит в городе Калинове, на берегу Волги, летом.

ДЕЙСТВИЕ ПЕРВОЕ

Общественный сад на высоком берегу Волги; за Волгой сельский вид; на сцене две скамейки и несколько кустов.

Явление пятое

Кабанова, Кабанов, Катерина и Варвара.

Кабанова. Если ты хочешь мать послушать, так ты, как приедешь туда, сделай так, как я тебе приказывала.

Кабанов. Да как же я могу, маменька, вас ослушаться!

Кабанова. Не очень-то нынче старших уважают.

Варвара (*про себя*). Не уважишь тебя, как же!

Кабанов. Я, кажется, маменька, из вашей воли ни на шаг.

Кабанова. Поверила бы я тебе, мой друг, кабы своими глазами не видала да своими ушами не слыхала, каково теперь стало почтение родителям от детей-то! Хоть бы то-то помнили, сколько матери болезней от детей переносят.

---

[1] Перпетуум-мобиле—механизм вечного движения, "вечный двигатель".

Кабанов. Я, маменька...

Кабанова. Если родительница что когда и обидное, по вашей гордости, скажет, так, я думаю, можно бы перенести! А, как ты думаешь?

Кабанов. Да когда же я, маменька, не переносил от вас?

Кабанова. Мать стара, глупа; ну, а вы, молодые люди, умные, не должны с нас, дураков, и взыскивать.

Кабанов (*вздыхая, в сторону*). Ах ты, господи! (*Матери.*) Да смеем ли мы, маменька, подумать!

Кабанова. Ведь от любви родители и строги-то к вам бывают, от любви вас и бранят-то, все думают добру научить. Ну, а это нынче не нравится. И пойдут детки-то по людям славить, что мать ворчунья, что мать проходу не дает, со свету сживает①. А, сохрани господи, каким-нибудь словом снохе не угодить, ну, и пошел разговор, что свекровь заела совсем.

Кабанов. Нешто, маменька, кто говорит про вас?

Кабанова. Не слыхала, мой друг, не слыхала, лгать не хочу. Уж кабы я слышала, я бы с тобой, мой милый, тогда не так заговорила. (*Вздыхает*) Ох, грех тяжкий! Вот долго ли согрешить-то! Разговор близкий сердцу пойдет, ну и согрешишь, рассердишься. Нет, мой друг, говори, что хочешь, про меня. Никому не закажешь② говорить: в глаза не посмеют, так за глаза станут.

Кабанов. Да отсохни язык...

Кабанова. Полно, полно, не божись! Грех! Я уж давно вижу, что тебе жена милее матери. С тех пор, как женился, я уж от тебя прежней любви не вижу.

Кабанов. В чем же вы, маменька, это видите?

---

① Со свету сживает—без конца ругает, не дает жить по-своему.

② Не закажешь—не запретишь.

Кабанова. Да во всем, мой друг! Мать чего глазами не увидит, так у нее сердце вещун[1], она сердцем может чувствовать. Аль жена тебя, что ли, отводит от меня, уж не знаю.

Кабанов. Да нет, маменька! Что вы, помилуйте!

Катерина. Для меня, маменька, все одно, что родная мать, что ты, да и Тихон тоже тебя любит.

Кабанова. Ты бы, кажется, могла и помолчать, коли тебя не спрашивают. Не заступайся, матушка, не обижу, небось! Ведь он мне тоже сын; ты этого не забывай! Что ты выскочила в глазах-то поюлить[2]! Чтобы видели, что ли, как ты мужа любишь? Так знаем, знаем, в глазах-то ты это всем доказываешь.

Варвара (*про себя*). Нашла место наставления читать.

Катерина. Ты про меня, маменька, напрасно это говоришь. Что при людях, что без людей, я все одна, ничего я из себя не доказываю.

Кабанова. Да я об тебе и говорить не хотела; а так, к слову пришлось.

Катерина. Да хоть и к слову, за что ж ты меня обижаешь?

Кабанова. Эка важная птица! Уж и обиделась сейчас.

Катерина. Напраслину-то терпеть кому ж приятно!

Кабанова. Знаю я, знаю, что вам не по нутру мои слова, да что ж делать-то, я вам не чужая, у меня об вас сердце болит. Я давно вижу, что вам воли хочется. Ну, что ж, дождетесь, поживете и на воле, когда меня не будет. Вот уж тогда делайте, что хотите, не будет над вами старших. А может, и меня вспомянете.

Кабанов. Да мы об вас, маменька, денно и нощно бога молим, чтобы вам, маменька, бог дал здоровья и всякого благополучия и в

---

① Сердце вещун—(*в просторечии*) сердце всезнающее, проницательное.

② Поюлить—повертеться возле кого-л.

делах успеху.

Кабанова. Ну, полно, перестань, пожалуйста. Может быть, ты и любил мать, пока был холостой. До меня ли тебе: у тебя жена молодая.

Кабанов. Одно другому не мешает-с: жена само по себе, а к родительнице я само по себе почтение имею.

Кабанова. Так променяешь ты жену на мать? Ни в жизнь я этому не поверю.

Кабанов. Да для чего же мне менять-с? я обеих люблю.

Кабанова. Ну да, так и есть, размазывай[①]! Уж я вижу, что я вам помеха.

Кабанов. Думайте, как хотите, на все есть ваша воля; только я не знаю, что я за несчастный такой человек на свет рожден, что не могу вам угодить ничем.

Кабанова. Что ты сиротой-то прикидываешься! Что ты нюни-то распустил[②]? Ну какой ты муж? Посмотри ты на себя! Станет ли тебя жена бояться после этого?

Кабанов. Да зачем же ей бояться? С меня и того довольно, что она меня любит.

Кабанова. Как, зачем бояться! Как зачем бояться! Да ты рехнулся, что ли? Тебя не станет бояться, меня и подавно. Какой же это порядок-то в доме будет? Ведь ты, чай, с ней в законе живешь[③]. Али, по-вашему, закон ничего не значит? Да уж коли ты такие дурацкие мысли в голове держишь, ты бы при ней-то, по крайней мере, не болтал да при сестре, при девке; ей тоже замуж идти: этак она твоей болтовни наслушается, так после муж-то нам спасибо скажет за науку. Видишь ты, какой еще ум-то у тебя, а ты

---

① Размазывать—излагать, рассказывать с излишними подробностями.

② Нюни-то распустить—быть нытиком, всегда чем-то недовольным, плаксивым.

③ В законе жить—в законном браке, освещенном церковью.

еще хочешь своей волей жить.

Кабанов. Да я, маменька, и не хочу своей волей жить. Где уж мне своей волей жить!

Кабанова. Так, по-твоему, нужно все лаской с женой? Уж и не прикрикнуть на нее, и не пригрозить?

Кабанов. Да я, маменька...

Кабанова(*горячо*). Хоть любовника заводи! А? И это, может быть, по-твоему, ничего? А? Ну, говори!

Кабанов. Да, ей-богу[1], маменька...

Кабанова (*совершенно хладнокровно*). Дурак! (*Вздыхает.*) Что с дураком и говорить! Только грех один!

Молчание.

Я домой иду.

Кабанов. И мы сейчас, только раз-другой по бульвару пройдем.

Кабанова. Ну, как хотите, только ты смотри, чтобы мне вас не дожидаться! Знаешь, я не люблю этого.

Кабанов. Нет, маменька, сохрани меня господи[2]!

Кабанова. То-то же! (*Уходит.*)

Явление шестое

Те же без Кабановой.

Кабанов. Вот видишь ты, вот всегда мне за тебя достается от маменьки! Вот жизнь-то моя какая!

Катерина. Чем же я-то виновата?

Кабанов. Кто ж виноват, я уж не знаю.

Варвара. Где тебе знать!

---

① Ей-богу—клятва именем бога.

② Сохрани господи—помоги мне, бог, не делай плохого.

Кабанов. То все приставала: 《Женись да женись, я хоть бы поглядела на тебя, на женатого》! А теперь поедом ест[1], проходу не дает—все за тебя.

Варвара. Так нешто она виновата! Мать на нее нападает, и ты тоже. А еще говоришь, что любишь жену. Скучно мне глядеть-то на тебя. (*Отворачивается.*)

Кабанов. Толкуй тут! Что ж мне делать-то?

Варвара. Знай свое дело—молчи, коли уж лучше ничего не умеешь. Что стоишь—переминаешься[2]? По глазам вижу, что у тебя и на уме-то.

Кабанов. Ну а что?

Варвара. Известно что. К Савелу Прокофьичу хочется, выпить с ним. Что, не так, что ли?

Кабанов. Угадала, брат.

Катерина. Ты, Тиша, скорей приходи, а то маменька опять браниться станет.

Катерина. Ты проворней, в самом деле, а то знаешь ведь!

Кабанов. Уж как не знать!

Варвара. Нам тоже не велика охота из-за тебя брань-то принимать.

Кабанов. Я мигом. Подождите! (*Уходит.*)

Явление седьмое

Катерина и Варвара

Катерина. Так ты, Варя, жалеешь меня?

Варвара(*глядя в сторону*). Разумеется, жалко.

Катерина. Так ты, стало быть, любишь меня? (*Крепко*

---

① Поедом ест—все время бранит, жить не дает.

② Переминаться—переступать с ноги на ногу на одном месте, нервничать.

целует.)

Варвара. За что ж мне тебя не любить-то!

Катерина. Ну, спасибо тебе. Ты милая такая, я сама тебя люблю до смерти.

Молчание.

Знаешь, мне что в голову пришло?

Варвара. Что?

Катерина. Отчего люди не летают!

Варвара. Я не понимаю, что ты говоришь.

Катерина. Я говорю: отчего люди не летают так, как птицы? Знаешь, мне иногда кажется, что я птица. Когда стоишь на горе, так тебя и тянет лететь. Вот так бы разбежалась, подняла руки и полетела. Попробовать нешто теперь? (*Хочет бежать.*)

Варвара. Что ты выдумываешь-то?

Катерина(*вздыхая*). Какая я была резвая①! Я у вас завяла совсем.

Варвара. Ты думаешь, я не вижу?

Катерина. Такая ли я была! Я жила, ни об чем не тужила, точно птичка на воле. Маменька во мне души не чаяла②, наряжала меня, как куклу, работать не принуждала; что хочу, бывало, то и делаю. Знаешь, как я жила в девушках? Вот я тебе сейчас расскажу. Встану я, бывало, рано; коли летом, так схожу на ключок③, умоюсь, принесу с собой водицы и все. Все цветы в доме полью. У меня цветов было много, много. Потом пойдем с маменькой в церковь, все и странницы,—у нас полон дом был странниц да богомолок. А придем из церкви, сядем за какую-нибудь работу, больше по бархату золотом, а странницы станут

---

① Резвый—живой, подвижный.

② Души не чаяла—очень любила.

③ Ключок—источник, родник.

рассказывать, где они были, что видели, жития[1] разные, либо стихи поют. Так до обеда время и пройдет. Тут старухи уснуть лягут, а я по саду гуляю. Потом к вечерне[2], а вечером опять рассказы да пение. Таково хорошо было!

Варвара. Да ведь и у нас то же самое.

Катерина. Да здесь все как будто из-под неволи. И до смерти я любила в церковь ходить! Точно, бывало, я в рай войду, и не вижу никого, и время не помню, и не слышу, когда служба кончится. Точно, как все это в одну секунду было. Маменька говорила, что все, бывало, смотрят на меня, что со мной делается! А знаешь: в солнечный день из купола такой светлый столб вниз идет, и в этом столбе ходит дым, точно облака, и вижу я, бывало, будто ангелы в этом столбе летают и поют. А то, бывало, девушка, ночью встану,—у нас тоже везде лампадки горели,—да где-нибудь в уголке и молюсь до утра. Или рано утром в сад уйду, еще только солнышко восходит, упаду на колена, молюсь и плачу, и сама не знаю, о чем молюсь и о чем плачу; так меня и найдут. И об чем я молилась тогда, чего просила, не знаю; ничего мне не надобно, всего у меня было довольно. А какие сны мне снились, Варенька, какие сны! Или храмы золотые, или сады какие-то необыкновенные, и всё поют невидимые голоса, и кипарисом пахнет, и горы и деревья будто не такие, как обыкновенно, а как на образах[3] пишутся. А то будто я летаю, так и летаю по воздуху. И теперь иногда снится, да редко, да и не то.

Варвара. А что же?

Катерина (*помолчав*). Я умру скоро.

Варвара. Полно, что ты!

---

① Жития—жизнеописания святого.

② Вечерня—вечерняя церковная служба.

③ Образа—здесь: иконы.

Катерина. Нет, я знаю, что умру. Ох, девушка, что-то со мной недоброе делается, чудо какое-то! Никогда со мной этого не было. Что-то во мне такое необыкновенное. Точно я снова жить начинаю, или ... уж и не знаю.

Варвара. Что же с тобой такое?

Катерина (*берет ее за руку*). А вот что, Варя, быть греху какому-нибудь! Такой на меня страх. Такой-то на меня страх! Точно я стою над пропастью и меня кто-то туда толкает, а удержаться мне не за что. (*Хватается за голову рукой.*)

Варвара. Что с тобой? Здорова ли ты?

Катерина. Здорова... Лучше бы я больна была, а то не хорошо. Лезет мне в голову мечта какая-то. И никуда я от нее не уйду. Думать стану—мыслей никак не соберу, молиться—не отмолюсь никак. Языком лепечу слова, а на уме совсем не то: точно мне лукавый[①] в уши шепчет, да все про такие дела нехорошие. И то мне представляется, что мне самое себя совестно сделается. Что со мной? Перед бедой перед какой-нибудь это! Ночью, Варя, не спится мне, все мерещится шепот какой-то: кто-то так ласково говорит со мной, точно голубит меня, точно голубь воркует. Уж не снятся мне, Варя, как прежде, райские деревья да горы; а точно меня кто-то обнимает так горячо-горячо, и ведет меня куда-то, и я иду за ним, иду...

Варвара. Ну?

Катерина. Да что же это я говорю тебе: ты—девушка.

Варвара (*оглядываясь*). Говори! Я хуже тебя.

Катерина. Ну, что ж мне говорить? Стыдно мне.

Варвара. Говори, нужды нет!

Катерина. Сделается мне так душно, так душно дома, что бежала бы. И такая мысль придет на меня, что, кабы моя воля,

---

① Лукавый—дьявол, Сатана.

каталась бы я теперь по Волге, на лодке, с песнями, либо на тройке на хорошей, обнявшись...

Варвара. Только не с мужем.

Катерина. А ты почем знаешь?

Варвара. Еще бы не знать!..

Катерина. Ах, Варя, грех у меня на уме! Сколько я, бедная, плакала, чего уж я над собой не делала! Не уйти мне от этого греха. Никуда не уйти. Ведь это нехорошо, ведь это страшный грех, Варенька, что я другого люблю!

Варвара. Что мне тебя судить! У меня свои грехи есть.

Катерина. Что же мне делать! Сил моих нехватает. Куда мне деваться; я от тоски что-нибудь сделаю над собой!

Варвара. Что ты! Что с тобой! Вот погоди, завтра братец уедет, подумаем; может быть, и видеться можно будет.

Катерина. Нет, нет, не надо! Что ты! Что ты! Сохрани господи!

Варвара. Чего ты так испугалась?

Катерина. Если я с ним хоть раз увижусь, я убегу из дому, я уж не пойду домой ни за что на свете.

Варвара. А вот погоди, там увидим.

Катерина. Нет, нет, и не говори мне, я и слушать не хочу.

Варвара. А что за охота сохнуть-то! Хоть умирай с тоски, пожалеют, что ль, тебя! Как же, дожидайся. Так какая ж неволя себя мучить-то!

Явление девятое

Катерина и Варвара.

Варвара (*оглядываясь*). Что это братец не йдет, вон никак гроза заходит.

Катерина (*с ужасом*). Гроза! Побежим домой! Поскорее!

Варвара. Что ты, с ума, что ли, сошла! Как же ты без

братца-то домой покажешься?

Катерина. Нет, домой, домой! Бог с ним!

Варвара. Да что ты уж очень боишься; еще далеко гроза-то.

Катерина. А коли далеко, так, пожалуй, подождем немного: а право бы, лучше идти. Пойдем лучше!

Варвара. Да ведь уж коли чему быть, так и дома не спрячешься.

Катерина. Да все-таки лучше, все покойнее; дома-то я к образам да богу молиться!

Варвара. Я и не знала, что ты так грозы боишься. Я вот не боюсь.

Катерина. Как, девушка, не бояться! Всякий должен бояться. Не то страшно, что убьет тебя, а то, что смерть тебя вдруг застанет, как ты есть, со всеми твоими грехами, со всеми помыслами лукавыми. Мне умереть не страшно, а как я подумаю, что вот вдруг я явлюсь перед богом такая, какая я здесь с тобой, после этого разговору-то,—вот что страшно. Что у меня на уме-то! Какой грех-то! Страшно вымолвить!

Гром.

Ах!

Кабанов входит.

Варвара. Вот братец идет. (*Кабанову.*) Беги скорей!

Гром.

Катерина. Ах! Скорей, скорей!

ДЕЙСТВИЕ ВТОРОЕ

Комната в доме Кабановых.

Явление второе

Катерина и Варвара.

Варвара (*Глаше*). Тащи узлы-то в кибитку, лошади приехали. (*Катерине.*) Молоду тебя замуж-то отдали, погулять-то тебе в девках не пришлось: вот у тебя сердце-то и не уходилось[1] еще.

Глаша уходит.

Катерина. И никогда не уходится.

Варвара. Отчего ж?

Катерина. Такая уж я зародилась, горячая! Я еще лет шести была, не больше, так что сделала! Обидели меня чем-то дома, а дело было к вечеру, уж темно; я выбежала на Волгу, села в лодку и отпихнула ее от берега. На другое утро уж нашли, верст за десять!

Варвара. Ну, а парни поглядывали на тебя?

Катерина. Как не поглядывать!

Варвара. Что же ты? Неужто не любила никого?

Катерина. Нет, смеялась только.

Варвара. А ведь ты, Катя, Тихона не любишь.

Катерина. Нет, как не любить! Мне жалко его очень!

Варвара. Нет, не любишь. Коли жалко, так не любишь. Да и не за что, надо правду сказать. И напрасно ты от меня

---

① Сердце не уходилось—не успокоилась, не стала покорной.

скрываешься! Давно уж я заметила, что ты любишь другого человека.

Катерина (*с испугом*). Почем же ты заметила?

Варвара. Как ты смешно говоришь! Маленькая я, что ли! Вот тебе первая примета: как ты увидишь его, вся в лице переменишься.

Катерина потупляет глаза.

Да мало ли...

Катерина (*потупившись*). Ну, кого же?

Варвара. Да ведь ты сама знаешь, что называть-то?

Катерина. Нет, назови! По имени назови!

Варвара. Бориса Григорьича.

Катерина. Ну да, его, Варенька, его! Только ты, Варенька, ради бога...

Варвара. Ну, вот еще! Ты сама-то. Смотри, не проговорись как-нибудь.

Катерина. Обманывать-то я не умею, скрыть-то ничего не могу.

Варвара. Ну, а ведь без этого нельзя; ты вспомни, где ты живешь! У нас весь дом на том держится. И я не обманщица была, да выучилась, когда нужно стало. Я вчера гуляла, так его видела, говорила с ним.

Катерина (*после непродолжительного молчания, потупившись*). Ну, так что ж?

Варвара. Кланяться тебе приказал. Жаль, говорит, что видеться негде.

Катерина (*потупившись еще более*). Где же видеться! Да и зачем...

Варвара. Скучный такой...

Катерина. Не говори мне про него, сделай милость, не говори! Я его и знать не хочу! Я буду мужа любить. Тиша, голубчик мой, ни на кого тебя не променяю! Я и думать-то не хотела, а ты меня смущаешь.

Варвара. Да не думай, кто ж тебя заставляет?

Катерина. Не жалеешь ты меня ничего! Говоришь: не думай, а сама напоминаешь. Разве я хочу об нем думать; да что делать, коли из головы не идет. Об чем ни задумаю, а он так и стоит перед глазами. И хочу себя переломить, да не могу никак. Знаешь ли ты, меня нынче ночью опять враг[1] смущал. Ведь я было из дому ушла.

Варвара. Ты какая-то мудрёная, бог с тобой! А по-моему: делай, что хочешь, только бы шито да крыто[2] было.

Катерина. Не хочу я так. Да и что хорошего! Уж я лучше буду терпеть, пока терпится.

Варвара. А не стерпится, что ж ты сделаешь?

Катерина. Что я сделаю?

Варвара. Да, что сделаешь?

Катерина. Что мне только захочется, то и сделаю.

Варвара. Сделай, попробуй, так тебя здесь заедят.

Катерина. А что мне! Я уйду, да и была такова.

Варвара. Куда ты уйдешь? Ты мужняя жена.

Катерина. Эх, Варя, не знаешь ты моего характеру! Конечно, не дай бог этому случиться! А уж коли очень мне здесь опостынет, так не удержат меня никакой силой. В окно выброшусь, в Волгу кинусь. Не хочу здесь жить, так не стану, хоть ты меня режь!

Молчание.

Варвара. Знаешь что, Катя! Как Тихон уедет, так давай в саду спать, в беседке.

Катерина. Ну зачем, Варя?

---

① Враг—здесь: дьявол.

② Шито да крыто—чтобы никто ничего не знал, втайне от людей.

Варвара. Да нешто не все равно?

Катерина. Боюсь я в незнакомом-то месте ночевать.

Варвара. Чего бояться-то! Глаша с нами будет.

Катерина. Все как-то робко! Да я, пожалуй!

Варвара. Я б тебя и не звала, да меня-то одну маменька не пустит, а мне нужно.

Катерина (*смотря на нее*). Зачем же тебе нужно?

Варвара (*смеется*). Будем там ворожить[①] с тобой.

Катерина. Шутишь, должно быть?

Варвара. Известно, шучу; а то неужто в самом деле?

Молчание.

Катерина. Где ж это Тихон-то?

Варвара. На что он тебе?

Катерина. Нет, я так. Ведь скоро едет.

Варвара. С маменькой сидят, запершись. Точит она его теперь, как ржа железо[②].

Катерина. За что же?

Варвара. Ни за что. Так, уму-разуму учит. Две недели в дороге будет, заглазное дело[③]! Сама посуди! У нее сердце все изноет, что он на своей воле гуляет. Вот она ему теперь и надает приказов, один другого грозней, да потом к образу поведет, побожиться заставит, что все так точно он и сделает, как приказано.

Катерина. И на воле-то он словно связанный.

Варвара. Да, как же, связанный! Он как выедет, так запьет. Он теперь слушает, а сам думает, как бы ему вырваться-то

---

① Ворожить—заниматься гаданием, предсказыванием.

② Точит... как ржа железо—(поговорка) ржавое железо, ломкое, дырявое, легко ломается. Здесь: ругает, пилит.

③ Заглазное дело—за глазами, не на глазах, без надзора.

поскорей.

Входят Кабанова и Кабанов.

Явление третье

Те же, Кабанова и Кабанов.

Кабанова. Ну, ты помнишь все, что я тебе сказала? Смотри ж, помни! На носу себе заруби[1]!

Кабанов. Помню, маменька.

Кабанова. Ну, теперь все готово. Лошади приехали, проститься тебе только, да и с богом.

Кабанов. Да-с, маменька, пора.

Кабанова. Ну!

Кабанов. Чего изволите-с?

Кабанова. Что ж ты стоишь, разве порядку не знаешь? Приказывай жене-то, как жить без тебя.

Катерина потупила глаза в землю.

Кабанов. Да она, чай, сама знает.

Кабанова. Разговаривай еще! Ну, ну, приказывай! Чтоб и я слышала, что ты ей приказываешь! А потом приедешь, спросишь, так ли все исполнила.

Кабанов (становясь против Катерины). Слушайся маменьки, Катя!

Кабанова. Скажи, чтоб не грубила свекрови.

Кабанов. Не груби!

Кабанова. Чтоб почитала свекровь, как родную мать!

Кабанов. Почитай, Катя, маменьку, как родную мать!

---

① Зарубить на носу—крепко запомнить.

Кабанова. Чтоб сложа ручки не сидела, как барыня!

Кабанов. Работай что-нибудь без меня!

Кабанова. Чтоб в окна глаз не пялила!

Кабанов. Да, маменька, когда ж она...

Кабанова. Ну, ну!

Кабанов. В окна не гляди!

Кабанова. Чтоб на молодых парней не заглядывалась без тебя!

Кабанов. Да что ж это, маменька, ей-богу!

Кабанова (*строго*). Ломаться-то нечего! Должен исполнять, что мать говорит. (*С улыбкой.*) Оно все лучше, как приказано-то.

Кабанов (*сконфузившись*). Не заглядывайся на парней!

Катерина строго взглядывает на него.

Кабанова. Ну, теперь поговорите промежду себя, коли что нужно. Пойдем, Варвара!

Уходят.

Явление четвертое

Кабанов и Катерина (стоит, как будто в оцепенении).

Кабанов. Катя!

Молчание.

Катя, ты на меня не сердишься?

Катерина (*после непродолжительного молчания, покачав головой*). Нет!

Кабанов. Да что ты такая? Ну, прости меня!

Катерина (*все в том же состоянии, слегка покачав головой*). Бог с тобой! (*Закрыв лицо рукою.*) Обидела она меня!

Кабанов. Все к сердцу-то принимать, так в чахотку скоро попадешь. Что ее слушать-то! Ей ведь что-нибудь надо ж говорить! Ну, и пущай она говорит, а ты мимо ушей пропущай! Ну, прощай, Катя!

Катерина (*кидаясь на шею мужу*). Тиша, не уезжай ради бога, не уезжай! Голубчик, прошу я тебя!

Кабанов. Нельзя, Катя. Коли маменька посылает, как же я не поеду!

Катерина. Ну, бери меня с собой, бери!

Кабанов (*освобождаясь из ее объятий*). Да нельзя.

Катерина. Отчего же, Тиша, нельзя?

Кабанов. Куда как весело с тобой ехать! Вы меня уж заездили здесь совсем! Я не чаю, как вырваться-то; а ты еще навязываешься со мной.

Катерина. Да неужели же ты разлюбил меня?

Кабанов. Да не разлюбил; а с этакой-то неволи от какой хочешь красавицы-жены убежишь! Ты подумай то: какой ни на есть, а я все-таки мужчина; всю жизнь вот этак жить, как ты видишь, так убежишь и от жены. Да как знаю я теперича, что недели две никакой грозы надо мной не будет, кандалов этих на ногах нет, так до жены ли мне?

Катерина. Как же мне любить-то тебя, когда ты такие слова говоришь?

Кабанов. Слова как слова! Какие же мне еще слова говорить! Кто тебя знает, чего ты боишься! Ведь ты не одна, ты с маменькой останешься.

Катерина. Не говори ты мне об ней, не тирань ты моего сердца! Ах, беда моя, беда! (*плачет*) Куда мне, бедной, деться? За кого мне ухватиться? Батюшки мои, погибаю я!

Кабанов. Да полно ты!

Катерина (*подходит к мужу и прижимается к нему*). Тиша, голубчик, кабы ты остался, либо взял ты меня с собой, как бы я тебя любила, как бы я тебя голубила, моего милого. (*Ласкает его.*)

Кабанов. Не разберу я тебя, Катя! То от тебя слова не

добьешься, не то что ласки; а то так сама лезешь.

Катерина. Тиша, на кого ты меня оставляешь! Быть беде без тебя! Быть беде!

Кабанов. Ну, да ведь нельзя, так уж нечего делать.

Катерина. Ну, так вот что! Возьми ты с меня какую-нибудь клятву страшную...

Кабанов. Какую клятву?

Катерина. Вот какую: чтобы не смела я без тебя ни под каким видом ни говорить ни с кем чужим, ни видеться, чтобы и думать я не смела ни о ком, кроме тебя.

Кабанов. Да на что ж это?

Катерина. Успокой ты мою душу, сделай такую милость для меня!

Кабанов. Как можно за себя ручаться, мало ль что может в голову прийти.

Катерина (*падая на колени*). Чтоб не видать мне ни отца, ни матери! Умереть мне без покаяния, если я...

Кабанов (*поднимая ее*). Что ты! Что ты! Какой грех-то! Я и слушать не хочу!

Голос Кабановой: «Пора, Тихон!»

Входят Кабанова, Варвара и Глаша.

Явление восьмое

Катерина (*одна, задумчиво*). Ну, теперь тишина у нас в доме воцарится. Ах, какая скука! Хоть бы дети чьи-нибудь! Это горе! Деток-то у меня нет: все бы я и сидела с ними да забавляла их. Люблю очень с детьми разговаривать,—ангелы ведь это. (*Молчание.*) Кабы я маленькая умерла, лучше бы было. Глядела бы я с неба на землю да радовалась всему. А то полетела бы невидимо, куда захотела. Вылетела бы в поле и летала бы с василька на василек по ветру, как бабочка. (*Задумывается.*) А вот что сделаю: я начну работу какую-нибудь по обещанию; пойду в гостиный двор, куплю холста, да и буду шить белье, а потом раздам бедным. Они за меня богу помолят. Вот и засядем шить с Варварой, и не увидим, как время пройдет; а тут Тиша приедет.

Входит Варвара.

Явление девятое

Катерина и Варвара.

Варвара (*покрывает голову платком перед зеркалом*). Я теперь гулять пойду; а ужо нам Глаша постелет постели в саду, маменька позволила. В саду, за малиной, есть калитка, ее маменька запирает на замок, а ключ прячет. Я его унесла, а ей подложила другой, чтоб не заметила. На, вот, может быть, понадобится. (*Подает ключ.*) Если увижу, так скажу, чтоб приходил к калитке.

Катерина (*с испугом, отталкивая ключ.*). На что! На что! Не надо! Не надо!

Варвара. Тебе не надо, мне понадобится; возьми, не укусит он тебя.

Катерина. Да что ты затеяла-то, греховодница! Можно ли это! Подумала ль ты? Что ты! Что ты!

Варвара. Ну, я много разговаривать не люблю; да и некогда мне. Мне гулять пора. (*Уходит.*)

Явление десятое

Катерина (*одна, держа ключ в руках*). Что она это делает-то? Что она только придумывает? Ах, сумасшедшая, право, сумасшедшая! Вот погибель-то! Вот она! Бросить его, бросить далеко, в реку кинуть, чтоб не нашли никогда. Он руки-то жжет, точно уголь. (*Подумав.*) Вот так-то и гибнет наша сестра-то. В неволе-то кому весело! Мало ли что в голову-то придет. Вышел случай, другая и рада: так, очертя голову, и кинется. А как же это можно, не подумавши, не рассудивши-то! Долго ли в беду попасть! А там и плачься всю жизнь, мучайся; неволя-то еще горчее покажется. (*Молчание.*) А горька неволя, ох, как горька! Кто от нее не плачет! А пуще всех мы, бабы. Вот хоть я теперь! Живу, маюсь, просвету себе не вижу! Да и не увижу, знать! Что дальше, то хуже. А теперь еще этот грех-то на меня. (*Задумывается.*) Кабы не свекровь!.. Сокрушила она меня... от нее мне и дом-то опостылел; стены-то даже противны. (*Задумчиво смотрит на ключ.*) Бросить его? Разумеется, надо бросить. И как он это ко мне в руки попал? На соблазн, на пагубу мою. (*Прислушивается.*) Ах, кто-то идет. Так сердце и упало. (*Прячет ключ в карман.*) Нет!.. Никого!.. Что я так испугалась! И ключ спрятала... Ну, уж знать там ему и быть! Видно, сама судьба того хочет! Да какой же в этом грех, если я взгляну на него раз, хоть издали-то! Да хоть и поговорю то, так все не беда! А как же я мужу-то,.. Да ведь он сам не захотел. Да может, такого случая-то еще во всю жизнь не выдет. Тогда и плачься на себя: был случай, да не умела пользоваться. Да что я говорю-то, что я себя обманываю? Мне хоть умереть, да увидеть его. Перед кем я притворяюсь-то!.. Бросить ключ! Нет, ни за что на свете! Он мой теперь... Будь что будет, а я Бориса увижу! Ах, кабы ночь поскорее!..

ДЕЙСТВИЕ ПЯТОЕ

Декорация первого действия. Сумерки.

Явление первое

Кулигин сидит на лавочке. Кабанов идет по бульвару.

Кулигин (*поет*)

Ночною темнотою покрылись небеса.

Все люди для покою закрыли уж глаза, и проч.

(*Увидав Кабанова.*) Здравствуйте, сударь! Далеко ли изволите?

Кабанов. Домой. Слышал, братец, дела-то наши? Вся, братец, семья в расстройство пришла.

Кулигин. Слышал, слышал, сударь.

Кабанов. Я в Москву ездил, ты знаешь? На дорогу-то маменька читала, читала мне наставления-то, а я как выехал, так загулял. Уж очень рад, что на волю-то вырвался. И всю дорогу пил. И в Москве все пил, так это кучу, что на-поди[①]! Так, чтобы уж на целый год отгуляться. Ни разу про дом-то и не вспомнил. Да хоть бы и вспомнил-то, так мне бы и в ум не пришло, что делается. Слышал?

Кулигин. Слышал, сударь.

Кабанов. Несчастный я теперь, братец, человек! Так ни за что я погибаю, ни за грош!

Кулигин. Маменька-то у вас больно крута.

Кабанов. Ну, да. Она-то всему и причина. А я за что погибаю, скажи ты мне на милость? Я вот зашел к Дикому, ну, выпили; думал—легче будет, нет, хуже, Кулигин! Уж что жена против меня сделала! Уж хуже нельзя...

Кулигин. Мудреное дело, сударь. Мудрено вас судить.

Кабанов. Нет, постой! Уж на что еще хуже этого. Убить ее за это мало. Вот маменька говорит—ее надо живую в землю закопать, чтоб она казнилась! А я ее люблю, мне ее жаль пальцем тронуть. Побил немножко, да и то маменька приказала. Жаль мне смотреть-

---

① Так это кучу, что на-поди—так много, ничего не поделаешь.

то на нее, пойми ты это, Кулигин. Маменька ее поедом ест, а она, как тень какая ходит, безответная. Только плачет да тает как воск. Вот я и убиваюсь, глядя на нее.

Кулигин. Как бы нибудь, сударь, ладком дело-то сделать! Вы бы простили ей да и не поминали никогда. Сами-то, чай, тоже не без греха!

Кабанов. Уж что говорить!

Кулигин. Да уж так, чтобы и под пьяную руку не попрекать! Она бы вам, сударь, была хорошая жена; гляди—лучше всякой.

Кабанов. Да пойми ты, Кулигин: я-то бы ничего, а маменька-то... разве с ней сговоришь!..

Кулигин. Пора бы уж вам, сударь, своим умом жить.

Кабанов. Что ж мне, разорваться, что ли! Нет, говорят, своего-то ума. И, значит, живи век чужим. Я вот возьму да последний-то, какой есть, пропью; пусть маменька тогда со мной, как с дураком, и нянчится.

Кулигин. Эх, сударь! Дела, дела! Ну, а Борис-то Григорьевич, сударь, что?

Кабанов. А его, подлеца, в Тяхту, к китайцам. Дядя к знакомому купцу какому-то посылает туда на контору. На три года его туды.

Кулигин. Ну, что же он, сударь?

Кабанов. Мечется тоже; плачет. Накинулись мы давеча на него с дядей, уж ругали, ругали—молчит. Точно дикий какой сделался. Со мной, говорит, что хотите, делайте, только ее не мучьте! И он к ней тоже жалость имеет.

Кулигин. Хороший он человек, сударь.

Кабанов. Собрался совсем, и лошади уж готовы. Так тоскует, беда! Уж я вижу, что это ему проститься хочется. Ну, да мало ли чего! Будет с него. Враг ведь он мне, Кулигин! Расказнить его надобно на части[1], чтобы знал...

Кулигин. Врагам-то прощать надо, сударь!

Кабанов. Поди-ка, поговори с маменькой, что она тебе на это скажет. Так, братец Кулигин, все наше семейство теперь врозь расшиблось. Не то что родные, а точно вороги[2] друг другу. Варвару маменька точила, точила, а та не стерпела, да и была такова,—взяла да и ушла.

Кулигин. Куда ушла?

Кабанов. Кто ее знает. Говорят, с Кудряшом с Ванькой убежала, и того также нигде не найдут. Уж это, Кулигин, надо прямо сказать, что от маменьки; потому стала ее тиранить и на замок запирать. 《Не запирайте, говорит, хуже будет!》 Вот так и вышло. Что ж мне теперь делать, скажи ты мне! Научи ты меня, как мне жить теперь! Дом мне опостылел, людей совестно, за дело возьмусь—руки отваливаются. Вот теперь домой иду; на радость, что ль, иду?

Входит Глаша.

Глаша. Тихон Иваныч, батюшка!

Кабанов. Что еще?

Глаша. Дома у нас нездорово, батюшка!

Кабанов. Господи! Так уж одно к одному! Говори, что там такое?

Глаша. Да хозяюшка ваша...

Кабанов. Ну, что ж? Умерла, что ль?

Глаша. Нет, батюшка; ушла куда-то, не найдем нигде. Сбились с ног, искамши.

Кабанов. Кулигин, надо, брат, бежать, искать ее. Я, братец, знаешь, чего боюсь? Как бы она с тоски-то на себя руки не

---

① Расказнить на части—разрубить на части.

② Вороги—(древнерусский) враги.

наложила! Уж так тоскует, так тоскует, что ах! На нее-то глядя, сердце рвется. Чего ж вы смотрели-то? Давно ль она ушла-то?

Глаша. Недавнушко, батюшка! Уж наш грех, не доглядели. Да и то сказать: на всякий час не остережешься.

Кабанов. Ну, что стоишь-то, беги!

Глаша уходит.

И мы пойдем, Кулигин!

Уходят.

Сцена несколько времени пуста. С противоположной стороны выходит Катерина и тихо идет по сцене.

Явление второе

Катерина (*одна*). Нет, нигде нет! Что-то он теперь, бедный, делает? Мне только проститься с ним. А там... а там хоть умирать. За что я его в беду ввела? Ведь мне не легче от того! Погибать бы мне одной! А то себя погубила, его погубила, себе бесчестье, ему вечный покор! Да! Себе бесчестье, ему вечный покор[1]. (*Молчание.*) Вспомнить бы мне, что он говорил-то? Как он жалел-то меня? Какие слова-то говорил? (*Берет себя за голову.*) Не помню, все забыла. Ночи, ночи мне тяжелы! Все пойдут спать, и я пойду; всем ничего, а мне как в могилу. Так страшно в потемках! Шум какой-то сделается, и поют, точно кого хоронят; только так тихо, чуть слышно, далеко, далеко от меня... Свету-то так рада сделаешься! А вставать не хочется, опять те же люди, те же разговоры, та же мука. Зачем они так смотрят на меня? Отчего это нынче не убивают? Зачем так сделали? Прежде, говорят, убивали. Взяли бы, да и бросили меня в Волгу; я бы рада была. «Казнить-то тебя, говорят, так с тебя грех снимется, а ты живи да мучайся своим грехом». Да уж измучилась я! Долго ль

---

① Покор—стыд, позор.

еще мне мучиться! Для чего мне теперь жить, ну для чего? Ничего мне не надо, ничего мне не мило, и свет божий не мил! —а смерть не приходит. Ты ее кличешь, а она не приходит. Что ни увижу, что ни услышу, только тут (*показывая на сердце*) больно. Еще кабы с ним жить, может быть, радость бы какую-нибудь я и видела... Что ж: уж все равно, уж душу свою я ведь погубила. Как мне по нем скучно! Ах, как мне по нем скучно! Уж коли не увижу я тебя, так хоть услышь ты меня издали! Ветры буйные, перенесите вы ему мою печаль-тоску! Батюшки, скучно мне, скучно! (*Подходит к берегу и громко, во весь голос.*) Радость моя, жизнь моя, душа моя, люблю тебя! Откликнись! (*Плачет.*)

Входит Б о р и с.

Явление третье

Катерина и Борис.

Борис (*не видя Катерины*). Боже мой! Ведь это ее голос! Где же она? (*Оглядывается.*)

Катерина (*подбегает к нему и падает на шею*). Увидала—таки я тебя! (*Плачет на груди у него.*)

Молчание.

Борис. Ну, вот и поплакали вместе, привел бог.

Катерина. Ты не забыл меня?

Борис. Как забыть, что ты!

Катерина. Ах, нет, не то, не то! Ты не сердишься?

Борис. За что мне сердиться?

Катерина. Ну, прости меня. Не хотела я тебе зла сделать; да в себе не вольна была. Что говорила, что делала, себя не помнила.

Борис. Полно, что ты! Что ты!

Катерина. Ну, как же ты? Теперь-то ты как?

Борис. Еду.

Катерина. Куда едешь?

Борис. Далеко, Катя, в Сибирь.

Катерина. Возьми меня с собой отсюда!

Борис. Нельзя мне, Катя. Не по своей я воле еду: дядя посылает, уж и лошади готовы; я только отпросился у дяди на минуточку, хотел хоть с местом-то тем проститься, где мы с тобой виделись.

Катерина. Поезжай с богом! Не тужи обо мне. Сначала только разве скучно будет тебе, бедному, а там и позабудешь.

Борис. Что обо мне-то толковать! Я вольная птица. Ты-то как? Что свекровь-то?

Катерина. Мучает меня, запирает. Всем говорит и мужу говорит: 《Не верьте ей, она хитрая》. Все и ходят за мной целый день и смеются мне прямо в глаза. На каждом слове все тобой попрекают.

Борис. А муж-то?

Катерина. То ласков, то сердится, да пьет все. Да постыл он мне, постыл, ласка-то его мне хуже побоев.

Борис. Тяжело тебе, Катя!

Катерина. Уж так тяжело, так тяжело, что умереть легче!

Борис. Кто ж это знал, что нам за любовь нашу так мучиться с тобой! Лучше б бежать мне тогда!

Катерина. На беду я увидала тебя. Радости видела мало, а горя-то, горя-то что! Да еще впереди-то сколько! Ну, да что думать о том, что будет! Вот теперь тебя видела, этого они у меня не отымут; а больше мне ничего не надо. Только ведь мне и нужно было увидать тебя. Вот мне теперь гораздо легче сделалось; точно гора с плеч свалилась. А я все думала, что ты на меня сердишься, проклинаешь меня...

Борис. Что ты, что ты!

Катерина. Да нет, все не то я говорю; не то я хотела сказать!

Скучно мне было по тебе, вот что; ну, вот я тебя увидала...

Борис. Не застали б нас здесь!

Катерина. Постой, постой! Что-то я тебе хотела сказать! Вот забыла! Что-то нужно было сказать! В голове-то все путается, не вспомню ничего.

Борис. Время мне, Катя!

Катерина. Погоди, погоди!

Борис. Ну, что же ты сказать-то хотела?

Катерина. Сейчас скажу. (*Подумав.*) Да! Поедешь ты дорогой, ни одного ты нищего так не пропускай, всякому подай, да прикажи, чтоб молились за мою грешную душу.

Борис. Ах, кабы знали эти люди, каково мне прощаться с тобой! Боже мой! Дай бог, чтоб им когда-нибудь так же сладко было, как мне теперь. Прощай, Катя! (*Обнимает ее и хочет уйти.*) Злодеи вы! Изверги! Эх, кабы сила!

Катерина. Постой, постой! Дай мне поглядеть на тебя в последний раз. (*Смотрит ему в глаза.*) Ну, будет с меня! Теперь бог с тобой, поезжай. Ступай, скорее, ступай!

Борис (*отходит несколько шагов и останавливается*). Катя, нехорошо что-то! Не задумала ли ты чего? Измучусь я дорогой-то, думавши о тебе.

Катерина. Ничего, ничего! Поезжай с богом. (*Борис хочет подойти к ней.*) Не надо, не надо, довольно!

Борис (*рыдая*). Ну, бог с тобой! Только одного и надо у бога просить, чтоб она умерла поскорее, чтобы ей не мучиться долго! Прощай! (*Кланяется*).

Катерина. Прощай!

Борис уходит. Катерина провожает его глазами и стоит несколько времени задумавшись.

Явление четвертое

Катерина (*одна*). Куда теперь? Домой идти? Нет, мне что домой, что в могилу—все равно. Да, что домой, что в могилу!.. что в могилу! В могиле лучше... под деревцом могилушка... как хорошо! Солнышко ее греет, дождичком ее мочит... весной на ней травка вырастет, мягкая такая... птицы прилетят на дерево, будут петь, детей выведут, цветочки расцветут: желтенькие, красненькие, голубенькие... всякие (*задумывается*), всякие... Так тихо, так хорошо! Мне как будто легче! А об жизни и думать не хочется. Опять жить? Нет, нет, не надо... нехорошо! И люди мне противны, и дом мне противен, и стены противны! Не пойду туда! Нет, нет, не пойду! Придешь к ним, они ходят, говорят, а на что мне это! Ах, темно стало! И опять поют где-то! Что поют? Не разберешь... Умереть бы теперь... Что поют? Все равно, что смерть придет, что сама... а жить нельзя! Грех! Молиться не будут? Кто любит, тот будет молиться... Руки крест-накрест складывают... в гробу! Да, так... я вспомнила. А поймают меня, да воротят домой насильно... Ах, скорей, скорей! (*Подходит к берегу. Громко.*) Друг мой! Радость моя! Прощай! (*Уходит.*)

Входят Кабанова, Кабанов, Кулигин и работник с фонарем.

Явление пятое

Кабанова, Кабанов и Кулигин

Кулигин. Говорят, здесь видели.

Кабанов. Да это верно ?

Кулигин. Прямо на нее говорят.

Кабанов. Ну, слава богу, хоть живую видели-то.

Кабанова. А ты уж испугался, расплакался! Есть о чем. Не беспокойся: еще долго нам с ней маяться будет.

Кабанов. Кто же это знал, что она сюда пойдет! Место такое людное. Кому в голову придет здесь прятаться.

Кабанова. Видишь, что она делает! Вот какое зелье[1]! Как она характер-то свой хочет выдержать [2]!

С разных сторон собирается народ с фонарями.

Один из народа. Что, нашли ?

Кабанова. То-то что нет. Точно провалилась куда.

Несколько голосов. Эка притча! Вот оказия-то[3]! И куда б ей деться !

Один из народа. Да найдется!

Другой. Как не найтись!

Третий. Гляди, сама придет.

Голос за сценой: " Эй, лодку! "

Кулигин (*с берега*). Кто кричит? Что там ?

Голос: " Женщина в воду бросилась!"

Кулигин и за ним несколько человек убегают.

Явление шестое

Те же без Кулигина

Кабанов. Батюшки, она ведь это! (*Хочет бежать.*)

Кабанова удерживает его за руку.

Маменька, пустите, смерть моя! Я ее вытащу, а то так и сам... Что мне без нее!

Кабанова. Не пущу, и не думай! Из-за нее да себя губить,

---

① Какое зелье—какая злая вредная.

② Характер-то выдержать—остаться верной своему решению, стойкая.

③ Эка притча! Вот оказия-то—экая беда! Вот какой случай!

стоит ли она того! Мало она нам сраму-то наделала, еще что затеяла!

Кабанов. Пустите !

Кабанова. Без тебя есть кому. Прокляну, коли пойдешь.

Кабанов (*падая на колени*). Хоть взглянуть-то мне на нее!

Кабанова. Вытащут: взглянешь.

Кабанов (*встает, к народу*). Что, голубчики, не видать ли чего?

1-й. Темно внизу-то, не видать ничего.

Шум за сценой.

2-й. Словно кричат что-то, да ничего не раберешь.

1-й. Да это Кулигина голос.

2-й. Вон с фонарем по берегу ходят.

1-й. Сюда идут. Вон и ее несут.

Несколько народу возвращается.

Один из возвратившихся. Молодец Кулигин! Тут близехонько, в омуточке у берега; с огнем-то оно в воду-то далеко видно; он платье и увидал, и вытащил ее.

Кабанов. Жива?

Другой. Где уж жива! Высоко бросилась-то, тут обрыв, да, должно быть, на якорь попала, ушиблась. Бедная! А точно, ребяты, как живая ! Только на виске маленькая ранка, и одна только, как есть одна, капелька крови.

Кабанов бросается бежать. Навстречу ему Кулигин с народом несут Катерину.

Явление седьмое

Те же и Кулигин

Кулигин. Вот вам ваша Катерина. Делайте с ней, что хотите!

Тело ее здесь, возьмите его, а душа теперь не ваша. Она теперь перед судией, который милосерднее вас! (*Кладет на землю и убегает.*)

Кабанов (*бросается к Катерине*). Катя ! Катя !

Кабанова. Полно! Об ней и плакать-то грех!

Кабанов. Маменька, вы ее погубили! Вы, вы, вы...

Кабанова. Что ты? Аль себя не помнишь! Забыл, с кем говоришь?

Кабанов. Вы ее погубили! Вы , вы!

Кабанова (*сыну*). Ну, я с тобой дома поговорю. (*Низко кланяется народу* .) Спасибо вам, люди добрые, за вашу услугу!

Все кланяются.

Кабанов. Хорошо тебе, Катя ! А я-то зачем остался жить на свете да мучиться ! (*Падает на труп жены.*)

(1859)

Краткий анализ произведения

Драматург Островский, происходивший из купцов, очень хорошо знал быт, нравы и моральные устои этого сословия. Большинство его пьес написано именно о семьях купцов, живших в Замоскворечье, где и обитало, в основном, московское купечество. В семьях, показанных Островским, царила строгая иерархия: хозяином был сам купец (или купчиха-вдова), которого никто не смел ослушаться, все остальные—жена, дети, слуги, служащие купцу приказчики беспрекословно подчинялись его воле. Такая полная власть часто рождала настоящих самодуров, которые считали, что только они правы во всем и требовали полного подчинения. Деспотизм, невежество, варварство, узость процветали в этих семьях. Хотя действие пьесы“Гроза”происходит в провинциальном городке на Волге, купеческая семья, обрисованная Островским, живет по тем же правилам (и , может быть, даже более жестоким), что и московское купечество.

В семье купчихи Кабановой хозяйке дома принадлежит полная власть над сыном Тихоном, его женой Катериной, дочерью Варварой. Все ее боятся и не смеют ей перечить ни в чем. В конечном результате сын вырастает "тряпкой", т. е. безвольным, неспособным принять ни одного решения, защитить перед матерью свою жену. У него одно желание—вырваться из дома и "загулять", запить, чтобы забыться. Свобода для него только в этом и заключается. Дочь Варвара внешне покорна материнской воле, все скрывает от матери, скрывает и свою любовь к ветреному красавцу Кудряшеву, с которым в конце концов сбегает из дома. По понятиям того времени значило потерять свою честь и осрамить семью.

А вот жена Тихона Катерина—женщина особенная. Она чиста душой, очень впечатлительна, страстна. Все помыслы отданы богу, преступить законы божественные, изменить мужу значит для нее совершить тяжкий грех, погубить свою душу. Кабанова чувствует, что Катерина не похожа на других, что в душе ее есть свой возвышенный мир, и всячески старается подавить ее волю, подчинить себе ее душу. Жизнь в семье становится для Катерины мучением, тем более, что муж по слабости характера не способен защитить ее. Не может она и любить такого мужа. И тут , впервые в жизни, к ней приходит любовь к Борису. Но он такой же задавленный своим дядей, главой семьи, слабовольный мужчина, как и муж Катерины. Борис бросает Катерину. Катерина остается беспомощной со страстной любовью и сознанием смертного греха, который она совершила, изменив мужу. Не в силах больше жить по-прежнему, Катерина бросается в Волгу и погибает.

Вопросы и задания

1. В чем проявляется невежество, деспотизм и лицемерие, царившие в семье Кабановых ?
2. Дайте характеристику образу Катерины.
3. Почему героиню называют 《лучом света в темном царстве》?

Литература

Ю. Лебедев, Русская литература XX века 10 класс, учебник для общеобразовательных учреждений в двух частях, часть 2-я, М. , Просвещение, 2000.